Peter van Gestel
WINTEREIS

Für Daniël K.

Peter van Gestel

WINTEREIS

Roman

Aus dem Niederländischen
und mit einem Nachwort von
Mirjam Pressler

BELTZ
& Gelberg

Die Übersetzung wurde durch die finanzielle Unterstützung des Nederlands Literair Productieen Vertalingenfonds, Amsterdam ermöglicht.

www.beltz.de

Die Originalausgabe erschien unter dem Titel
Winterijs bei Uitgeverij De Fontein, Baarn

Aus dem Niederländischen von Mirjam Pressler
Lektorat: Frank Griesheimer
Neue Rechtschreibung
Einbandgestaltung: bürosüd, München
unter Verwendung eines Fotos von Hulton Archive,
Bert Hardy (Junge) und Corbis, Fernando Benqoechea
(Foto Gracht)
Satz und Bindung: Druckhaus »Thomas Müntzer«,
Bad Langensalza
Druck: Druck Partner Rübelmann
Printed in Germany
ISBN 979-3-407-81040-3
1 2 3 4 5   11 10 09 08

Schnee von früher
der nicht schmelzen will

Remco Campert

DER SOMMER OHNE WOLKEN UND REGEN

Es ist Hochsommer. Heute sind Papa und ich heimgekommen nach Amsterdam.

Ameisen in der Küche, Flöhe in den Betten und unsere einzige Pflanze hat jetzt gelbe Blätter.

Auf dem Kalender sieht man das Bild von drei Spatzen neben einem Blumentopf. Über dem Bild steht: *März 1947.*

Der März ist schon lange vorbei.

Ich werde zu Tante Fie sagen, dass sie die drei Spatzen nicht abreißen darf. Wegen Papa brauche ich keine Angst zu haben, der kümmert sich nicht um Kalender. Und ich brauche keinen. Ich habe ihn im Kopf. Heute ist Sonntag, der 3. August, in den Bäumen zwitschern die Vögel.

Vier Monate haben mein Vater und ich in Apeldoorn gewohnt.

Bei einem uralten Witwer.

In einem Haus, wo es leckt, auch wenn es nicht regnet.

Der Witwer ließ sich nicht oft sehen. Er bekam immer einen Mordsschreck, wenn er mich im Flur traf. Manchmal saß er endlos lange auf dem Klo. Sogar im Garten konnte ich sein Geröchel hören. Wenn ein Klo besetzt ist, muss ich immer dringend pinkeln. Ab und zu habe ich fast in die Hose gemacht, in diesem verdammten Haus in Apeldoorn.

Weil es dort nach saurer Milch stank, mied ich die Küche wie die Pest. Mein Vater durfte uns erst nach sechs etwas zu essen kochen. Der Witwer aß um zwölf Uhr mittags eine warme Mahlzeit. Ganz allein. Ich spähte einmal vom Garten aus hinein und sah, dass er seinen Teller ableckte. Als er mich entdeckte, versteckte er seinen Kopf hinter dem Teller. Er dachte natürlich: Wenn ich den Jungen nicht sehe, sieht er mich auch nicht.

Mein Vater und ich schliefen zusammen in einem Doppelbett, das ziemlich quietschte. Wir ertranken halb in der weichen Matratze. Wenn ich nicht schlafen konnte, wälzte ich mich von einer Seite auf die andere. Meist wachte mein Vater von meiner Dreherei auf. Wenn ich ihn dann maulen hörte, schlief ich ein.

In Apeldoorn gibt es auch Schulen. Das war eine Enttäuschung. Ich musste in einer Klasse sitzen, wo ich genau fühlte, dass ich nicht dazugehörte. Die dicken Bauernjungen in den Gängen und in der Klasse ließen mich während der endlos langen Schultage in Ruhe. Sie zogen mich nicht an den Haaren, spuckten mir nicht ins Gesicht und stellten mir nicht heimlich ein Bein, damit ich hinfiel – sie kamen nicht mal auf die Idee.

Von all dem braven Getue wurde ich ziemlich mürrisch.

Auch die Lehrerin beachtete mich nie. Am ersten Tag dachte ich, sie würde mir eine witzige Grimasse schneiden, aber kurz darauf machte sie dieselbe Grimasse wieder, es war einfach ein Tick. Nachdem ich einmal laut und schön aus dem Lesebuch vorgelesen hatte, sagte sie: »Du spielst dich ziemlich auf, das tun wir hier nicht.«

Mein Vater arbeitete in Apeldoorn vier Monate lang als Personalbetreuer in einer Kartonagenfabrik. Dort werden Schachteln und Verpackungen aus Pappe gemacht. Er tröstete Frauen, die an den Haaren gezogen worden waren, oder Mädchen, die man in den Po gekniffen hatte oder die wegen nichts und wieder nichts weinten – dabei muss mein Vater eigentlich selbst getröstet werden, ich weiß nur leider nicht, wie das geht. Er vermisste Amsterdam, ich auch.

Eines schönen Tages wurde mein Vater entlassen. Er kam jeden Tag zu spät in die Fabrik und ging jeden Tag zu früh weg. Das war, wie er sagte, nicht gut angekommen.

Wir sind nun wieder in Amsterdam und trödeln durch unsere eigene Wohnung.

Ich habe Ferien. In ein paar Wochen gehe ich wieder in meine alte Schule. In der Klasse werden sie mich wie immer an den Haaren ziehen, und der Lehrer wird nicht meinen, dass ich mich aufspiele, wenn ich vorlese.

In der Wohnung ist es noch nicht gemütlich. Wohin ich auch puste, überall fliegt Staub hoch. Die Aschenbecher sind eklig leer. Nur in der Küche liegen ein paar Kippen auf der Anrichte.

Er ist und bleibt ein Schlamper, mein Vater.

Ich möchte nicht, dass er wieder eine Arbeit weit von zu Hause findet. Ich will in Amsterdam bleiben. Ich möchte nicht zu Tante Fie. Bei ihr bekomme ich Rosenkohl oder Blumenkohl zu essen und muss mich jeden Morgen waschen und mir die Zähne putzen, und abends darf das Radio nie angemacht werden, weil Tante Fie immer Kopfweh hat.

Mein Vater will auch nicht, dass abends das Radio angemacht wird, aber bei ihm ist es mir egal.

Es ist der heißeste Sommer, den ich je erlebt habe.

Das sagt nicht viel, denn ich bin erst zwölf Jahre alt.

Ich stehe am Fenster und schaue hinaus auf die Rückseite der Häuser – die kleinen Gärten an der Gracht sehen schmuddelig und unordentlich aus.

Mein Vater hält einen Mittagsschlaf.

Auf dem Deck des Kohlenkahns hüpft ein Junge von ungefähr sechs im Kreis herum, er trägt einen Strohhut mit zwei roten Blumen, gleich wird seine Mutter ihren Strohhut vermissen und aus dem Fenster rufen, dass er reinkommen soll, aber gefälligst schnell.

Ich frage mich: Schauen Tante Jos und Bet von ihrem Fenster aus auch zu dem Jungen hin? Weil der Garten im Schatten liegt und ein dünner Baum mit Blättern im Weg steht, kann ich das Fenster kaum sehen.

Ich denke an jenen langen, kalten Winter. Er scheint so lange her zu sein, dass ich mich frage: Hat es ihn je gegeben?

Im Treppenhaus habe ich zwischen der anderen Post den Brief von Zwaan gefunden. Auf dem Umschlag steht: *Für den jungen Herrn Thomas Vrij*. Und der Brief fängt an: *Lieber Thomas*.

MEINE GESCHICHTE

Ich möchte meine Geschichte erzählen – die Geschichte von Zwaan und mir und von Bet und mir und von der Kälte und dem Wintereis in Amsterdam und vom Tauwetter, das allem ein Ende machte. Wie fängt man eine Geschichte an? Und wem kann man sie überhaupt erzählen?

EIN FREMDER JUNGE IN DER KLASSE

Ich fange einfach mal mit etwas an. Vor über anderthalb Jahren starb meine Mutter – um genau zu sein: am zweiten Weihnachtstag fünfundvierzig, also nicht lange nach dem Krieg. Als es ein Jahr später wieder Weihnachten wurde, machten wir nichts, keinen Baum und so, und als sie in der Klasse sangen, sang ich nicht mit. Kein Mensch hat es gemerkt.

In den ersten Wochen nach der Beerdigung lief mein Vater jede Nacht durch die Stadt. Er meinte, dass ich um diese Zeit ruhig schlafe. Das stimmte aber nicht, ich war wach, mit geschlossenen Augen.

Er tat noch mehr verrückte Sachen, er stellte zum Beispiel einen Kessel ohne Wasser auf das brennende Gas oder er sprach zu dem zugefrorenen Wasserhahn, was aber nichts half; ich schlug fest gegen den blöden Hahn, aber das half auch nichts. Mein Vater ließ alles anbrennen und starrte manchmal ganz lange auf seine Schuhe.

Tante Fie kam, um mich zu holen.

»Es wird Zeit, dass du dir die Füße wäschst, Kerlchen«, sagte sie. »Du kommst mal für eine Woche zu uns.«

»Und Papa?«, fragte ich.

»Wir passen auf ihn auf«, sagte Tante Fie, »verlass dich drauf.«

Sie versteht nichts von Jungen wie mir. Auf der Straße musste ich ihr eine Hand geben, wirklich. Ich habe mich lächerlich gemacht. Zwei Wochen blieb ich bei Tante Fie. Dann brachte sie mich zurück in unsere Wohnung an der Lijnbaansgracht. Mein Vater hatte sich rasiert, und ich war froh, dass er mich nicht vergessen hatte.

Als meine Mutter beerdigt wurde, waren noch Ferien. Mein Vater hatte es nicht in die Zeitung setzen lassen. Deshalb wussten sie in der Schule auch nichts. Ich erzählte es niemandem. Wenn mich jemand im Flur anstieß oder mir ein Bonbonpapier hinten auf den Mantel klebte, sagte ich: »Das sage ich meiner Mutter.«

Die Schule, in die ich gehe, ist im Voormalige Stadstimmertuin. Das ist nicht weit von der Amstel, aber wenn man aus dem Fenster schaut, kann man das Wasser der Amstel nicht sehen. Um zur Schule zu kommen, muss man erst durch einen Torbogen gehen.

Es ist ein ekliges Gebäude.

Immer vergesse ich, wo ich meinen Mantel aufgehängt habe. Wenn es drei Uhr ist, denke ich oft: Es ist bestimmt schon vier.

Ein halbes Jahr nach dem Tod meiner Mutter wurde ich in die fünfte Klasse versetzt. Am ersten Schultag nach den großen Ferien musste ich in ein anderes Klassenzimmer. Der Raum war etwas größer als der vorige, aber die Bänke waren genauso eng. Daan Vrolijk saß noch immer viel zu dicht neben mir. Wie gewöhnlich stank er nach Teer – wenn er rülpste, roch ich Haferbrei.

Vor der Klasse stand ein langer Mann.

Endlich hatten wir einen Lehrer. Wir schauten ihn erwartungsvoll an. Die Lehrerin hatte uns in den ersten vier

Jahren ganz verrückt gemacht. Sie war viel zu alt. Wenn man eine Seite des Lesebuchs ihrer Meinung nach zu früh umschlug, rief sie einen zu ihrem Tisch und gab einem mit einem Lineal zehn Klapse auf die ausgestreckte rechte Hand, die Klasse zählte mit. Und den ganzen Tag schnauzte sie: »Den Rücken gerade halten, die Arme übereinander, nicht mit den Füßen scharren.«

»Ich bin Lehrer Kollewijn«, sagte der Mann. »Ihr werdet jetzt der Reihe nach eure Namen nennen. Wir beginnen vorn links und hören rechts hinten auf.«

Nur Daan Vrolijk sagte seinen Namen, bevor er an der Reihe war. Der Lehrer wurde nicht zornig deswegen. Gerade als wir damit fertig waren, unsere Namen zu nennen, ging die Tür auf.

Ein völlig unbekannter Junge kam in die Klasse.

Wir schauten ihn alle an. Es war totenstill im Raum.

»Wer bist du, Junge?«, fragte der Lehrer.

Der Junge hielt eine Tasche an den Bauch gedrückt und hatte so einen schwarzen Mantel an, wie ihn eigentlich nur alte Männer tragen. In seinen dunklen Haaren waren ein paar schlaffe Locken und er war nicht besonders groß.

»Ich bin Piet Zwaan«, sagte der Junge. »Ich bin heute zum ersten Mal hier in der Schule.«

»Ja, ja«, sagte der Lehrer. »Ich habe es schon vom Rektor gehört. Nimm dort Platz, in der letzten Reihe links. Das ist das erste und das letzte Mal, dass du zu spät gekommen bist.«

Während sich Piet Zwaan in die leere Bank schob und unheimlich brav ein Heft aus seiner Tasche holte, achtete er nicht auf uns, aber wir achteten auf ihn.

»Ein Waschlappen«, sagte Olli Wildeman hinter mir.

Ich nickte zustimmend.

Olli Wildeman ist schon zweimal sitzen geblieben, jeder hat eine Heidenangst vor ihm, denn er ist groß und schlägt schnell zu.

An einem regnerischen Tag im Oktober sprach ich zum ersten Mal mit Piet Zwaan. Es war schon nach vier und er stand wie erstaunt zwischen den leeren Bänken eines anderen Klassenzimmers. Weil die Tür offen war, konnte ich ihn sehen. Als er mich entdeckte, kratzte er sich verlegen am Kopf und grinste. Ich hatte ihn erwischt und das sollte er wissen. Mit mutigen Schritten ging ich auf ihn zu.

»Was tust du hier?«, fragte ich. »Das ist nicht deine Klasse.«

»Weißt du«, sagte er, »dass dies früher das Jüdische Lyzeum war?«

»Nein«, sagte ich.

»Nach dem Krieg hat man das Gebäude beschlagnahmt.«

»Warum?«, fragte ich.

»Es stand leer. Was weißt du denn überhaupt, Tommi?«

»Mein Vater nennt mich Thomas«, sagte ich.

HUNGER KANN MAN STILLEN

Es war Mitte Februar. Der Krieg war schon fast zwei Jahre vorbei. Mein Vater hatte keine Arbeit, der Winter war eisig kalt und alle Grachten waren zugefroren. Die dicke Schneeschicht auf dem Eis war hart und grauweiß. Weil ich oft hinfiel, hatte ich blutigen Grind auf den Knien.

Dienstagmorgen. Der große Ofen glühte und der Lehrer hatte seine Jacke ausgezogen. Er lehnte, die Hände in der Tasche, an der Tafel, in seinem Mundwinkel hing eine Zigarette. Ich zitterte vor Vorfreude, denn jetzt kam eine schöne Geschichte.

Der Lehrer ist ein stattlicher Kerl für sein Alter. Alle paar Minuten kämmt er sich die grauen Haare mit dem kleinen Kamm, der immer in seiner Brusttasche steckt. Er kann auch richtig böse werden, dann teilt er rechts und links gezielte Schläge aus. Nach der Schule turnt er im Turnsaal an den Ringen oder macht mit gestreckten Beinen Übungen am Bock.

Der Lehrer fragte: »Wer kann mir etwas über den Ersten Weltkrieg erzählen?«

Piet Zwaan meldete sich. Er wusste wirklich alles, es war zum Verrücktwerden.

»Damals waren wir neutral«, sagte Piet Zwaan. »Wir kämpften nicht mit. Und die Deutschen haben auch schon damals verloren.«

»Du musst mich mit ›Herr Lehrer‹ ansprechen«, sagte der Lehrer.

»Ich werde daran denken, Herr Lehrer«, sagte Piet Zwaan.

Der Lehrer kniff ein Auge zu. »Dein Ton gefällt mir nicht«, sagte er.

Wir schauten alle zu Piet Zwaan. Wenn der Lehrer nun keine schöne Geschichte mehr erzählte, sondern stattdessen wollte, dass wir rechnen, war Piet Zwaan daran schuld.

»Schau«, sagte der Lehrer, »ich war damals bei der Armee, ein Draufgänger, die schönste Zeit meines Lebens, man hatte den ganzen Tag seinen Spaß, auch wenn man durch den Schlamm kriechen musste.«

Liesje Overwater hob den Finger.

»Haben Sie Moffen* totgeschossen?«, fragte sie.

»Im Ersten Weltkrieg waren wir neutral«, sagte der Lehrer ruhig. »Das hat uns Herr Zwaan doch gerade so schön erzählt. Tagein, tagaus mussten wir bereit sein, das schon, man putzte also jeden Morgen die Knöpfe und den Lauf des Gewehrs, aber die Scheißmoffen haben keinen Fuß in unser Land gesetzt, ich hätte sie ohne Pardon abgeknallt.«

Der Lehrer nahm seinen Zeigestock, trat einen Schritt vor und tat, als würde er ein Gewehr auf uns richten.

»Peng, peng, peng«, sagte er schnell hintereinander.

* mof, pl. moffen: Schimpfwort für Deutsche, vor allem gebräuchlich zur Zeit des Ersten und Zweiten Weltkriegs. Seit dem 10. Mai 1940 waren die Niederlande von deutschen Truppen besetzt und die Nazis weiteten ihr Terrorregime und die Judenverfolgung auch auf das Gebiet der Niederlande aus.

Wir mussten laut lachen.

»Kinder«, sagte der Lehrer, als wir uns wieder beruhigt hatten, »als Soldat habe ich unser schönes Land gründlich kennengelernt. Wir sind durch das ganze Land gestrampelt, Gewehr und Ranzen gemütlich auf dem Rücken. Die Sonne schien. Die Bauernmädchen winkten uns zu. Manchmal stiegen wir ab und gaben einem schönen, blonden Mädchen einen Schokoladenriegel und bekamen dafür einen Kuss auf die Wange. Die Mädchen rochen nach Buttermilch und Butterbällchen. Und die allerliebste von ihnen habe ich geheiratet.«

Wir seufzten alle.

»Ich pflückte Brombeeren für sie, wir kannten noch nicht mal unsere Namen. Ich steckte ihr vorsichtig eine Brombeere in den Mund, sie machte die Augen zu und wurde rot ...«

Er hörte nun auf zu erzählen, in der Klasse war es mäuschenstill.

Ich schloss die Augen, dachte an Liesje Overwater und träumte davon, ihr auch einmal eine Brombeere in den Mund zu stecken.

»Man musste gut aufpassen«, fuhr der Lehrer fort, »dass man keine roten Flecken auf die Uniform bekam, denn dann setzte es was, dann musste man zehn Eimer Kartoffeln schälen.«

Der Rektor betrat die Klasse. Er schaute den Lehrer an und hüstelte hinter der Hand. Schnell zog der Lehrer seine Jacke an.

»Ich möchte euch etwas sagen, Kinder«, sagte der Rektor. »Die Mutter von Thomas Vrij, müsst ihr wissen, ist vor einem Jahr gestorben. Das ist sehr traurig. Gerade hat mir Fräulein Willemse erzählt, dass ihr Tommi ärgert. Tut das in Zukunft nicht mehr. Es kostet nichts, nett zueinander zu sein.«

Und weg war er.

So blöd kann nur ein Rektor sein. Und mein Vater hatte es ihm gesagt, der war auch blöd. Aber am allerblödesten war Fräulein Willemse. Warum mischte sie sich ein? Jetzt waren die anderen doch erst auf die Idee gebracht worden, mich zu ärgern.

Als der Lehrer mit dem Rücken zu uns an der Tafel stand, strich Olli Wildeman grob durch meine Haare. Das gefiel mir ganz und gar nicht.

Zum Glück hatte Liesje Overwater sich gerade nicht umgedreht.

Sie saß schräg vor mir. Aus ihren langen, blonden Haaren lugte rechts und links ein Stück Ohr heraus.

In der Klasse konnte ich sie endlos lange anschauen, ohne dass sie es merkte. Wenn sie an der Tafel stand und nichts über den germanischen Stamm der Bataver oder so erzählen konnte, rieb sie sich mit der flachen Hand über die Nase, und dann hatte sie so große, blaue Augen, dass ich herrlich wegträumte.

Ich war verrückt nach Liesje Overwater. Davon wusste sie natürlich nichts. Wenn ich um einen Radiergummi bat, tat sie, als wäre sie taub. Das machte mich ganz wild.

Liesje Overwater spricht nur mit den Mädchen. Warum, das mag Gott wissen. So sind alle Mädchen an unserer Schule, da kann man nichts machen.

Nach Schulschluss sah ich vor unserem Haus Piet Zwaan. Er stand allein auf dem Eis der Gracht. Er betrachtete den harten Schnee, dann schaute er zu mir. Ich sprang auf das Eis und ging zu ihm.

Er lachte und stampfte mit den Füßen.

»Das ist Wintereis«, sagte er. »Es schmilzt vielleicht nie mehr. Vielleicht bleibt es ewig Winter. Aber es könnte auch jeden Tag tauen. Mir gefällt das kalte Wetter – von mir aus darf es Winter bleiben.«

»Das wäre was«, sagte ich.

»Sie ärgern dich, nicht wahr?«, sagte er. »Das habe ich nicht gewusst.«

»Das sieht nur so aus«, sagte ich. »Olli Wildemans Vater ist Kohlenhändler. Er gibt uns manchmal einen Sack Kohlen. Vorige Woche habe ich bei ihm zu Hause einen Teller Erbsensuppe bekommen.«

Piet Zwaan grinste. »Ich mag keine Erbsensuppe«, sagte er.

»Olli tut manchmal so, als würde er mich ärgern«, sagte ich. »Aber seine Stöße tun nicht weh. Ich schreie nur, um ihm einen Gefallen zu tun.«

Piet Zwaan machte die Augen halb zu. »Ich habe es nicht gewusst«, sagte er.

»Was?«

»Das mit deiner Mutter.«

»Was geht es dich an? Sie ist tot. Schon eine ganze Zeit.«

Piet Zwaan schaute mich weiter an. Er sagte nichts.

»Typhus«, sagte ich.

Ich drehte mich um und ließ ihn stehen.

Mittwochnachmittag. Auf dem Weg zum Kulturhaus schlenderte ich durch die Utrechtsestraat. In meiner Faust hatte ich die letzten Münzen von meinem Vater.

Ich erschrak, als ich Liesje Overwater sah. Sie ging ein Stück vor mir her. Ich erkannte sie an ihren Haaren und ihren Ohren. Jetzt fiel es mir zum ersten Mal auf, dass sie ziemlich dünne Beine hat.

»Mutter, wenn du Strümpfe kaufst«, sang ich leise, »dann kauf sie mir mit Waden, die Jungen schrei'n mir alle nach: Beine, Stock und Spaten!«

Sie trug eine schwere Tasche, aus der ein Brot ragte, und ging sehr langsam. Ich spähte nach dem Brot. Wer weiß, vielleicht kam es gerade aus dem Ofen und war noch warm. Ich dachte: Ich renne auf sie zu, bücke mich und beiße schnell in das Brot.

Aber ich war zu ängstlich, Pech gehabt.

Ich überquerte die Straße, rannte wie wild über den Bürgersteig, rutschte beinahe aus, überquerte die Straße noch einmal und ging seelenruhig auf Liesje Overwater zu. Man hätte ihr Gesicht sehen müssen. Als ob ich Luft wäre.

Als ich an ihr vorbeiging, entdeckte ich, dass jemand in das Brot gebissen hatte. Ich blieb stehen, drehte mich um und rief ihr nach: »Hat's gut geschmeckt?«

Sie lief tapfer weiter, ein Mädchen, das nur etwas hört, wenn sie es hören will – außerhalb der Schule existierte ich für sie nicht, egal was ich rief oder tat.

Am Kaufladen sah ich meinen Vater von hinten. Er schleppte zwei Taschen voller Kohlen, er war also gut im Gleichgewicht. Die Kohlen hatte er bei Tante Fie geholt.

Weil es überall glatt sein konnte, achtete er auf die harte Schneeschicht, deshalb sah er krummer aus als sonst.

Ich blieb stehen.

Mein Vater jammerte in letzter Zeit oft über die hohen Preise für Kohlen, Margarine und Käse, es war alles zu teuer für uns. Mich machte das verrückt, durch sein Gejammer kam es mir auf einmal so vor, als wäre der Krieg noch gar nicht lange vorbei, weniger lang als der Tod meiner Mutter.

Aber nun, als er die Kohlen schleppte, fand ich ihn enorm. Heute Abend würde es angenehm warm sein bei uns zu Hause, das war eine verdammt schöne Vorstellung. Trotzdem drehte ich mich um und lief auf die andere Straßenseite. Ich würde meinen Vater ja noch lange genug sehen, außerdem hatte ich keine Lust zu schleppen, ich wollte ins Kulturhaus.

Am Abend bullerte der Ofen. Und neben dem bullernden Ofen stand eine volle Kohlenkanne.

Mein Vater und ich konnten unser Glück nicht fassen. Wir setzten uns in einen Lehnstuhl, stopften uns ein Kopfkissen hinter den Rücken, legten unsere Füße auf eine umgedrehte Kiste und wurden rosig von der Hitze.

Mein Vater war schon nach einer Minute am Dösen. Seine Augen blieben offen. Ich schnitt verrückte Grimassen, aber er merkte es gar nicht. Ab und zu grinste er. Wegen etwas, was er dachte, nicht wegen etwas, was er sah. Als ich das Geräusch von Wind nachmachte, erschrak er und schaute mich erstaunt an. He, sah ich ihn denken, ich sitze ja gar nicht allein hier, der Junge ist auch da, wie schön.

»Ich setze die Kartoffeln auf«, sagte er. »Deck du schon mal den Tisch, Thomas.«

Letzteres war schnell passiert.

Mein Vater schälte die Kartoffeln erst, nachdem sie gekocht waren. Mit seinen feuerfesten Fingern legte er sie mir feierlich auf den Teller.

Hinter dem Ofen hatte er die Teekanne mit der gebrochenen Tülle von Tante Fie angewärmt. Es war noch etwas Soße drin. Tante Fie kann aus einem Knochen und einer Zwiebel Soßen machen. Und es gab noch etwas Apfelmus. Ich zerdrückte die Kartoffeln mit der Soße und dem Apfelmus und löffelte blitzschnell den halbsüßen Brei in mich hinein.

»Du machst sehr viel Lärm, wenn du isst, Thomas«, sagte mein Vater.

»Ich könnte noch zehn Portionen essen«, sagte ich und bekam Schluckauf.

Jedes Mal, wenn ich schluckte, zuckten wir beide. Gemütlich war das.

»Hunger kann man stillen«, sagte er plötzlich. »Traurigkeit nicht.«

Da war es schon – Tränen in seinen Augen. Blöd. Auch als meine Mutter noch lebte, hatte er bei den seltsamsten Gelegenheiten Tränen in den Augen.

»Weißt du, wie man Traurigkeit stillen kann?«, sagte er.

Ich wusste es nicht und wollte es auch nicht wissen.

»Mit noch mehr Traurigkeit.«

Ich musste lachen.

»Warum lachst du, Thomas?«, fragte er. »Lachst du mich aus?«

»Warum isst du nicht?«, fragte ich.
»Ich habe gestern schon gegessen.«
»Der ist alt, den kenne ich.«
»Das habe ich befürchtet. Aber ich habe keine neuen Witze mehr für dich, du hast sie alle schon gehört.«

Später am Abend saß mein Vater allein am Tisch. Ein dickes Heft mit einem Umschlag aus farbigem Karton lag aufgeschlagen vor ihm. Er sah aus, als würde eine Nadel in seinem Nacken stecken.
»Hast du Zahnweh?«, fragte ich.
»Nein«, sagte er, »ich arbeite.«
»Sieht aus, als ob es wehtut.«
»Davon verstehst du noch nichts.«
»Was schreibst du denn?«
»Alles Mögliche.«
»Über den Krieg?«
»Nein. Der Krieg liegt zu kurz zurück, um darüber zu schreiben. Und du musst jetzt schlafen.«
»Warum essen wir immer altes Brot?«
»Manchmal ist es doch auch frisch.«
»Ich habe heute Mittag gesehen, wie ein Mädchen frisches Brot gegessen hat. Einfach reingebissen. Es war eins von den Mädchen, die du Waisenhausmädchen nennst.«
»Wann habe ich ein Mädchen Waisenhausmädchen genannt?«
»Im Krieg. Da haben wir ein Mädchen mit einem Kinderwagen gesehen und der Kinderwagen war voller alter Sachen, weißt du noch? Damals hast du gesagt: He, ein Waisenhausmädchen. Ich habe gefragt: Woher weißt du, dass

sie in einem Waisenhaus lebt? Und da hast du gesagt: Ein alleiniges Mädchen ist ein Waisenhausmädchen.«

»Habe ich ›alleinig‹ gesagt?«

»Das hast du. Übrigens sagt Tante Fie, ich wäre eine halbe Waise.«

Mein Vater musste lachen. »Halbe Waisen gibt es nicht. Und jetzt, hopp, ins Bett, sonst sage ich zu Tante Fie, ihre Soße hätte dir nicht geschmeckt.«

Das Licht über dem Tisch blieb an, sonst hätte mein Vater nicht arbeiten können. Im Durchgangszimmer, wo unsere Betten stehen, wird es deswegen nicht ganz dunkel. Das habe ich gern. Wenn man schläft, stört einen eine brennende Lampe nicht, aber wenn man wach ist, kommt einem die Dunkelheit verdammt dunkel vor.

Ich lag im Bett und war zu müde zum Lesen, auch zu müde zum Einschlafen. Ich starrte eine Weile an die Decke und dachte an nichts. Mein Vater sagt immer: »Wenn man nicht schlafen kann, muss man an alles denken, was man tagsüber getan hat – im Bett werden Gedanken ganz von allein zu Träumen.«

Er saß mit dem Rücken zu mir, trotzdem sah ich, wann er schrieb oder wann er seinen Füller hingelegt hatte. Er rauchte eine selbst gedrehte Zigarette nach der anderen, es sah aus, als würden von seinem Hinterkopf Rauchwolken aufsteigen. Tante Fie hat mal gesagt: »Dein Pa verraucht einen Eimer Kohlen in der Woche.«

Mein Vater nennt sich selbst einen Kritzler, andere Leute sagen, er wäre ein Schriftsteller. Ganz klar im Kopf ist er jedenfalls nicht. Er sagt zum Beispiel: »Ich kann nur nachdenken, wenn ich schreibe.« So ein Unsinn. Ich will später kein Schriftsteller werden, das ist nichts für mich. Ein ganzes Buch ausdenken – das scheint mir eine Schweinearbeit, man bekommt einen krummen Rücken davon und hat nie Zeit, mit seinem Sohn Domino zu spielen.

ZWEI JUNGEN ALLEIN

Am Sonntagmorgen ging ich für meine wöchentliche Blätterteigtasche zu Tante Fie. Manchmal denke ich über Tante Fie nach. Sie ist die zwei Jahre ältere Schwester meiner Mutter. »Ich bin sechs«, hat mal ein Mädchen vor langer Zeit zu mir gesagt, »und du bist acht, du stirbst eher als ich.« Ich war vollkommen ihrer Meinung. Aber das Mädchen hatte sich geirrt. Meine Mutter starb und Tante Fie ist noch immer springlebendig.

In der Van Woustraat war kein Mensch unterwegs. Ein Hund mit einem wolligen Fell streunte an den Mülleimern entlang. Genau wie ich hatte er Hunger. Aber in seinem Pelzmantel fror er bestimmt weniger.

Grauer Rauch kam aus den Schornsteinen der hohen Häuser – wenn ich ihn betrachtete, tat mir der Nacken weh.

Meine Hände waren aus Eis.

Ich hatte wieder einmal meine Handschuhe verloren. Wenn Tante Fie das merkte, würde sie mir neue stricken, aus Juckwolle. Vor einiger Zeit hat sie mir sogar Unterhosen gestrickt und von einem ganzen Tag Jucken in der Schule bin ich dann schließlich krank geworden.

Der Weg zur Tellegenstraat, wo Tante Fie wohnt, ist nicht allzu weit. Die Häuser dort fallen vor allem durch saubere Backsteine und kleine, quadratische Fenster auf.

Hinter dem mittleren Fenster ihrer Wohnung im ersten

Stock gab Tante Fie den Geranien Wasser. Als sie mich sah, begann sie ausgelassen zu winken. Ich rannte die Treppe hinauf. Ich freute mich auf den Besuch.

Die Schüssel stand schon im Zimmer. Tante Fie hielt einen Eimer mit heißem Wasser in den Händen und füllte die Schüssel, ohne auch nur ein bisschen auf den Boden zu spritzen.

Zum Glück war es Sonntag.

Die fröhlichen Mädchen, die während der Woche von Tante Fie Unterricht im Nähen und Schneidern bekamen, waren nicht da. Ich sitze nicht gern wie ein alter Mann mit den Füßen in einer Schüssel, während ungefähr achtzehnjährige Mädchen um mich herumscharwenzeln. Sie lachen mich aus, was nicht viel heißt, denn sie lachen über alles, was sie sehen oder hören.

Ich saß in dem Sessel mit den stechenden Sprungfedern. Tante Fie kauerte sich neben mich und zog mir die Stiefel aus. Ich sah ihre Haare, roch das bittere Shampoo meiner Mutter.

Sie fischte meine Socken aus den Stiefeln. »Die werde ich waschen und stopfen«, sagte sie. »Am Ofen werden sie blitzschnell trocknen.«

Ich steckte meine Füße ins Wasser. Aus Gewohnheit sagte ich: »Oh, wie heiß.«

Ich beugte den Kopf zur Schüssel, denn sie brauchte nicht zu wissen, dass ich vor lauter Glückseligkeit schielte wie ein Otter.

»Wo ist Onkel Fred?«, fragte ich, nachdem Tante Fie die gewaschenen Socken auf einen Ständer neben dem Ofen gehängt hatte.

»Er sitzt gerade in einem Saal«, sagte Tante Fie, »wo sie sonntags morgens so großartige Naturfilme über Afrika vorführen. Dein Onkel ist verrückt danach, und weißt du auch, warum?«

Ich schüttelte den Kopf, ich hatte keine Ahnung.

Tante Fie ließ ihr Hinterteil wackeln und schwenkte die Arme. Sie tanzte so wild durch das Zimmer, dass ich erschrak.

»Wegen der Zulumädchen«, sagte Tante Fie ausgelassen. »Sie tanzen und singen ganz nackig und für einen halben Gulden kann man sich das anschauen.«

Verlegen betrachtete ich meine Zehen. In dem warmen Wasser waren sie ganz weiß.

»Die schöne Natur in Afrika wird deinem Onkel ziemlich egal sein«, sagte Tante Fie. »Er genießt die schwarzen Hinterteile.«

Ich sagte nichts. Ich wusste vom Hörensagen, dass Onkel Fred die heiratslustigen Mädchen der Nähstunden liebend gern nackt fotografiert hätte. Tante Fie erlaubte das nicht. Eigentlich wäre Onkel Fred gern ein richtiger Fotograf, aber das ist er nicht, er hat eine langweilige Arbeit in einem großen Büro, wo er nicht die ganze Zeit über seine Fotos reden darf. Tante Fie will, dass er Fotos von Stillleben macht, das mag sie gern. Also tut ihr Onkel Fred den Gefallen. Und seine fotografierten Stillleben hängen überall im Zimmer, zum Beispiel ein riesiges nacktes Ei mit einem Löffelchen daneben, eine Kanne und eine Birne mit ewig langen Schatten dahinter, es gibt auch ein Foto von zwei Zitronen, das ist viel zu groß, man sieht nicht einmal, dass es Zitronen sind. Alle sind elend langweilig.

Tante Fie hörte auf zu tanzen.

»Willst du jetzt schon deine Blätterteigtasche?«, fragte sie.

»Sind meine Socken trocken?«

»Nein. Und ich kann sie erst stopfen, wenn sie trocken sind. Hast du die Teekanne nicht dabei?«

»Vergessen.«

Tante Fie seufzte. »Weißt du, dass ich mir Sorgen um dich mache, Junge?«, sagte sie. »Ich wache nachts auf und fange an, über dich nachzugrübeln. Der Junge verkümmert, denke ich dann. Der sitzt dort in der Wohnung mit diesem Wirrkopf. Ja, dein Vater kann nichts dafür, er ist halt ein Künstler. Ich habe zu deiner Mutter gesagt: Heirate keinen Künstler, Kind, du kannst ja mit ihm ausgehen, aber so einen Träumer braucht man nicht in der Wohnung. Sie hat ihn doch geheiratet, dickköpfig, was? Deine Mutter trug bei der Hochzeit einen Hut von mir, dein Vater einen hübschen Schlips mit Flecken. Ein Jahr später bist du auf die Welt gekommen. Deine Mutter war überglücklich mit dir, trotzdem wollte sie noch oft ausgehen und tanzen. Dann warst du bei mir. Ich habe dich gebadet. Das hat dir so gut gefallen, du hast geheult, wenn ich dich aus dem warmen Wasser holte und abtrocknete. Jetzt hast du nur noch deinen verrückten Vater. Er ist ein Schatz, aber er hat dir die schrecklichsten Flüche beigebracht, das ist schade. Zeig mal deine Füße.«

»Nein.«

»Warum nicht?«

»Es sind zwei normale Füße mit fünf Zehen, was soll das also?«

»Ich fülle die Soße in eine Schüssel. Willst du ein paar kalte Kartoffeln?«

»Nein.«

»Kannst du nur ›Nein‹ sagen?«

»Vor mir aus, gib her.«

»Was soll das, ›von mir aus, gib her‹ – ein bisschen höflicher wäre besser.«

»Die Blätterteigtasche, liebe Tante Fie.«

Sie trippelte schon davon. In der Küche sprach sie vor sich hin. Kein Wort zu verstehen. Meine Mutter sprach früher aus dem Hinterzimmer immer zu mir, wenn ich im Wohnzimmer war. »Ich verstehe dich nicht«, rief ich dann. »Du verstehst mich genau«, rief sie zurück, »du willst einfach nicht hören.«

Das Wasser in der Schüssel war nicht mehr warm genug. Trotzdem döste ich vor mich hin. Das Geplauder von Tante Fie wurde zum Geplauder meiner Mutter.

Ich schrak hoch, als Tante Fie direkt neben meinem Ohr sagte: »Nicht einschlafen, Dummerchen.«

Weil sie so dicht neben mir stand, konnte sie mir mit ihrem Zeigefinger bequem den Schlaf aus den Augen wischen. Es machte mich oft ganz nervös, dass sie meiner Mutter so ähnlich war.

»Mach nicht so ein mürrisches Gesicht, mein Äffchen«, sagte sie.

Das ging zu weit, fand ich, denn meine Mutter nannte mich auch oft Äffchen.

»Affen sitzen im Zoo«, sagte ich.

Ich streckte die Hand aus und bekam die Blätterteigtasche, sie lag auf dem kleinen Teller mit dem Sprung, der aussieht wie ein Fragezeichen. Ich konnte wählen: wild drauflosessen oder den Deckel von der Blätterteigtasche hochheben, den gelben, dicken Pudding herauslecken und den Deckel und den Boden getrennt verputzen. Letzteres war natürlich das, was sich gehörte, aber wenn man wild drauflosisst, schmeckt man mehr. Also aß ich wild drauflos, der gelbe Pudding klebte mir auf der Nase und der Oberlippe, ein bisschen trieb sogar in der Waschschüssel.

»Deine Mama war immer so ein kräftiges Mädchen«, sagte Tante Fie. »Ich kann es einfach nicht begreifen. Wenn du Fragen hast, dann raus damit.«

»Wenn du nichts begreifst«, sagte ich mit vollem Mund, »dann sollte ich lieber nichts fragen, oder?«

»Erst den Mund leer essen, bevor du was sagst, Junge.«

Ich leckte mir die Lippen sauber und rülpste kurz und kräftig.

»Bist du ungezogen, Tommi?«, fragte sie.

»Nein. Und ich heiße Thomas.«

»Und mir kommt es die ganze Zeit so vor, als ob du ungezogen bist.«

Ich zog meine Füße so wild aus der Schüssel, dass ich Tante Fie nass spritzte. Sie musste schrecklich lachen. Ihr machen die verrücktesten Dinge Spaß, vor allem, wenn man denkt: Jetzt wird es ernst.

Auf dem Heimweg begegnete ich Piet Zwaan. Man konnte nicht mal sagen, dass er sonntäglich aussah, obwohl er schrecklich ordentlich angezogen war, aber das war er in der Schule ja auch.

»He, da ist ja Piet Zwaan«, sagte ich.

In seinem Blick war weder ein Gruß noch eine Überraschung.

»Guten Tag, Thomas«, sagte er.

Nur mein Vater nannte mich Thomas. Nun, da Piet Zwaan mich auch Thomas nannte, hielt ich ihn für einen alten Knacker.

»Ich habe gerade eine Blätterteigtasche gegessen«, sagte ich. »Bei meiner Tante Fie.«

Er schien es nicht zu hören.

Ich zeigte ihm die Schüssel. »Da ist gestockte Soße drin«, sagte ich. »Es friert immer noch. Was ist eigentlich Wintereis?«

»Das ist eine Art Polareis. Es ist bestimmt zwanzig Zentimeter dick. Am Südpol gibt es Eis, das ist Hunderte von Jahren alt.«

»Was machst du auf der Straße?«

»Gehen.«

»Irgendwohin?«

»Nein, von irgendwo weg.«

In der langen, kalten Van Woustraat sah ich Piet Zwaans Hals und den Kragen seines blütenweißen Hemds, der Kragen war abgewetzt, da und dort war ein winziges Loch zu sehen, trotzdem sah er piekfein aus. Von Olli Wildeman wusste ich, dass Piet Zwaan in einem vornehmen Herrenhaus auf der Weteringschans wohnte. So ein Haus wollte ich gern mal von innen sehen.

»Mein Vater schreibt ein Buch«, sagte ich.

»Ja«, sagte er, »ich weiß, dass er Bücher schreibt.«

»Woher weißt du das? Man kann sie nirgends kaufen, sie sind nur dicke Hefte bei uns zu Hause.«

»Man erfährt so manches.«

»Wirst du später vielleicht auch Bücher schreiben?«, fragte ich.

»Das weiß ich noch nicht. Vielleicht.«

»Warum weißt du das noch nicht?«

»Wenn man ein Buch schreiben will, muss man viel gesehen und erlebt haben«, sagte er.

»Was muss man gesehen und erlebt haben?«

»Alles und noch mehr, Thomas.«

»Sonntag ist ein Scheißtag – es ist ein Tag, von dem man ganz lahm wird.«

»Findest du mich lahm?«

»Nein. Du mich?«

Er schaute mich an. Nie brachte ihn was zum Lachen.

»Dann also auf Wiedersehen«, sagte ich.

»Auf Wiedersehen, Thomas. Pass auf, dass dir die Schüssel nicht runterfällt.«

Ich warf die Schüssel hoch und fing sie geschickt wieder auf. Er lachte kurz, so kurz, dass es schon vorbei war, bevor man es gehört hatte.

Ich ging weiter, er ging weiter. Ich war auf dem Weg nach Hause, er ging Richtung Amsterdam-Süd. Über die Schulter schaute ich ihm nach. Piet Zwaan lief mutterseelenallein auf der Straße. Er schaute auch über die Schulter und sah mich mutterseelenallein auf der Straße.

ARME KLEINE HUNDE

Sonntagabend. Der Ofen war gerade aus, da kamen Reinier Voorland und Adriaan Mosterd die Treppe heraufgestürmt. Während der Dämmerung hatten sie sich auf dem Leidseplan getroffen. Ich sah sie gern, denn mein Vater wurde fröhlich, wenn sie da waren.

»Wir haben keinen Cent in der Tasche«, sagte Voorland. »Ich sagte zu Adriaan: Bei mir zu Hause ist die Milch sauer und das Brot verschimmelt, gehen wir zu Johannes und lassen uns einladen.«

»Meine Herren«, sagte mein Vater, »der Ofen ist aus, die Kohlen sind alle und ich habe nichts zu essen im Haus.«

Der alte Mosterd zeigte meinem Vater stolz ein schmutziges Päckchen. »Essen haben wir mitgebracht.«

Voorland schlenderte durch das Zimmer und bekam von meinem Vater einen Klaps auf die Hand, als er sein dickes Schreibheft aufschlagen wollte. Voorland ist Kunstmaler. Kein Mensch kauft seine Bilder. »Meine Zeit kommt bestimmt noch«, sagt er oft.

Mein Vater leerte einen vollen Aschenbecher in einen weniger vollen Aschenbecher.

Voorland setzte sich an den kalten Ofen, streckte die Hände aus und machte vor Vergnügen die Augen zu. Es sah aus, als würde ihm wunderbar warm.

Ich bemerkte seine Sandalen und sagte: »Erfrieren dir nicht die Zehen?«

Er hielt die Augen geschlossen. »Wenn das passiert«, sagte er, »hacke ich sie ab und stecke sie in Alkohol.«

Ich konnte mich vor Lachen nicht halten.

Mosterd zeigte meinem Vater ein paar geräucherte Heringe. Sie lagen auf fettigem Zeitungspapier. Mein Vater betrachtete sie misstrauisch. Mosterd roch an den Fischen und sagte: »Ach nein, ich habe sie vor drei Tagen bei einem Straßenhändler gekauft, sie sind so frisch wie Mädchenwangen.«

»Schau nur«, sagte ich und deutete auf Voorland, »schau nur, er glaubt, der Ofen brennt, was für ein Dummkopf.«

»Brennende Öfen sind Jedermannsfreunde«, sagte Voorland. »Aber dieser Ofen ist eine ganz besondere Persönlichkeit, daran wärme ich mich.«

Mosterd war noch immer außer Atem vom Treppensteigen. »Ich behalte meinen Überzieher an, meine Herren«, sagte er. »Ich muss meinen alten Körper gegen Frost und Wasserkälte schützen. Erzählt mir bitte was von Leid und Verdruss, es wird mich trösten.«

Ich bin ganz vernarrt in Mosterd. Er spricht nicht, nein, er singt. Er ist ein Schauspieler im Ruhestand, sagt mein Vater. Mosterd kann nichts mehr behalten und trägt zwei Paar Socken übereinander, er hat einen Kopf mit langen, grauweißen Haaren, die strähnig über seine Schultern fallen, seine Ohren sind so groß wie Unterteller, und wenn er ein trauriges Gesicht macht, muss ich schrecklich über ihn lachen.

Am Tisch verteilte mein Vater die Heringe. Voorland hatte seine Sandalen und Socken ausgezogen, mit unserer großen Schere schnitt er sich die Zehennägel – das war kein ekliger Anblick, seine Füße waren sauber. Wenn er einen Nagel abgeschnitten hatte, hielt er ihn immer eine Weile zwischen Daumen und Zeigefinger über die Kohlenkiste, bevor er ihn fallen ließ.

»Warum lässt du sie nicht sofort fallen?«, fragte ich.

»Es fällt mir schwer, von einem Teil von mir selbst Abschied zu nehmen«, sagte er.

»Wie geht es dir in der Schule, Junge?«, fragte Mosterd.

»Rechnen«, sagte ich, »und noch mehr Rechnen, beschissen.«

»Du hast recht«, sagte Mosterd, »das braucht kein Mensch, rechnen lernt man in der Praxis, aber die Praxis muss man nach Möglichkeit vermeiden. Erzählt dein Lehrer auch mal was über Vondel?«

»Wer ist Vondel?«, fragte ich.

»Deine Frage verletzt mich. Joost van den Vondel war vor Hunderten von Jahren ein Dichter im Strumpfhandel, ein kleiner Ladenbesitzer in der Warmoesstraat, aber seine Träume waren großartig, seine Sprache gewaltig. Irre ich mich oder bist du ein paar Zentimeter gewachsen?«

»Nicht dass ich wüsste«, sagte ich.

Er schüttelte mitleidig den Kopf. Ganz feierlich sagte er: »Die Eltern pflegen treu das Kind, sie zieh'n es auf mit Schmerz. Das kleine Kind tritt aufs Gewand, das große auf das Herz.«

»Was?«, sagte ich.

»Das ist Vondel, mein Junge. Ich habe keine Kinder. Mir ist viel Leid erspart geblieben.«

»Das sieht man dir aber nicht an«, sagte Voorland.

Mosterd blinzelte mir zu. »Er ist ein Lump, dieser Herr«, sagte er. »Aber er kann sehr schön malen.«

Wegen der Enge im Wohnzimmer war mir nicht mehr so kalt. Mein Vater, Voorland und Mosterd hielten keine Sekunde den Mund. Manchmal wusste ich nicht, ob sie stritten oder Spaß machten.

Voorland kann noch schlimmer fluchen als mein Vater, ich bekam ab und zu einen roten Kopf vor Scham. Mosterd sprach mit viel Schwung und spuckte wie ein Kamel. Mein Vater wurde müde vor Lachen.

Wussten sie eigentlich, dass ich auch noch da war?

Ich ging zu Voorland und fragte: »Darf ich auch einen Zug haben? Bitte …« Voorland gab mir seine brennende Zigarette, ich zog mit eingezogenen Wangen und schielte nach der brennenden Spitze. Die Zigarette schrumpfte langsam. Zu komisch. Ich lachte und hustete. Mosterd schlug mir mit seiner wahnsinnig großen Altmännerhand auf die Schulter. Im selben Moment verschluckte sich mein Vater an einem Stück Hering: Er sollte keinen Fisch essen, das geht immer schief. Aber ich wollte ihre Aufmerksamkeit wieder auf mich lenken. Gelenkig sprang ich auf die Kiste mit den Kampferkugeln und den alten Kleidern, breitete die Arme aus und rief: »Ich bin der Gescheiteste in meiner Klasse! Ich kann am besten von allen lesen.«

Es interessierte sie nicht die Bohne.

Ich musste etwas anderes anbringen. Die Geschichte von dem Hund, die mir Piet Zwaan erzählt hatte. Ja, das war gut. Als ich diese Geschichte Tante Fie vorgetragen hatte, musste sie sich ganz lange die Nase putzen, dabei war sie gar nicht erkältet.

»Es saß ein kleiner Hund auf dem Eis«, rief ich. »Er fror so schrecklich, dass er nicht mal mehr zitterte. Er schaute nur – schaut – so schaute er – mit großen, nassen Augen, he, schaut doch mal …«

Mit dem Zeigefinger zog ich die Haut unter meinen Augen nach unten.

Nicht zu glauben, sie hielten den Mund. Sie schauten mich an, und in ihren Augen war ein Blick, als wollten sie sagen: Übertreibe es nicht, wir müssen jetzt schon fast weinen.

Und das Schönste würde ja erst noch kommen.

»Ich wollte das Hündchen hochheben, aber das arme, arme Hündchen war mit dem Hinterteil am Eis festgeklebt. Am Wintereis. Das kann zwanzig Zentimeter dick werden. Es ist eine Art Polareis, es kann ewig halten, aber eines schönen Tages auch schmelzen …«

Ich schüttelte den Kopf, als gäbe es für das Hündchen keine Rettung mehr. Dann fuhr ich mit meiner Geschichte fort.

»Von jemand auf einem Schiff bekam ich einen Krug warmes Wasser und einen Lappen. Von dem Krug war der Henkel abgebrochen, wisst ihr, und der Lappen war schmutzig.«

Ich schaute sie an. Wer sich an solche Kleinigkeiten erinnert, lügt nicht. Sie saßen da, mit Stummheit geschlagen. Ich war affenstolz auf mich.

»Und dann habe ich das Hündchen mit dem warmen Wasser vom Eis losgelöst«, sagte ich mit Tränen in der Stimme. »Es leckte mich wie verrückt, es leckte mein ganzes Gesicht, ja, seine Zunge fror beinahe an meiner Nase fest – es war ein potthässliches Hündchen, aber auch potthässliche Hündchen sollen nicht erfrieren.«

Ich hielt den Mund, schlug die Arme übereinander und wartete auf den Applaus.

»Aus?«, fragte mein Vater.

»Aus«, sagte ich.

Voorland sagte: »Und dann hat dir der Köter erzählt, wo er wohnt, und du hast ihn zu seinem Herrchen gebracht.«

Ich sagte nichts.

»Ach, Junge«, sagte Mosterd mit seiner tiefen Stimme, »das ist recht gut ausgedacht. Du bist ja ein kleiner Poet. Aber für einen Höhenflug hast du noch zu zarte Flügelchen.«

Mein Vater grinste.

»Es ist die reine Wahrheit«, schrie ich und hob zwei Finger. »Ich schwöre es!«

Schweigend schauten sie mich an. Sie ließen sich nicht auf mich ein, diese Kerle. Ich sprang von der Kiste und verkroch mich hinter einem Sessel. Euch krieg ich schon noch, ihr alten Knacker, dachte ich, Flügel – von wegen, ihr könnt mich mal; die Pest in euer Herz und die Schwindsucht in euren Kopf, ich erzähle euch nie, nie wieder etwas.

Wenn die Kohlen knapp waren, ging ich früh ins Bett. Nachdem Voorland und Mosterd die Treppe hinuntergepoltert waren, zog ich mich aus und kroch in Unterwäsche in die Federn, ja, wenn es nur Federn gewesen wären, unter den drei dünnen Drecksdecken zitterte ich noch immer vor Kälte.

Auf dem Flohmarkt hatte mir mein Vater zu meinem

zwölften Geburtstag ein paar alte Kinderbücher gekauft. Es ist ein hübscher Turm am Fußende. Das Buch, das ich gerade lese, liegt immer gemütlich warm unter dem Kissen.

Ich bin verrückt nach alten Büchern. Sie riechen gut und handeln oft von armen Dorfkindern – der Vater arbeitet auf dem Acker oder in der Fabrik und verdient vier Gulden im Monat und die Mutter liegt krank im Bett.

Ich bin auch verrückt nach alten Mädchenbüchern.

Die Mädchen darin tragen schöne Kleider aus Samt und Spitze, sie sind lieb zu Mama und Papa und ihrem kleinen Bruder. Und sie sind gütig. In Wirklichkeit findet man solche Mädchen nie.

Mein Vater saß schon wieder an der Arbeit.

»Es wird ein seltsames Buch«, sagte er oft.

Aber wenn er in dem dicken Heft las, traten ihm Tränen in die Augen, so schön fand er es selbst.

Nun las er nicht, er schrieb.

Piet Zwaan hatte zu mir gesagt: »Um Bücher schreiben zu können, muss man viel gesehen und erlebt haben.«

Ich dachte: Piet Zwaan hat selbst jedenfalls noch nichts erlebt. Ein Sprücheklopfer. Ich habe etwas erlebt. Ich habe eigentlich schon schrecklich viel erlebt. Darüber könnte ich ein großartiges Buch schreiben. Piet Zwaan würde nicht wissen, was er da liest. Ich werde aber kein Buch schreiben, ich habe nicht mal ein dickes Heft.

Das Licht ging aus.

»Verflixt«, schrie mein Vater im Wohnzimmer. »Ich habe keine verdammte Münze mehr im Haus.«

»Steck eine Kerze an«, rief ich.

»Dummkopf, wenn ich bei Kerzenlicht schreibe«, sagte

er, »wird mein Buch unerträglich sentimental. Ich renne schnell zu Fie, einverstanden?«

»Nein«, sagte ich.

»Warum nicht?«

»Ich habe Angst allein.«

»Ich bin in einer halben Stunde wieder da.«

»Bringst du mir etwas Leckeres mit, etwas Süßes?«

»Ich werde mein Bestes tun.«

»Ich habe so einen ekligen Geschmack im Mund von den Räucherheringen.«

»Sag so etwas nicht«, sagte mein Vater und rülpste, »jetzt schmecke ich sie auch wieder.«

Seinen Mantel brauchte er nicht anzuziehen, den trug er schon, als er sich zur Arbeit hingesetzt hatte.

Ich lauschte auf Gemaule auf der Treppe, dann zog ich das Buch unter dem Kissen hervor und nahm die Dynamotaschenlampe. Die muss man die ganze Zeit drücken, wenn man lesen will, das ist sehr ermüdend.

Auf dem dicken Buchumschlag steht: *Die sonnige Jugend des Frits van Duuren. Von Chr. van Abcoude.*

Kein Mädchenbuch, auch wenn es nicht gerade um einen mutigen Jungen geht. Ich kenne es praktisch auswendig. Mitten im Buch kommt der arme Hund Hektor um. Er gerät unter eine Kutsche, bekommt einen Tritt von einem Pferd, Räder donnern über ihn hinweg. Noch dazu geschieht das an einem Sonntag. Blöde reiche Stinker in ihren Kutschen, die sich nicht um einen dreckigen Hund kümmern. Hektor wird zu einem Tierarzt gebracht, Frits darf mit.

Ich schlug das Buch auf und fand in der Dunkelheit sofort die Seiten mit dem großen Kummer. Ich drückte so wild auf die Taschenlampe, dass sie summte und das Lämpchen brannte.

Als Hektor beim Tierarzt ist, steht da: *»Danke, Herrchen«, sagten die Augen. Hektor fühlte keinen Schmerz mehr, er streckte sich auf der Matte aus und seine Augen schlossen sich für immer. Hektor war tot.*

Tränen liefen über meine Wangen. Ein angenehmes Gefühl war das. Bald würde mein Vater zurückkommen. Wenn er die Münze in den Apparat geschoben hatte und die Lampe wieder brannte, würde er die Tränenspuren auf meinen Wangen sehen. Nein, ich würde ihm nichts von Hektor erzählen. So eine rührende Geschichte über einen Hund war nichts für ihn. Ich wusste genau, was er dann denken würde.

LIESJE OVERWATER MELDET SICH

Am Donnerstagnachmittag wollte der Lehrer, dass wir Schönschrift üben. Meine Feder blieb ab und zu hängen. Ich biss mir auf die Zunge, passte auf, dass die beiden Hälften der Spitze sich nicht spreizten, denn dann würde die Feder spritzen.

Ich gab mir zu viel Mühe, mein Federhalter fiel zu Boden. Als ich mich bückte und ihn aufhob, sah ich, dass einer der karierten Strümpfe von Liesje Overwater in den Schuh gerutscht war. Auf ihrem weißen Bein flimmerten blonde Härchen. Mit einem langen Zeigefinger kratzte sie sich in der Kniekehle. Ganz zart kniff ich sie in die Haut, dabei berührte ich ihre Hand.

Ihr erschrockener Aufschrei ging mir durch Mark und Bein.

Blitzschnell sorgte ich dafür, dass ich aufrecht saß und an einem Buchstaben mit einer langen Schlaufe malte. Liesje Overwater meldete sich und sagte laut: »Ich bin gekniffen worden, Herr Lehrer.«

»Welcher Schuft hat das getan?«, fragte der Lehrer.

Es fehlte nicht viel und ich hätte den Finger gehoben.

Liesje Overwater deutete auf mich. »Sie benehmen sich alle eklig hier«, sagte sie, »und er ist der Schlimmste. Ich werde es meinem Vater sagen.«

Der Lehrer kam ganz langsam zu der Bank, in der ich saß.

»Ich habe sie nur ganz sanft gekniffen«, sagte ich. »Sie brauchen sich wirklich nicht aufzuregen.«

»Das entscheide ich selbst, Rotzjunge«, sagte der Lehrer und gab mir eine Ohrfeige.

»Das dürfen Sie nicht, hat mein Vater gesagt«, sagte ich.

»Dein Vater meint, dass du sehr viel Fantasie hast«, sagte der Lehrer. »Dein Vater meint, dass du ein schrecklich empfindsamer Junge bist. Warum, frage ich mich also, kneift ein fantasievoller und empfindsamer Junge ein Mädchen in den Po?«

»Mein Federhalter war runtergefallen. Da habe ich ihr Bein gesehen. Ich habe es getan, ohne zu überlegen. Und es war überhaupt nicht ihr Po.«

Es entging mir nicht, dass Liesje Overwater verlegen an ihren Blusenknöpfen fummelte. Es war ihr sichtbar peinlich, dass über ihren Po gesprochen wurde. Ich war verrückt nach ihr.

»Weißt du, was mit dem Jungen aus der sechsten Klasse passiert ist?«, fragte der Lehrer.

Ich hatte keine Ahnung, also sagte ich: »Nein, Herr Lehrer, das weiß ich nicht.«

»Der Lauser holte während des Unterrichts seine Zauberflöte aus der Hose.«

»Was meint der Lehrer damit?«, fragte Liesje Overwater und warf mir einen schnellen Blick zu, in diesem Moment waren ihre Augen größer und blauer denn je.

»Er ist für drei Tage von der Schule verwiesen worden«, fuhr der Lehrer unbeirrt fort.

»Der Rektor hat mindestens eine halbe Stunde mit seinem Vater und seiner Mutter gesprochen. Ein Mädchen aus seiner Klasse konnte vor Schreck eine Woche lang kein Wort herausbringen.«

Der Lehrer blieb dicht vor mir stehen, das machte mir Kopfjucken. Ich versuchte noch einen Buchstaben mit einer prächtigen Schlaufe zu schreiben, aber es wurde nichts. Weil die Jungen in der Klasse alle versuchten, das Lachen zu unterdrücken, war es nicht gerade still um mich herum. Ich dachte: Nie im Leben gebe ich mich noch mal mit Mädchen ab.

»Hat dein Vater eigentlich beim Militär gedient?«, fragte der Lehrer.

»Aber nein«, sagte ich ziemlich albern, »natürlich nicht.«

Nun bekam ich eine Ohrfeige auf die andere Wange.

»Hier«, sagte der Lehrer, »die ist für dein ›natürlich nicht‹.«

Ich wollte noch etwas sagen, aber da ging die Glocke.

Nachdem ich durch den Torbogen gegangen war, nahm ich den kürzesten Weg nach Hause. Ich ließ die Hoge Sluis links liegen und überquerte die zugefrorene Amstel. Meine beiden Wangen glühten, ich war also gut im Gleichgewicht. Der harte Schnee knirschte unter meinen Füßen.

Ich fühlte mich großartig.

Endlich hatte ich mal wieder ein paar ordentliche Ohrfeigen bekommen. Es hatte mir schon lange gestunken, dass ich beim Ohrfeigenverteilen immer übergangen wurde. Nun konnte mich keiner in der Klasse mehr aufziehen. Das hatte ich Liesje Overwater zu verdanken.

Ich erreichte die Mitte der Amstel. Der Wind blies nicht

allzu stark, aber auf der großen, weißen Fläche hatte ich trotzdem das Gefühl, als wolle er mich umwehen.

Ich sah, dass Liesje Overwater und Elsje Schoen nebeneinander am Ufer gingen. Sie waren auf dem Weg zur Magere Brug.

Auf dem Eis lief ich heimlich mit ihnen mit.

Sie plapperten ohne Pause miteinander und gingen Arm in Arm. Ich trabte über das glatte Eis und versuchte, mit den beiden Mädchen Schritt zu halten – ungefähr vier Mal fiel ich auf meinen Hintern oder auf die Knie, aber ich hatte schon Schlimmeres erlebt.

Hinter den Amstelschleusen sah ich sie nicht mehr. Ich rannte über das Eis. Ich wusste: Je schneller man rennt, umso geringer ist die Gefahr, auszurutschen. Nicht weit von der Magere Brug blieb ich stehen.

Seelenruhig kamen sie über die Brücke. Sie mussten mich doch sehen. Ich winkte mit beiden Armen. Einen Moment lang glaubte ich, sie würden mich anschauen. Aber sie steckten die Köpfe noch dichter zusammen und redeten endlos weiter.

Worüber eigentlich?

Liesje Overwater schüttelte heftig den Kopf, das konnte ich sehen. Vielleicht hatte Elsje Schoen gesagt: »Ich finde Tommi sehr witzig.« Das konnte doch sein. Aber es konnte ebenso gut nicht sein.

Sie tauchten in die Kerkstraat ein und waren verschwunden.

Liesje Overwater wohnt in der Utrechtsestraat, Elsje Schoen wohnt irgendwo an einer Gracht. Beide haben natürlich ein eigenes Zimmer. So ein hübsches Zimmer, in dem es immer angenehm warm ist, und bestimmt steht ein bequemer alter Kindersessel drin, in dem ein verdammter Teddybär sitzt, mit kahlen Stellen an Nase und Ohren, vom vielen Schmusen. Ich würde es nie wirklich wissen, da war ich sicher, Mädchenzimmer waren für mich unendlich fern, auch wenn es in allen möglichen Häusern welche gab.

Ich drehte mich um, schlenderte über das Eis und ließ die Magere Brug hinter mir. Als ich wieder bei der Hoge Sluis war, sah ich auf dem Brückengeländer einen Mann balancieren – er hielt sich an einem Laternenpfahl fest.

Ich hielt inne.

Weil sich der Mann so ungeschickt anstellte, wusste ich sofort, wer er war.

»Guten Tag, Papa«, sagte ich leise.

Ich fragte mich, was er dort tat, auf dem Geländer. Für diese Späße war er zu alt. Er könnte fast mein Opa sein.

Jetzt winkte er.

Ich schämte mich für ihn. Von mir aus kann er sich seltsam benehmen, wenn niemand in der Nähe ist. Und woher wusste er, dass ich Thomas war? Von Weitem gesehen konnte ich ebenso gut ein anderer Junge sein.

Ich rannte zur Hoge Sluis.

Mein Vater winkte und winkte.

Kurz vor der Brücke blieb ich stehen. Ich winkte zurück und rief: »Was tust du denn da?«

»Ich habe eine Arbeitsstelle«, jubelte mein Vater. »Ich gehe nach Moffrika*, Thomas.«

Ich begann zu heulen und erschrak selbst darüber. Das

* Moffrika: Spottname für Deutschland

kam nicht von den Ohrfeigen, nicht von Liesje Overwaters schrecklichem Schrei, nein, ich heulte, weil mir einfach nichts anderes einfiel.

Für seine Verhältnisse war mein Vater in bester Stimmung. Er sang in der Küche, er streifte sich sogar die Ärmel hoch und erzählte mir von Peine, einer Stadt in Deutschland, wo er bei etwas arbeiten würde, was er BAR nannte.

»Was ist das?«, fragte ich.

»British Army over Rhine«, sagte er feierlich.

»Was?«

»Ich habe eine Prüfung machen müssen, Thomas, und jetzt kann ich es dir ja sagen. Ich hatte Angst, dass ich durchfallen würde. Man fällt nicht gern durch eine Prüfung, wenn man über fünfzig ist, dann sollte man eigentlich andere Leute prüfen, nicht wahr? Glänzend geschafft, Junge – mein Deutsch ist von Vorkriegsqualität, und der Major, mit dem ich Englisch sprechen musste, schämte sich für seinen eigenen hoffnungslosen Akzent.«

»Was wirst du in Peine tun?«, fragte ich.

»Geld verdienen, Junge, du brauchst neue Kleidung, eine neue Brille …«

»Ich trage keine Brille.«

Mein Vater grinste.

»Ich komme zur Zensur«, sagte er. »Ich werde den ganzen langen Tag Briefe von den Moffen lesen. Die Engländer haben Angst, dass sich die Moffen den Russen anschließen oder heimlich wieder eine Armee aufbauen.«

»Du kannst also den ganzen Tag nur rumsitzen und lesen.«

»So sehe ich das nicht. Von Zensur wird die Welt nicht glücklicher. Ich bin ein schlechter Mensch. Aber auch ein schlechter Mensch muss dafür sorgen, dass sein Sohn nicht verhungert.«

»Warum bist du ein schlechter Mensch?«

»Die Briefe von irgendwelchen Leuten gehen mich einen Dreck an. Ich will sie nicht lesen. Ich stecke sie zurück in den Umschlag und drücke dann einen Stempel drauf. Das ist das Schöne, wenn man ein schlechter Mensch ist – man kann tun und lassen, was man will. Gib mir mal das Salz. Riechen sie nicht wunderbar, die Koteletts?«

Ich saß allein an dem gedeckten Tisch. Mein Vater hatte sich ein zerrissenes Küchenhandtuch über den Arm gehängt und spielte den Ober. Er verbeugte sich vor mir und schlug die Hacken zusammen.

»Hör auf«, sagte ich, »tu nicht so wie ein Mof.«

»Verzeihung«, sagte er auf Deutsch.

»Hör auf.«

»In ein paar Monaten läufst du wie ein kleiner Prinz herum. Wir gehen zum Zoo, wir gehen zum Zirkus Knie, ich bin dort in Peine in einem alten deutschen Herrenhaus einquartiert, ich rauche abends gemütlich eine Zigarette, trinke einen Kognak und schaue aus dem Fenster zu, wie sich die Moffen auf einem Schuh und einem Schlappen durch den Schnee quälen.«

Er hielt mir eine Schüssel vor die Nase.

»Noch ein wenig Kartoffeln, ja?«, sagte er, wieder auf Deutsch.

»Du darfst nicht Deutsch sprechen, das ist eklig.«

Mein Vater setzte sich, nahm einen abgenagten Knochen und betrachtete ihn nachdenklich.

»Ich habe dich heute Nachmittag beobachtet«, sagte er und warf mir ein kurzes Grinsen zu. »Dort auf dem Eis. Ich dachte: He, das ist ja mein Thomas, schau an, der Junge amüsiert sich köstlich ganz allein, ach, was für ein munteres Kerlchen ist er doch.«

»Ich bin ein Stück mit Liesje Overwater mitgelaufen.«

»Liesje Overwater«, sagte mein Vater bedächtig. »Ein Mädchen?«

»Nein, ein Junge, oder was glaubst du?«

»Worüber habt ihr gesprochen?«

»Über alles Mögliche.«

»Erzähl doch mal.«

»Sie hat gesagt, dass sie gerne schwimmt, sie hat gesagt, dass sie jeden Tag einen Viertelgulden fürs Schwimmbad bekommt, manchmal geht sie nicht hin und kauft sich heimlich Süßigkeiten für das Geld. Ihren Badeanzug hält sie dann in den Brunnen auf dem Frederiksplein und sie spritzt auch ihr Handtuch nass. Einmal hat sie zufällig ihren Badeanzug losgelassen, der trieb sofort mitten in den Brunnen und sie hat gedacht: Was soll ich jetzt tun? Sie hat ihre Schuhe und Strümpfe ausgezogen und ging mit nackten Füßen zu ihrem Badeanzug ...«

»Der Brunnen ist leer, Thomas. Es ist viel zu kalt für Wasser im Brunnen.«

Einen Moment lang sagte ich nichts.

»Na ja«, fuhr ich dann fort, »es war im Sommer – sie erzählt gerne Sachen, die lange zurückliegen, das tust du doch auch. Gestern durfte ich nach der Schule mit ihr nach

Hause gehen, sie hat ein sehr großes Zimmer, dort spricht man nicht, man schreit, und ihre Mutter brachte feuerrote Limonade, und ich verschluckte mich an der pappsüßen Limonade, und Liesje Overwater sagte: Geh weg, Mama, und da ging ihre Mutter weg und wir haben mit Würfeln irgendein verrücktes Spiel gespielt, sie musste lachen, als sie verlor, und sie verlor die ganze Zeit, eigentlich hat Liesje Overwater dauernd gelacht.«

»Warum nennst du sie nicht Liesje? Warum sagst du immer ihren Nachnamen dazu?«, fragte mein Vater und kratzte sich an einer Augenbraue.

»So heißt sie«, sagte ich.

»Warum hast du auf der Amstel geweint?«

Wenn das Heulen vorbei ist, sollte man nicht mehr darüber sprechen, finde ich. Ich hatte meinen Heulanfall schon längst vergessen. Und niemand sollte mich daran erinnern, am wenigsten mein Vater.

»Darum«, sagte ich.

»Was ich noch sagen wollte, Thomas ...«

Weil er sich die Nase putzen musste, hörte er auf zu reden.

»Nun, dann sag's schon«, drängte ich.

Langsam steckte er sein Taschentuch zurück.

»Du kannst nicht mit nach Peine«, sagte er, »das ist nichts für dich, wir bekommen dort ekliges englisches Essen und ich muss den ganzen Tag lesen und lesen, da rege ich mich nur auf, wenn ich weiß, dass du draußen herumläufst und Moffenjungen dir die Mütze klauen oder dir weismachen, dass Hitler schöne Autobahnen gebaut hat.«

»Ich habe keine Mütze.«

»Weiß ich.«

»Bleibe ich hier?«, fragte ich. »Hier im Haus?«

Mein Vater schaute mich weiter an, aber er sah mich nicht mehr, weil er nachdachte.

»Glaubst du das?«, fragte er nach einer Weile.

»Nein, ich hab's nur gefragt.«

»Du gehst zu Tante Fie. Du bekommst dort ein eigenes Zimmer, du weißt schon, das kleine Nebenzimmer – diesmal brauchst du nicht bei Tante Fie auf dem Dachboden zu schlafen.«

»Und du bist nicht da, wenn ich aufwache?«

»Nein.«

»Liesje Overwater geht diesen Sommer mit ihrem Vater und ihrer Mutter nach Friesland – dort wollen sie segeln. Sie kann schon schwimmen, sie wird es mir beibringen.«

»Es ist nicht für lange«, sagte mein Vater. »Nur für ein paar Monate.«

»Wirst du eine Soldatenuniform anziehen?«

»Bist du verrückt?«

»Du gehst doch zu den Soldaten, oder?«

»Nein, nein, zur Zensur, im Auftrag der Engländer, ja, das schon. Aber ich behalte meine eigene Hose, meine eigene Jacke.«

»Du hast nie geschossen, nicht wahr?«

»Nein, nie.«

»Findest du das schade?«

»Es tut mir nicht leid.«

»Wirst du in Peine auch nicht schießen?«

»Nein, nein. Übrigens, auf wen sollte ich denn dort schießen?«

»Auf die Moffen.«

»Warum?«

»Einfach so, zum Spaß.«

»Nein, Thomas«, sagte mein Vater. »Ich werde nicht auf sie schießen. Sie haben nicht mal mehr einen Nagel, um sich am Hintern zu kratzen.«

»Ich würde auf sie schießen.«

»Zum Glück haben Kinder nur Spielzeugpistolen. Sonst gäbe das eine schöne Schweinerei.«

»Ich habe nicht mal eine Spielzeugpistole.«

Mein Vater lachte und sagte: »Aber bald, mein Junge …«

»Nein!«, brüllte ich. Weil er es auf Deutsch gesagt hatte.

Mitten in der Nacht schreckte ich hoch. Ich hatte etwas Schlimmes geträumt, aber wenn ich über einen schlimmen Traum erschrecke, habe ich ihn sofort vergessen.

Ich knipste die kleine Lampe an.

Dort, auf dem anderen Bett, lag mein Vater. Er schlief wie ein Ochse.

Er war kaum zugedeckt. Ich konnte seine Schuhe sehen, auch ein Stück von seinen Socken und den weißen Beinen. Er war zu faul gewesen, sich auszuziehen. Ich fand es komisch, dass er nicht von seinem eigenen Schnarchen aufwachte.

Weil er so seltsam auf seinem Bett lag und ich den Tabakgeruch aus seinen Kleidern roch, dachte ich an den Hungerwinter. Mein Vater hatte zuletzt noch ein paar Schachteln voller Kippen gehabt, aber das Papier war alle. Aus einer

Bibel mit mindestens tausend Seiten riss er sich dünne Blätter heraus und benutzte sie als Zigarettenpapier. »Ich rauche nur die Teile«, sagte er, »in denen Gott sich wie Hitler verhält und ganze Volksstämme ausrottet.«

Ich betrachtete meinen Vater. Seine Schuhe sahen jetzt wahnsinnig groß aus. Sein Kinn war mit schwarzen Stoppeln bedeckt, sein Mund stand offen. Ich würde nie mehr getrocknete Kapuzinererbsen in seinen Mund werfen, denn dann verschluckte er sich schrecklich, das wusste ich aus Erfahrung.

Ich dachte immer noch an den Hungerwinter.

Eines Tages waren auch die Kippen zu Ende gewesen. Er hob manchmal zwei Finger zu seinem Mund und betrachtete sie erstaunt, weil keine Zigarette zwischen ihnen steckte.

Mein Vater stöhnte. Nun konnte er jeden Moment aufwachen.

Wäre es doch noch Krieg, dachte ich, wäre es nur kalt und stockdunkel draußen, hätten wir doch noch Verdunklungspapier am Fenster, dann würde ich noch im Hinterzimmer schlafen und dem Geflüster von Mama und Papa lauschen, im Durchgangszimmer.

Aber der Krieg war längst vorbei, im Ofen knisterte es und ich hatte Bauchweh von den Koteletts.

Ich schlief ein.

»Was ist denn das nun wieder?«, hörte ich meinen Vater noch sagen. »Warum habe ich mir die Schuhe nicht ausgezogen, verflixt noch mal?«

SIE IST NICHT BLOND

Auf dem Pausenhof ging alles schief. Es war Freitagmorgen. Alle hatten die Schule satt, aber der freie Samstagnachmittag und der lange Sonntag waren noch weit weg.

Die Jungen rauften.

Ich lehnte an einer Wand und schaute zu den Mädchen hinüber. Sie hickelten auf der Straße. Wenn ein Junge spöttisch mithickelte, riefen sie »Hau ab, ärgere deine Schwester!«, oder »Hoffentlich bekommst du die Schwindsucht!«. Kurz darauf sangen sie wieder im Takt ihres Hickelns.

Nach einer Weile spielten sie Versteck.

Liesje Overwater drückte ihren Unterarm nicht weit von mir gegen die Wand, bog den Kopf zum Ellenbogen und begann zu zählen. Ich schob mich langsam zu ihr hin.

»Mein Vater«, sagte ich in ihr linkes Ohr, »geht nach Moffrika, er ist Offizier in der englischen Armee geworden, ja, er hatte gestern schon seine Uniform an, ein feiner Pinkel ist er jetzt, mein Vater, mit so einem Stöckchen unterm Arm, du weißt schon.«

Liesje Overwater hörte auf mit Abzählen.

Sie schaute mich von der Seite an, schüttelte wild den Kopf und rannte davon.

»Er tut es wieder«, schrie sie. »Er tut es wieder!«

Die Mädchen kamen aus ihren Verstecken, fingen Liesje Overwater auf und schauten böse zu mir herüber, und dabei hatte ich doch gar nichts Schlimmes getan.

Die Jungen hörten mit ihren blöden Spielen auf und sahen, dass Liesje Overwater auf mich deutete. Sie hatten den größten Spaß. Langsam kamen sie in einer Gruppe auf mich zu.

Vor einer Gruppe muss man sich immer in Acht nehmen.

Ich sah, dass ein paar andere Jungen unauffällig zu Liesje Overwater schlenderten.

Schon bald waren Liesje Overwater und ich von Jungen umringt. Wir waren jetzt beide die Dummen.

»Sie gehen miteinander!«, rief Olli Wildeman ausgelassen. »Sie haben ein Verhältnis, diese Schmutzfinken, diese dreckigen.«

Ein paar Mädchen schlugen die Hände vors Gesicht. Jungen aus anderen Klassen schauten über die Schulter nach dem Durcheinander, aber wie üblich kümmerten sie sich nicht darum.

Liesje Overwater wurde zu mir geschubst. Das wollte sie nicht. Sie kreischte schrecklich und verteilte wilde Schläge, es war, als würde sie nach Fliegen schlagen.

Ich war verrückt nach ihr.

Wir kamen immer näher zusammen, Liesje Overwater und ich. Irgendwann war zwischen ihrer Nase und meiner Nase kaum noch Zwischenraum.

Ich hatte keine Ahnung, was die anderen von uns wollten.

Dicht vor mir sah ich Liesje Overwaters böse Augen. Sie hielt die Lippen fest aufeinandergedrückt.

»Ein Kuss«, brüllte Olli Wildeman, »gebt euch einen süßen, nassen Kuss!«

Eine Hand packte mich ziemlich fest im Nacken. Ich wollte eigentlich nicht näher hin zu Liesje Overwaters bösem Gesicht, ich hatte Angst, sie würde mich beißen. Mit Mühe riss ich mich los und wurde erneut festgehalten. Zum zweiten Mal riss ich mich los und schlug wie ein Verrückter um mich. Jemand stellte mir ein Bein und ich fiel der Länge nach auf den weißen Weg, eine Sekunde später bekam ich einen Tritt in die Seite, zu meinem Schreck merkte ich, dass ich beinahe erstickte in einem Heulanfall. Ich biss in die erste Hand, die in meine Nähe kam. Noch nie hatte ich einen so schrillen Schrei gehört.

Vom einen Moment auf den anderen ließen die Schwachköpfe Liesje Overwater und mich in Ruhe. Sie liefen davon, spielten wieder ihre dummen Spielchen, wobei sie sich schlugen, beschimpften und bespuckten.

Liesje Overwater kämmte mit gespreizten Fingern ihre Haare, schüttelte den Kopf, strich ihren Rock glatt, drehte sich um, machte zwei Schritte und begann dann sehr ruhig zu hickeln, die anderen Mädchen aus meiner Klasse liefen um sie herum und fingen auch gleich an zu hickeln.

Es schien, als sei nichts passiert. Sogar der Junge, den ich gebissen hatte, lachte wieder.

Nur ich war noch nicht der Alte. Mit den Händen wischte ich mir das Gesicht sauber, auch wenn ich genau wusste, dass mein Gesicht mit jedem Drüberwischen schmutziger wurde. Aber ein schmutziges Gesicht ist besser als ein blasses und verheultes.

Piet Zwaan kam gerade von seinem üblichen Spaziergang während der Pause zurück und ging seelenruhig auf mich zu. Er half mir hoch.

»Thomas«, sagte er, »was tust du denn da?«
»Ich habe einen Jungen gebissen«, sagte ich.
»Dich kann man auch keine Sekunde allein lassen.«
»Beißen ist hinterhältig«, sagte ich.
»Das würde ich auch meinen«, sagte Piet Zwaan.

Piet Zwaan und ich gingen zusammen über die Hoge Sluis. Ich fragte mich: Gehe ich mit ihm oder er mit mir? So etwas kann man manchmal nicht genau sagen.

Mitten auf der Brücke blieben wir stehen. Wir sahen die Magere Brug und ganz in der Ferne die Blauwbrug. Eine Frau in einem schwarzen Mantel lief über die breite, weiße Straße aus Eis und zog einen Schlitten, auf dem ein kleiner Junge saß. Es sah aus wie auf einer Weihnachtskarte. Und wenn ich etwas dicke habe, dann sind es verdammte Weihnachtskarten.

»Wir haben letzte Weihnachten nicht gefeiert«, sagte ich.

»Oh«, sagte er.

»Wir saßen am Ofen und tranken ein Glas warme Milch. Im Radio brachten sie zum Glück nichts vom Jesuskind, sondern schöne, leise Musik.«

»Wer saß da am Ofen?«

»Mein Vater und ich.«

»Oh«, sagte Piet Zwaan.

»Du hast bestimmt schöne Weihnachten gehabt, nicht wahr, auf der Weteringschans?«

»Warum denkst du das?«

»Mit so einem riesigen grünen Tannenbaum, nicht wahr? Mein Vater fängt bei solchen verdammten Tannenbäumen an zu niesen, er muss schon von den Geranien bei Tante Fie niesen.«

»Heuschnupfen?«

»Was ist das?«

»Da muss man im Frühling von all dem Blütenstaub niesen.«

»Nun, dann ist es kein Heuschnupfen, wenn man im Winter von Weihnachtsbäumen niest. Mein Vater muss sogar niesen, wenn im Radio gejodelt wird. Magst du Jodeln?«

»Nein«, sagte Zwaan, »das ist ein schreckliches Geräusch.«

»Aber du fängst davon nicht an zu niesen?«

»Viel fehlt nicht«, sagte Zwaan.

Wir gingen weiter.

Ich erzählte ihm noch mehr von unserem letzten Weihnachten. »Wir wurden ganz schläfrig von dieser schönen, leisen Musik im Radio. Hör auf zu summen, sagte ich zu meinem Vater. Du hast schlechte Laune, nicht wahr?, sagte mein Vater. Weißt du was, ich gehe mit dir aus, ich kenne eine sehr schöne Musikkneipe. Da gingen wir zu dieser sehr schönen Musikkneipe, dort stand ein großer Weihnachtsbaum zwischen den Tischen, so ein verdammter Christbaum mit Girlanden aus Gold und Silber, ein Kerl spielte *Stille Nacht, Heilige Nacht* auf einer schlecht gestimmten Geige, es war zum Verrücktwerden ...«

»Wie bist du eigentlich reingekommen«, fragte Piet Zwaan freundlich. »Durftest du das so einfach?«

»Nein«, sagte ich schnell, »was glaubst du denn? Ein Riese mit einer Schirmmütze auf dem Kopf sagte, als er mich sah: Der Kleine da darf hier nicht rein, mit so etwas fangen wir gar nicht erst an. Doch mein Vater hat ihm einen Gulden gegeben und da hat der Kerl ein Auge zugedrückt …«

»Ja«, sagte Piet Zwaan, »es gibt für alles eine Lösung.«

»Nun«, sagte ich, »wir saßen sehr ordentlich zu zweit an einem winzigen Tisch, nach der nervtötenden Musik kam zum Glück schöne wilde Musik, mein Vater sagte: Auf die kann nur ein Affe tanzen. Aber dann tanzte er doch, mit einer viel zu langen Frau, sie hatte eine Zigarettenspitze im Mund, in der steckte eine lange, dünne Zigarette, fast hat sie meinem Vater die Haare in Brand gesteckt – er ist nicht groß, mein Vater.«

Am Frederiksplein überquerten wir die Straße und liefen durch die Galerie weiter. Es war schön, auf sauberen Steinen zu gehen und nicht auf hartem Schnee. Allerdings war es ein Umweg, aber Piet Zwaan und ich hatten genug Zeit. Trotzdem überlegte ich, wer von uns beiden eigentlich auf die Idee mit der Galerie gekommen war.

»Ich habe nicht gewusst«, sagte Piet Zwaan, »dass eine Musikkneipe an Weihnachten offen hat.«

»Oh doch«, sagte ich, »aber das könnt ihr natürlich nicht wissen, wenn ihr zu Hause bei den brennenden Kerzen sitzt.«

»Es passt nicht zu deinem Vater, in eine Musikkneipe zu gehen.«

»Wie kommst du darauf, Zwaan? Du kennst ihn doch gar nicht«, sagte ich.

»Wirst du mich so nennen? Wirst du mich Zwaan nennen?«

»Ja, Piet gefällt mir nicht, wer nennt seinen Sohn schon Piet?«

»Mein Vater und meine Mutter haben mich Piet genannt«, sagte Zwaan. »Erzählst du oft so schöne Geschichten?«

»Nein«, sagte ich. »Fandest du etwa diese Geschichte schön? Im Ernst? Du kannst mich mal.«

»Finden die Leute deine Geschichten denn nicht schön?«

»Onkel Fred kann sie nicht aushalten. Er hat mal gesagt: Wenn du jetzt bis zwölf Uhr kein Wort mehr sagst, kriegst du einen Viertelgulden von mir.«

Zwaan pfiff leise.

»Ich hätte den Viertelgulden natürlich gern gehabt«, sagte ich. »Aber dann habe ich doch eine lange Geschichte erzählt.«

Zwaan schüttelte sich vor Lachen. Es war verrückt, dass man sein Lachen nur sehen konnte, zu hören war nichts davon.

Wir verließen die Galerie.

Am Kino gegenüber vom Kaufladen blieben wir stehen. Wenn wir weitergegangen wären, hätten wir an der Ecke der Weteringschans und der Reguliersgracht Abschied voneinander nehmen müssen. Wir betrachteten uns die Filmbilder im Schaukasten, sie gehörten zu einem Film über irgendeinen englischen König in einem glänzenden Harnisch.

»Das ist Heinrich V.«, sagte Zwaan und deutete auf einen Kerl mit genau solchen Ponyhaaren, wie ich sie habe. »Er hat die Franzosen abgeschlachtet, vor langer Zeit, deshalb ist er jetzt ein Held – in fünfhundert Jahren halten die Deutschen Hitler auch für einen Helden.«

»Nein«, sagte ich, »das ist ausgeschlossen, nie.«

»Alles ist möglich«, sagte Zwaan.

»Ich werde meinen Vater fragen, ob er das auch glaubt.«

»Dein Vater ist ein schüchterner, unbeholfener Künstler, nicht wahr?«

»Davon hast du doch keine Ahnung«, sagte ich.

»Du hast mir erzählt, dass er ein Buch schreibt, also ist er ein Künstler.«

»Aber ich habe dir nie erzählt, dass er schüchtern und unbeholfen ist.«

»Das weiß ich von Bet.«

»Wer ist Bet?«

»Bet hat ein Zimmer oben«, sagte Zwaan.

»Das habe ich nicht gefragt.«

Zwaan starrte vor sich hin.

»Ist sie eine Schwester von dir?«

»Nein, eine Kusine.«

»Ist sie blond?«

»Nein, sie ist nicht blond, sie hat rabenschwarze Haare.«

»Wie alt ist Bet?«

»Thomas, tu mir einen Gefallen, hör auf zu quasseln.«

»He, wir quasseln doch nicht, wir unterhalten uns.«

»Bet ist vierzehn.«

»Oh, schon so alt. Warum hat deine Kusine ein Zimmer in eurem Haus?«

»Dort schläft sie. Dort macht sie ihre Hausarbeit.«

»Hausarbeit? Das klingt mühsam.«

»Ich gehe jetzt heim«, sagte Zwaan.

»Ich auch«, sagte ich.

»Komm mit mir«, sagte Zwaan. »Bei mir zu Hause ist es manchmal ganz gemütlich.«

Schon auf der Treppe zum oberen Stock fing Zwaan an zu flüstern.

»Warum flüsterst du, Zwaan?«, fragte ich.

»Wer weiß, vielleicht schläft sie«, flüsterte er.

Ich dachte: Was nützt einem eine Kusine von vierzehn, die mitten am Tag pennt?

Ganz langsam machte er oben im Flur eine Tür auf. Das war blöd von ihm. Wenn man nicht will, dass eine Tür knarrt, darf man sie nicht langsam aufmachen, sondern schnell.

Wir kamen in einen ziemlich dunklen Raum mit einer geschlossenen Zwischentür. Auf einem großen Tisch ohne Tischdecke standen zwei kleine Teller, auf denen ein glänzender Apfel und ein silbriges Messer lagen, auch sah ich noch ein offenes Marmeladenglas, aus dem ein dünner Löffel ragte, alles sah wahrhaftig aus wie auf einem der Stillleben von Onkel Fred, und jetzt verstand ich, warum Zwaan flüsterte, das hier war wirklich eine Wohnung zum Flüstern, es gab keinen Ofen, sondern einen Kamin, hinter den Scheiben konnte man die glühenden Kohlen sehen.

Zwaan lief zu den geschlossenen Schiebetüren, hielt sein Ohr ans Holz und lauschte.

»Sie schläft«, flüsterte er.

»Piem«, hörte ich eine Frauenstimme sagen, »ich höre dich, schieb die Tür auf.«

»Sie schläft nicht«, flüsterte ich.

Zwaan schob die Tür auf, dadurch wurde es viel heller im Salon. Im Raum dahinter standen nur wenige Möbelstücke, Tante Fie würde es eine kahle Behausung nennen. Die Tapete war sehr hell, auch hier war ein Kamin, auf dem Sims stand nur eine große Uhr – die Uhr tickte nicht, sie zeigte auf zwölf, das nützte keinem was.

Auf einem Sofa mit einer geschwungenen Lehne saß eine Frau mit dem Rücken zu uns und schaute aus dem Fenster. Sie lehnte sich gegen dicke Kissen, auf ihren Beinen lag eine Decke. »Wer ist denn das, um Gottes willen, Piem?«, sagte die Frau.

Woher wusste sie, dass ich da war? Sah sie mein Spiegelbild in der Fensterscheibe oder fühlte sie, dass Zwaan jemanden mitgebracht hatte?

Sie drehte sich zu mir um.

Sie war das, was man eine vornehme Dame nennt, eine, die man nie irgendwo beim Einkaufen traf.

»Wer bist du?«, fragte sie.

»Das ist Thomas Vrij, Tante Jos«, sagte Zwaan schnell. »Er wohnt auf der anderen Seite, an der Lijnbaansgracht, wir können sein Haus sehen.«

He, Zwaan konnte mein Haus sehen, wenn er vom Fenster aus über die Gracht schaute. Daran hatte ich noch nie gedacht. Wie oft hatte er mich beobachtet, wenn ich auf die Scheibe blies und Figuren malte oder auf der Straße spielte oder ganz allein auf dem Eis rutschte? Und wie oft hatte er meinen Vater schon am Fenster gesehen?

»Ich möchte gern seine Stimme hören«, sagte Zwaans Tante. »Sag etwas, Thomas.«

Ich sagte nichts.

»Los, sei nicht so schüchtern.«

»Wir sind zusammen in einer Klasse«, sagte ich.

»Er spricht ein bisschen Dialekt, Piem«, sagte sie.

»Sind Sie krank?«, fragte ich.

»Pardon?«, sagte sie.

»Tante Jos«, sagte Zwaan, »Bet hat dir doch sicher schon von Johannes Vrij und seinem Sohn Thomas erzählt, nicht wahr?«

»Das ist möglich«, sagte sie, »Bet erzählt so viel.«

Neben seiner Tante war Zwaan ziemlich klein und weniger vornehm als in der Schule.

Zwaans Tante betrachtete mich.

Oh je, dachte ich, meine Knie sind schmutzig und mein Gesicht ist auch nicht besonders sauber.

»War da nicht etwas Schlimmes, Piem?«, sagte sie. »Es gab etwas Schlimmes, nicht wahr, es gibt immer etwas Schlimmes – ich habe es vergessen.«

»Es spielt keine Rolle«, sagte Zwaan.

»Alles spielt eine Rolle oder nichts spielt eine Rolle«, sagte sie, nahm ein Glas Wasser, legte eine Tablette auf ihre herausgestreckte Zunge und trank das Glas auf einen Zug leer.

»Ist Bet zu Hause?«, fragte Zwaan.

»Liebling«, sagte sie, »das weiß ich nicht. Übrigens, er ist ein mageres Kerlchen, dein Freund. Hat er Hunger? Gib ihm was zu essen, wenn er Hunger hat – nimm selbst nichts, du bist schon dick genug, Piem.«

Zwaan war nicht dick. Aber seine Tante war sehr mager.

»Wie geht es dir heute, Tante?«, fragte Zwaan.

»Ich habe ein paar Stunden geschlafen, und als ich aufwachte, war es Mittag.«

»Der Doktor hat gesagt …«

»… der Doktor darf nichts zu dir sagen, unser Doktor ist viel zu klein, ich möchte eigentlich einen hochgewachsenen Doktor, ein hochgewachsener Doktor würde sehen, dass du noch ein Kind bist. Ich bin froh, Piem, dass du jetzt einen Freund hast, das freut mich sehr. Freust du dich auch über deinen Freund?«

»Riesig«, sagte Zwaan mürrisch.

Zwaans Tante musste lachen.

»Ich bin noch keine vierzig«, sagte sie zu mir. »Ich bin keine alte Dame, falls du das glaubst. Ich kenne deinen Vater nicht. Warum kennt Bet deinen Vater? Ich weiß sehr wenig. Aber eines weiß ich: Piem bringt dich nicht einfach mit, du musst etwas Besonderes sein. Nun ja, wenn man etwas Besonderes ist, läuft man nicht herum und gibt damit an, nicht wahr?«

»Ich bin nichts Besonderes, gnädige Frau«, sagte ich.

»Hör mal, Piem, er spricht wirklich ziemlich Platt, ja, an der Lijnbaansgracht sprechen alle Platt, nicht wahr?«

»Das liegt an der Schule«, sagte Zwaan. »Meistens spricht er genau wie die anderen in der Klasse, jetzt spricht er so, weil du ihn nervös machst.«

»Warum sprichst du eigentlich nicht Platt? Oh ja, ich weiß schon, du kümmerst dich nicht um die anderen, du gehst deinen eigenen Weg, du liest viel zu viel, ich werde dir noch deine Bücher verstecken. Hast du die Kohlen schon vom Dachboden geholt?«

»Das mache ich gleich«, sagte Zwaan.

»Du lässt mich doch nicht mit ihm allein?«

Zwaan ging zum Salon zurück, drehte sich um und sagte: »Seine Mutter ist vor einem Jahr gestorben.« Ruhig schob er die Zwischentüren zu.

»Geh auch gleich zum Einkaufen«, rief ihm seine Tante nach, »und hole ein paar Butterkekse.«

Nun war ich allein mit ihr. Sie betrachtete mich.

Warum hatte Zwaan gesagt, dass meine Mutter tot ist? Das war blöd von ihm. Jetzt stand ich hier und wusste nicht, was ich machen sollte. In diesem teuren Zimmer wollte ich nicht der bedauernswerte, Dialekt sprechende, mutterlose Junge sein. Seltsamerweise dachte ich: Bin ich etwa hier, weil meine Mutter tot ist? Darüber musste ich lachen.

»Was gibt es zu lachen?«, fragte sie.

»Oh, nichts«, sagte ich.

»Findest du Piem auch ein bisschen meschugge?«

Ich nickte nicht und schüttelte auch nicht den Kopf. Auf eine blöde Frage braucht man nicht zu reagieren.

»Vor einem Jahr also«, sagte sie.

»Ich bin nicht bedauernswert«, sagte ich.

»Das empfehle ich dir auch sehr. Bedauernswerte Menschen sind ein Horror. Es ist ja auch allzu leicht. Wer bedauernswert sein will, findet immer einen Grund. War sie krank?«

»Sie hatte Grippe«, sagte ich.

Zwaans Tante unterdrückte ein Lächeln. Sie holte tief Luft und fragte: »Wie alt bist du?«

»Zwölf«, sagte ich.

»Piem ist auch zwölf, aber das weißt du natürlich. Ich hasse es, wenn man sagt, wie alt man ist. Man wird dann immer nur nach seinem Alter beurteilt. Hast du keine Schwierigkeiten damit? Ein zwölfjähriger Junge wird doch von niemandem ernst genommen.«

»Ich denke nicht darüber nach«, sagte ich.

»Piem macht es etwas aus. Deshalb sagt er nicht viel. Findest du ihn nett?«

Ich zuckte mit den Schultern.

Sie zuckte auch mit den Schultern. »Ich bin froh, dass du nicht gesagt hast: Ich finde ihn nett.«

»Warum?«

»Das sagen die Leute viel zu schnell. Mit den Schultern zucken ist viel besser. Vermisst du deine Mutter?«

Das kannte ich. Erwachsene fragen oft etwas, was man gerade nicht erwartet.

»Ich habe dich etwas gefragt, Thomas.«

»Vermissen«, sagte ich, »ich weiß nicht genau, was das ist.«

»Ich weiß auch nicht genau, was das ist.«

»Nehmen Sie mich jetzt auf den Arm?«

Sie lachte kurz auf.

»Natürlich nehme ich dich nicht auf den Arm«, sagte sie. »Übrigens, was ist das für eine Ausdrucksweise? Warum sagst du nicht ordentlich: Necken Sie mich jetzt? Möchtest du öfter zu uns kommen? Du brauchst nur zu klingeln, wenn du Lust hast. Manchmal wird man dir aufmachen, manchmal nicht. Komm mal her.«

Ich schüttelte den Kopf.

»Findest du mich alt und hässlich?«

Wieder zuckte ich mit den Schultern. Das hatte ihr schließlich gefallen.

»Geh jetzt. Mach die Schiebetüren gut hinter dir zu«, sagte sie.

Im Salon war niemand.

Ich betrachtete die beiden Äpfel und den Löffel im Marmeladenglas. Die Äpfel musste ich in Ruhe lassen, aber ich konnte einen Löffel Marmelade essen. Ich konnte auch schnell die Treppe hinunterrennen.

Ich ging zu den großen Fenstern, schaute hinaus und sah auf der anderen Seite des Wassers unser Haus. Aus der Entfernung sah es sehr schmal aus. Hinter einem der Fenster stand mein Vater.

Ich winkte.

Ich konnte winken, soviel ich wollte, er rührte sich nicht. Er konnte ja auch gar nicht wissen, dass ich hier war. Bestimmt war er wieder am Grübeln. Er tut nie etwas anderes.

Ich hatte in diesem fremden Haus über Mama gesprochen. Das taten wir zu Hause nie. Ich weiß auch nicht, warum. Es kam nie dazu.

War ich nun ein Verräter?

Mein Vater würde wahrscheinlich mit den Schultern zucken, wenn ich es ihm erzählte. Und wenn ich ihn fragen würde, ob ich nun ein Verräter sei, würde er sagen: »Wenn du ein Verräter sein willst, dann los, ich habe nichts dagegen.«

Die Tür ging auf und jemand kam herein. Ich drehte mich um und sah zu meiner Überraschung, dass es nicht Zwaan war, sondern ein Mädchen mit langen, schwarzen Haaren und einer Nickelbrille auf der Nase.

Ich deutete mit dem Daumen über die Schulter und sagte: »Ich wohne dort drüben ... ich bin bei Zwaan in der Klasse.«

Sie nickte.

Ich deutete auf die geschlossenen Schiebetüren und sagte: »Zwaan hat gedacht, sie würde schlafen, aber sie hat nicht geschlafen. Bist du wirklich schon vierzehn?«

Sie sagte nichts. Sie hatte etwas von einer Lehrerin in Klein.

»Zwaan nennt sie Tante«, sagte ich. »Weißt du, warum?«

»Ich nehme an, weil sie seine Tante ist«, sagte sie.

»Nennst du sie auch Tante?«

»Nein, ich sage Mama.«

»Warum?«

»Weil sie meine Mutter ist.«

Sie schaute mir ins Gesicht. Für ein Mädchen hatte sie schon sehr viel zu mir gesagt. Daran war ich nicht gewöhnt. Ich fühlte es bis in die Knie, es fehlte nicht viel und ich hätte mich am Tisch festhalten müssen.

»Du bist Thomas Vrij«, sagte sie. »Ich bin Bet Zwaan. Piem ist mein Vetter. Wie geht es dir, Thomas?«

»Ich darf wieder alles essen, hat der Doktor gesagt«, sagte ich.

Sie rümpfte die Nase.

Den Witz mit dem »alles essen« habe ich mir von Mosterd geklaut. Er sagt das immer, wenn mein Vater ihn nach seiner Gesundheit fragt. Das konnte Bet nicht wissen. Sie lächelte heimlich. Lächeln ist schon nicht viel, heimlich lächeln ist so gut wie nichts.

»Du bist groß geworden«, sagte sie.

Langsam kam sie auf mich zu. Mir tat der Bauch weh vor Nervosität. Sie war keinen Zentimeter größer als ich, auch keinen Zentimeter kleiner, sie ging um mich herum, blieb dann dicht neben mir stehen, unsere Nasen berührten sich fast. Sie roch nach kalt gewordener Seifenlauge, ein angenehmer Geruch.

»Du bist blass«, sagte sie. »Isst du genug Honig?«

»Der Honig kommt mir schon aus der Nase«, sagte ich.

Sie machte ein paar schnelle Schritte, zog die Schublade eines mattbraunen Schränkchens auf. Einen Moment später drückte sie mir ein weißes Taschentuch in die rechte Hand.

»Nicht nur der Honig«, sagte sie, »bitte, putz dir die Nase.«

Oh Gott, dachte ich, ist es etwa wieder so weit? Man muss ab und zu die Tropfen abwischen, das weiß man doch.

Ich putzte mir die Nase. Direkt neben einem Mädchen putzte ich meine Nase sonst nie, es machte mich verlegen.

Als ich ihr das Taschentuch zurückgeben wollte, zog sie ein Gesicht und sagte: »Du kannst es behalten.«

»Danke«, sagte ich. »Es riecht gut. Ich werde mir jede Stunde die Nase in dein Taschentuch putzen, ob es nötig ist oder nicht.«

»Wo ist Piem?«

»Zum Einkaufen«, sagte ich. »Butterkekse holen.«

»Ach«, sagte sie, »das kann dauern. Dort steht er immer herum und träumt und alle drängen sich vor.«

»Ihr nennt Zwaan Piem, nicht wahr?«

»Ja, so nennen wir ihn.«

»Nicht schlecht«, sagte ich. »Piet ist ein Scheißname.«

»Drückst du dich immer so ordinär aus?«

»Ordinär? Habe ich ordinär geredet?«

»Hat meine Mutter dich schon gesehen?«

»Na und ob«, sagte ich.

»Was hat sie zu dir gesagt?«

»Alles Mögliche.«

»Piem und du, ihr habt früher zusammen gespielt, weißt du das noch?«

»Nie«, sagte ich. »Zwaan weiß nicht mal, was Spielen ist.«

Sie fand es nicht seltsam, dass ich ihren Vetter Zwaan nannte. Ich war sofort verrückt nach Bet. Aber ich glaube nicht, dass sie auch verrückt nach mir war.

»Ihr beide habt es vergessen, ihr wart erst fünf.«

»Fünf? Nein, das ist nicht möglich.«

»Bist du nie fünf gewesen?«

»Natürlich bin ich fünf gewesen – vor schrecklich langer Zeit.«

»Die Den Texstraat – sagt dir das was?«

»Ja, eine ruhige Straße, dort kann man Ball spielen, da gibt es eine Brandmauer.«

»Weißt du nichts mehr aus der Zeit, als du fünf warst?«

»Und ob! Ich weiß noch, ich war in einem christlichen Kindergarten …«

»Warum in einem christlichen?«

»Der war bei uns in der Nähe. Sie haben dort schöne Geschichten erzählt, über Jesus, Absalom und David, he, ich weiß noch alles! Absalom wollte König werden, aber das war sein Vater schon, da dachte Absalom: Ich schlage Papa tot. Das ging in die Binsen, Absalom musste abhauen, dann blieb er mit seinen langen Haaren in den Sträuchern hängen …«

»Du redest schrecklich ordinär«, sagte Bet.

»… er strampelte wie ein Fisch an der Angel, da steckte Joab drei Speere in seinen Leib, der König heulte über den Tod seines Sohnes – die Kindergärtnerin hat fast geflennt, als sie es erzählt hat, ich nicht – mir hat es Spaß gemacht.«

»Es ist eine schöne Geschichte«, sagte Bet. »Du erzählst sie sehr hässlich. Weißt du, wovon sie handelt?«

»Ja, ich habe sie dir doch gerade erzählt.«

»Es geht um den Kampf zwischen Vater und Sohn – um den Kampf zwischen Macht und Jugend.«

Das verstand ich nicht. »Es ist eine schöne Geschichte«, sagte ich, »das findest du doch auch, oder?«

Bet lachte. »Jeder Sohn«, sagte sie, »erkennt sich in dieser Geschichte, auch wenn er erst fünf ist.«

»Zwaan hat nie etwas über die Den Texstraat gesagt – sie ist ganz in der Nähe, man ist gleich dort.«

»Ja, ich weiß.«

Mir war warm geworden von meiner Geschichte. Ich glaube, auch Bet hatte etwas Farbe bekommen.

»Du solltest nicht mit Mama und Piem darüber sprechen«, sagte sie.

»Kennen sie die Geschichte von David und Absalom nicht?«

»Nein, Dummkopf, über die Den Texstraat.«

Ich zog das Taschentuch aus der Hosentasche, denn ein Rinnsal aus der Nase hatte meine Oberlippe erreicht.

»Ich bin erschrocken«, sagte Bet, ohne mich anzuschauen. »Ich bin erschrocken, als ich hörte, dass deine Mutter gestorben war.«

»Wer hat es dir erzählt?«

»Dein Vater. Ich habe ihn auf der Straße getroffen. Ich fragte: Wie geht es Ihrem Sohn und Ihrer Frau?«

Ich seufzte und dachte: Sie ist ein schrecklich höfliches Mädchen.

»Da habe ich es erfahren. Ich habe nicht gewagt, es Piem zu erzählen.«

»Davon hat mein Vater nichts gesagt«, sagte ich. »Er erzählt nie etwas, was um die Ecke passiert, nie etwas, was er so in der Stadt treibt.«

»Als ich hörte, dass du bei Piem in der Klasse bist«, sagte Bet, »da dachte ich: Jetzt werde ich dich bestimmt bald mal sehen.« Sie lachte verlegen.

Ich lachte auch verlegen, aber nicht so süß wie sie, bei mir hörte es sich eher an wie Aufstoßen und Prusten.

»Und jetzt bist du tatsächlich da«, sagte sie. »Warum ziehst du nicht mal deinen Mantel aus, Thomas?«

Langsam zog ich meinen Mantel aus.

Piem war ihr Vetter, ihre Mutter war seine Tante und ich durfte nicht über die Den Texstraat sprechen – wenn man etwas nicht versteht, kann man fragen, was gemeint ist, aber wenn man eine ganze Menge nicht versteht, fragt man nichts, weil man nicht weiß, wo man anfangen soll.

Wir saßen zu dritt am Tisch. Und wir sagten nichts.

Bet schmierte Honig auf ein paar Butterkekse.

Zwaan schälte langsam und ordentlich die beiden Äpfel. Den einen gab er Bet, den anderen behielt er selbst. Ich bekam nichts. Dabei hatte Bet einen Teller vor mich hingestellt.

Mit dem schönen Messer schnitten sie ihre Äpfel in der Mitte durch. Dann bekam ich von jedem einen halben Apfel, nun lag ein ganzer Apfel vor mir auf dem Teller, auf ihrem nur je ein halber.

Bet und Zwaan schnitten ihren halben Apfel in kleine Stücke, die aßen sie vornehm und leise auf, man hörte keinen Ton, wenn sie kauten.

Ich biss einfach in einen halben Apfel und lauschte vergnügt auf mein eigenes Kauen und Schmatzen, ich fand es ohnehin zu still hier im Haus.

Danach aßen wir Butterkekse mit Honig. Das war ein Schlemmermahl. Bei trockenen Butterkeksen muss ich husten, aber ein Butterkeks mit Honig schmilzt auf der Zunge und schmeckt noch besser als Blätterteigtaschen.

Ich dachte: Bestimmt sitzen sie nicht jeden Tag mit jemand anderem am Tisch.

»Wir haben fast nie Gäste«, sagte Bet.

Ich fragte nichts. Aber nach einer Weile hatte ich keine Lust mehr auf Schweigen. »Mein Vater geht nach Deutschland«, sagte ich.

Sie starrten auf ihre Teller. Zwaan drückte einen Finger auf einen Krümel und leckte ihn dann ab.

»Er geht zur Zensur, er muss die Briefe der Moffen lesen.«

»Warum?«, fragte Bet.

»Weil ich was zum Anziehen brauche«, sagte ich.

Zwaan lachte, aber Bet nicht – hinter den Gläsern ihrer Nickelbrille waren ihre Augen klein und scharf, sie schaute direkt durch mich hindurch.

»Was wird dann mit dir, Thomas?«, fragte Zwaan.

»Ich gehe zu Tante Fie.«

»Ich bin froh, dass du nicht nach Deutschland gehst«, sagte Bet.

»Warum?«, fragte ich.

»Dort wohnen ziemlich viele Deutsche.«

»Warum redest du nicht von Moffen?«

»Das ist mir zu familiär«, sagte Bet streng.

Ich warf Zwaan einen Blick zu. Er lachte auf seine eigene Art, seine Schultern zuckten, zu hören war nichts.

»Zwaan«, sagte ich, »ich werde dich weiter Zwaan nennen. Piem finde ich auch in Ordnung, aber Piem gehört zu euch hier im Haus, nicht wahr? Wie wirst du sonst noch genannt?«

»Meine Pflegeeltern haben mich Piet genannt«, sagte Zwaan.

Ich fragte nicht weiter. Ich würde schon noch hören, wie alles war.

»Und mein Vater«, fuhr Zwaan fort, »nannte mich Sonny.«

»Ich verstehe nur Bahnhof«, sagte ich.

MEIN VATER FÄHRT NACH MOFFRIKA

Der Samstagabend war ein schöner Abend. Aber es war auch ein trauriger Abend, denn auf dem Bett meines Vaters lag mit offenem Deckel sein Koffer und aus dem quollen die alten Oberhemden und die langen Unterhosen.

Voorland und Mosterd saßen in einem Lehnstuhl, ich hockte auf der Kiste am Fenster, schaute über die Schulter zur Rückseite der Häuser in der Weteringschans. Im Salon von Zwaan und Bet brannte kein Licht. Oder waren die Gardinen zugezogen?

Mein Vater räusperte sich. Das konnte ich hören, denn Voorland und Mosterd hielten seltsamerweise mal den Mund.

»He«, sagte mein Vater, »soll ich euch mal ein Stück vorlesen? Es ist eigentlich noch nichts für Thomas, aber ich hasse allzu strenge Erzieher, die haben schon für genug Elend in der Welt gesorgt.«

Ich lachte. Als Einziger.

Mein Vater begann vorzulesen.

Sein Buch war schön. Aber wenn er mir sonst vorlas, klang es immer ganz normal, doch nun, da er aus seinem eigenen Buch vorlas, sang er fast und manchmal flüsterte er mit halb geschlossenen Augen. Ich betrachtete seine Finger, die gelbbraun waren vom Rauchen, ich sah, dass Voorland sich mit seiner dicken Zunge über die Lippen leckte, ich sah, dass Mosterd an einem Haar in seiner Nase zog. Von dem, was ich hörte, verstand ich nichts, es war wie früher bei der Blockflötenmusik meiner Mutter, von der verstand ich auch nichts, nur dass sie mir verdammt weh in den Ohren tat.

Aber etwas war mir klar: Es regnete dauernd in dem schönen Buch meines Vaters, es hing schwerer Nebel in den Straßen, die Schuhe hatten immer Löcher und ewig starb jemand, es starben so schrecklich viele Leute in diesem Buch meines Vaters, dass man schließlich mit dem Zählen ganz durcheinanderkam.

Ich sah die ernsten Gesichter von Voorland und Mosterd. Es war, als wäre ich in einem unheimlichen Haus eingeschlossen, in einem Haus, in dem ich nichts verloren hatte. Ab und zu zitterte ich vor Vergnügen.

Ich döste weg.

Ganz stark fühlte ich, dass hinter meinem Rücken das Haus an der Weteringschans war – das Haus mit dem dämmrigen Salon. In jenem Haus war gestern über meine Mutter gesprochen worden. Das taten die drei Männer hier in unserer Wohnung nicht, nein, das taten sie nie. Eigentlich fand ich das toll von ihnen. Es war jetzt, als würde meine Mutter wie früher in der Küche hantieren. Als könnte sie jeden Moment ins Zimmer stürmen, mit vor Wut strähnigen Haaren und mit nassen Händen vom Waschen und Spülen. Dann würden wir wieder was abbekommen. Vor allem mein Vater. »Vertu deine Zeit nicht mit einem Haufen Tagedieben«, würde sie ihn anschnauzen, »wir brauchen Brot auf dem Tisch, wir haben keine Kleider mehr ohne Löcher, willst du, dass ich irgendwo putzen gehe, Johannes Vrij? Oder dass ich auf dem Markt bettle?« Und plötzlich würde sie mich entdecken. »Und du, Lauser, eins, zwei, drei ins Bett, sonst setzt es was!«

Ich öffnete die Augen und sah, dass Mosterd eingeschlafen war. Mein Vater sah es auch und schlug mit einem lauten Klappen das dicke Heft zu.

Zwei Sekunden später wachte Mosterd von der Stille auf. »Großartig«, sagte er. »Es erinnert mich an …« Dann sagte er nichts mehr.

Voorland sagte auch nichts.

Mit einer winzigen brennenden Kippe steckte sich mein Vater eine neue Zigarette an.

Ich wollte ihnen von dem schönen Haus an der Weteringschans erzählen, von Zwaan und Bet und von der vornehmen Frau, der es gefiel, wenn ich mit den Schultern zuckte.

Plötzlich sprachen sie ganz eifrig miteinander, achteten nicht auf mich.

Es war auch besser so. Sie hätten mir doch nicht geglaubt.

Im Bett dachte ich zum ersten Mal nicht an Liesje Overwater, bevor ich einschlief. Ich dachte an Bet und drückte ihr Taschentuch an meine Nase.

Danach träumte ich.

Im Halbdunkel lief ich über die Gracht. Ich sah das Haus von Zwaan und Bet und blieb stehen. Hinter einem Fenster sah ich eine Frau oder ein Mädchen in Weiß, sie schaute zu mir. Seltsamerweise war es nicht Bet, sondern meine Mutter. Manchmal erinnert man sich an ein Stück von einem Traum, warum ist das so?

Am Sonntagmittag brachten Tante Fie und ich meinen Vater zum Zug. Er musste nach Tilburg, dort wurde er einquartiert, am Montag würde er Unterricht in den deutschen Posttarifen bekommen, erst ein paar Tage später würde er seine Arbeit in Peine beginnen.

Wir gingen durch die Halle des Hauptbahnhofs. Mein Vater trug einen Koffer und eine Tasche, Tante Fie eine schäbige Einkaufstasche, in der Waschhandschuhe, zerschlissene Pantoffel von Onkel Fred und zwei Flaschen waren.

»Warum guckst du so bedrückt?«, fragte ich meinen Vater.

»Wer hat schon Lust auf Unterricht in deutschen Posttarifen?«, sagte mein Vater. »Ich weiß noch nicht, ob ich in den Zug steige.«

»Du musst aber.«

»Warum?«

»Weil du dir gerade eine Fahrkarte gekauft hast.«

»Hast du unsere Bahnsteigkarten, Junge?«, fragte Tante Fie.

»Diese kleinen, braunen Dinger?«, fragte ich.

Sie nickte erleichtert.

»Aus Pappe? Mit den weißen Streifen?«

»Ja, die.«

»Die habe ich in meine Hosentasche gesteckt.«

Ich tastete über die Rückseite meiner Hose. »Oh je«, sagte ich, »in dieser Hose sind gar keine Taschen, das hatte ich völlig vergessen.«

Tante Fie schaute mich ungläubig an.

»Sie sind in deiner Jackentasche«, sagte mein Vater. »Warum willst du unbedingt witzig sein, Thomas?«

»Ich lasse mich von euch nicht hochnehmen«, sagte Tante Fie.

»Ich hasse Witzbolde«, sagte mein Vater.

»Warum?«, fragte ich.

»Heute Nacht muss ich in einer Baracke schlafen«, sagte mein Vater. Er sah aus, als sähe er ein Gespenst.

»Findest du das so schlimm?«

»Da schlafen lauter fremde Kerle um mich herum«, sagte er. »Sie rülpsen, sie furzen, sie erzählen einander dreckige Witze. Ich werde kein Auge zumachen, das weiß ich jetzt schon.«

»Bist du nun ein Soldat oder nicht?«, sagte ich.

Mein Vater deutete auf Tante Fies Tasche. »Was ist in den Flaschen?«, fragte er freundlich.

»Kalter Tee«, sagte Tante Fie.

»Tee?«, sagte mein Vater verblüfft. »Die Engländer versuchen einen zu ertränken in Tee, das ist bekannt. Man nimmt doch keinen Reis mit nach Indien oder Kaviar nach Russland.«

»Es ist nur gut gemeint«, sagte Tante Fie.

Auf dem Bahnsteig schaute ich mir die Augen aus dem Kopf. Überall um mich herum waren Züge, ich stand nicht weit von einem prachtvollen Dieselzug, aber der war nicht für meinen Vater. Noch schöner waren die Dampflokomotiven – sie seufzten ungeduldig und aus den Schornsteinen stieg kringelnder Rauch auf.

Und ich hatte nur eine Bahnsteigkarte.

Keiner der Züge war für mich, ich musste hierbleiben, und dabei wollte ich doch auch weg, ich will immer weg, wenn ich einen Zug sehe, ich werde ganz verrückt vor

Unglück, wenn ich nicht in einen Zug einsteigen darf, wenn ich auf dem Bahnsteig zurückbleiben muss.

Ich schaute zu meinem Vater. Er rauchte nicht und hatte die Koffer neben sich abgestellt. Ich war neidisch auf ihn, denn er durfte gleich mit dem Zug fahren.

Tante Fie zog eine Abteiltür auf, ich sprang hinein.

»Komm zurück, Tommi, Junge«, rief sie. »Du bist mir zu wild.«

Sie schob die Taschen und den Koffer hinein, ich sprang wieder hinaus, drehte mich zu meinem totenstillen Vater, gab ihm einen sanften Rippenstoß und rief: »Darf ich mit? Darf ich mit?«

Er betrachtete mich. »Ich kann dich eigentlich nicht allein zurücklassen«, sagte er, »nein, das ist sehr schlecht von mir.«

»Das ist verdammt schlecht von dir«, sagte ich.

Mein Vater nickte zustimmend. Er findet nie, dass ich ordinär rede.

»Jeder hier darf in den Zug einsteigen«, rief ich. »Nur ich nicht.«

»Und Fie nicht«, sagte mein Vater. »Wo ist sie eigentlich?«

»Ach«, sagte ich, »sie ist bestimmt im Abteil, sie will auch mit.«

Aber Tante Fie stieg schon wieder aus. »Alles liegt ordentlich im Gepäcknetz«, sagte sie zu meinem Vater. »Mach dir keine Sorgen, Johannes. Ich werde ihn nicht zu sehr verwöhnen.«

»Er liest gerne im Bett«, sagte mein Vater.

Ich musste schlucken. Weinen auf dem Eis der Amstel

geht, aber weinen auf dem Bahnsteig, nein, damit wollte ich gar nicht erst anfangen.

Langsam ging mein Vater ins Abteil. Er machte die Tür zu, schob das Fenster hoch.

»Johannes«, sagte Tante Fie, »ich bin stolz auf dich. Mach das Beste daraus.«

Mein Vater sah aus wie der alte Mosterd, so traurig war sein Gesicht. »Ich gehe in das Land von Beethoven und Goethe«, sagte er matt.

Tante Fie zog die Nase hoch. »Ich könnte auch ein paar andere Namen nennen ...«, sagte sie.

»Lass nur«, sagte mein Vater. »Ich möchte noch mit Thomas reden. Das ist doch in Ordnung, Fie, oder?«

Tante Fie gab meinem Vater zwei dicke Küsse, strich ihm durch die grauen Haare und lief entschlossen weg. Ein Stück entfernt blieb sie auf dem Bahnsteig stehen.

»Ich bekomme ein Ungenügend in Leibesübungen«, sagte ich.

»Was ist das genau?«, fragte mein Vater.

»Du weißt schon: am Seil hochklettern, an den Ringen hängen.«

»Ärgern sie dich in der Schule?«, fragte mein Vater.

»Nie«, sagte ich.

Er nickte schwach.

»Kennst du Leute, die Zwaan heißen«, fragte ich.

Mein Vater schaute über mich hinweg. »Wieso fragst du?«

»Piet Zwaan ist in meiner Klasse.«

Mein Vater seufzte. »Der Zug kann jeden Moment abfahren«, murmelte er. »Musst du ausgerechnet jetzt davon anfangen?« Er schaute mich an. »Ich werde dir später alles erzählen. Aber was ist später? Morgen ist später und in ein paar Jahren ist noch immer später, man entkommt dem nicht, es ist jetzt schon wieder zehn Sekunden später als gerade eben.«

Weil es mal wieder Unsinn war, was er sagte, hörte ich ihm nur mit einem halben Ohr zu.

»Hast du noch all die Viertelgulden?«

Ich hatte vergessen, dass ich reicher war als je zuvor. Ich lachte und nickte.

»Kauf ein Stück Seife für deine Tante.«

»Von wegen«, sagte ich, »Seife kaufen.«

»Du hast was von einem Rabauken, Thomas, woher kommt das bloß? Übrigens: Ich werde deine schönen Geschichten vermissen.«

»Onkel Fred kann meine Geschichten nicht leiden – er glaubt, ich lüge sie mir zusammen.«

»Ach, lügen«, sagte mein Vater, »wer erzählt je etwas, ohne zu lügen? Ich habe es mal zehn Minuten probiert und prompt habe ich furchtbares Kopfweh gekriegt, ich musste drei Schmerztabletten schlucken. Glaubst du mir das?«

Ich nickte.

»Kein Wort davon ist wahr, ich habe es jetzt eben erstunken und erlogen«, sagte mein Vater ziemlich fröhlich.

»Und lügst du jetzt wieder?«, fragte ich böse.

Mein Vater grinste. »Wer redet, der lügt. Ich soll eine spitze Nase bekommen, wenn es nicht wahr ist«, sagte er.

»Dein Zug fährt gleich«, sagte ich. »Du fährst weg.«

»Ja, aber nicht nach Paris oder Rom, ich fahre nach Tilburg, und dann muss ich in das gottverlassene ferne Peine.

Und ich hasse Zensur. Damit fängt immer alles Unglück an. Wie geht es mit Liesje?«

»Mit wem?«

»Liesje mit dem Badeanzug, die kennst du doch, oder?«

»Wer sagt das?«

»Das hast du selbst erzählt – vor ein paar Tagen. Mama hat immer gesagt: Er ist ein Junge, wie Mädchen es mögen.«

Nun, da er im Zug saß und jeden Moment abfahren würde, sagte er endlich etwas über Mama. Ich war verrückt vor Lust auf eine lange Zugreise. Ich nahm mir vor, nie mehr zu einem Bahnhof zu gehen, wenn ich nicht in einen Zug steigen dürfte.

»Hat sie das gesagt?«, fragte ich.

Mein Vater seufzte.

»Liesje Overwater hat Storchenbeine«, sagte ich. »Bet trägt eine Brille.«

»Bet? Ach so, du meinst Bet Zwaan.«

»Ja.«

»Du lieber Himmel, ich will nicht nach …«

»… nach Moffrika?«

»… nein, nicht nach Deutschland.«

Ein Mann mit einer Mütze auf dem Kopf blies laut auf einer Pfeife.

»Du musst noch was sagen«, sagte ich.

»Was soll ich sagen? Ich habe keine Ahnung.«

»Du musst sagen: Wirst du auch brav sein?«

»Meinst du? Ich weiß nicht mal, was das ist.«

»Nun ja, wenn ich nicht brav bin, bekommt Tante Fie graue Haare.«

»Sie hat schon graue Haare. Ist das deine Schuld?«

»Ja, das ist meine Schuld«, sagte ich stolz.

Der Zug ruckte, Dampf entwich mit einem langen Pfeifen.

»Ich wollte, ich wäre tot«, sagte mein Vater.

Der Zug setzte sich in Bewegung.

»Wirst du auch brav sein?«, rief ich.

»Nein«, rief mein Vater. »Bravsein ist die Pest.«

Er hing aus dem Zugfenster und winkte mir zu.

ZWANZIG MAL SONNY BOY

Sonntagnachmittag. Mein Vater musste inzwischen in Tilburg sein. Im ordentlichen Wohnzimmer von Tante Fie und Onkel Fred sehnte ich mich nach dem Bahnhof.

Draußen war es still.

Bei den Nachbarn spielte das Radio viel zu laut.

Wenn ich die Foto-Stillleben an der Wand betrachtete, wurde ich verrückt vor Langeweile – die Züge und die hastigen Reisenden waren unendlich weit weg. Im Wohnzimmer roch es nicht nach vollen Aschenbechern und speckigen Wintermänteln, sondern nach Rosenkohl. Von Blumenkohl und Bohnen wird mir schlecht, Rosenkohl bringt mich praktisch um.

»Mach nicht so ein Gesicht«, sagte Tante Fie.

Es war noch nicht fünf Uhr und wir saßen schon am Tisch. Onkel Fred starrte verträumt vor sich hin, auf seinem Arbeitskittel waren hellgelbe Flecken.

»Du bietest Tommi kein gutes Beispiel«, sagte Tante Fie zu Onkel Fred, »so sitzt man sonntags nicht bei Tisch.«

»Bist du heute Morgen noch in einem Naturfilm gewesen?«, fragte ich ihn.

»Pardon?«, sagte er.

»Na, mit Zulumädchen mit nackten Hintern.«

»Nimm's mir nicht übel«, sagte Onkel Fred und schaute Tante Fie mit großen, dummen Augen an, »von was redet der Kleine eigentlich?«

»Was denn?«, sagte Tante Fie. »Jetzt bin ich wieder schuld. Ich bin's doch nicht, die zu solchen Filmen geht.«

Ich warf Onkel Fred einen Blick zu. Er hatte sich Brillantine auf den Kopf geschmiert, seine schwarzen Haare glänzten so schön wie ein Kohleneimer. Mama hat einmal über Onkel Fred gesagt: »Er ist zehn Jahre jünger als Fie, sie gibt ihm Taschengeld, und wenn er sich die Ohren mit dem Handtuch sauber macht, bekommt er einen Viertelgulden Strafe.«

»Iss deinen Teller leer, du Schmutzfink«, sagte er.

Ich aß ein bisschen Rosenkohl, steckte mir würgend ein Stück von der Frikadelle in den Mund, aber auch das Fleisch schmeckte nach Rosenkohl, sogar die Kartoffeln schmeckten nach Rosenkohl, ich schnäuzte mich in Bets herrliches Taschentuch, verdammt, auch das roch nach Rosenkohl, ich wurde ganz verrückt hier am Tisch, ich wollte weg.

»Ich habe mein Buch vergessen«, sagte ich. »Darf ich schnell hinlaufen und es holen?«

»Nein«, sagte Tante Fie.

Mir kam der Rosenkohl fast aus der Nase raus.

»Hör mal«, sagte Tante Fie, »ich sage immer viel zu schnell Nein. Du darfst es holen, wenn du gleich zurückkommst. Du sollst dort nicht zu lange allein sein. Ich verstehe dich ja, du musst dich hier erst eingewöhnen, nicht wahr?«

»Ich wollte gerade sagen«, sagte Onkel Fred, »wenn du brav deinen Teller leer isst, darfst du mit mir in die Dunkelkammer.«

»Er ist schon längst in Tilburg, oder?«, sagte ich.

»Wir müssen alle weiterkommen in der Welt, auch dein Vater kann nicht zurückbleiben«, sagte Tante Fie. »Dein Onkel bekommt bald eine Lohnerhöhung im Büro.«

»Das ist ein Gerücht«, sagte Onkel Fred, »mehr nicht.«

»Ich muss mir einen Gesundheitssattel fürs Fahrrad kaufen«, sagte Tante Fie.

»Warum?«, fragte ich.

»Das fragt man nicht«, sagte Tante Fie. »Das sind Erwachsenensachen – von so was verstehst du zum Glück noch nichts.«

Die ganze Welt ist ein großes Komplott, dachte ich, alle Leute haben abgemacht, dass sie mir nichts erzählen. Man sieht ihnen die Heimlichtuerei an. Wenn ich sie anschaue, flüstern sie miteinander, sie sagen: Er weiß es nicht, pass auf, er darf es nicht wissen, noch nicht.

Aber ich aß brav meinen Teller leer. Tante Fie hatte es verdient.

Draußen knöpfte ich mir den Mantel nicht zu. Ich atmete die Eiseskälte ein, um den Brechgeruch in meiner Nase loszuwerden.

Ich fühlte mich beschissen.

Ich hatte die Hände tief in den Hosentaschen und ging mit großen Schritten durch die Van Woustraat, den Blick auf die harte Schneedecke gerichtet. Es fehlte nicht viel und Männer mit komischen Ohrwärmern hätten mich über den Haufen gelaufen.

Im Haus an der Lijnbaansgracht hatte ich eigentlich nichts verloren. Es war kalt in der Wohnung und mein Vater war weg, sogar den Tabakgeruch hatte er mitgenommen nach Tilburg.

Was sollte ich hier?

Ich war oft allein zu Hause, warum machte es mich jetzt so traurig?

Ich lief in den Zimmern herum, manchmal blieb ich an einem hinteren Fenster stehen, dann wieder an einem vorderen, und nach einer Weile hatte ich das Gefühl, als wären die Zimmer kleiner geworden.

An dem Abend, an dem Mama nicht da war, weil sie tot im Krankenhaus lag, fand ich die Zimmer auch idiotisch klein.

Papa ist nicht tot, dachte ich, er ist nur unterwegs nach Deutschland, das hilft dir zwar nicht viel, aber es ist doch besser als nichts – vor einer Ewigkeit hast du ihn an den Zug gebracht, weißt du noch?

Ja, das wusste ich noch.

Ich holte *Die sonnige Jugend des Frits van Duuren* unter meinem Kissen hervor. Ich blätterte es durch. Kindisch. Blöde Bilder. Was ging mich der Tod des Scheißköters an?

Wieder schaute ich hinaus.

Die Lampen der Straßenlaternen waren an, das konnte ich in der Dämmerung gerade noch sehen. Im Haus von Zwaan und Bet brannte Licht.

Ich wollte noch nicht zu Tante Fie nach Hause gehen.

Ich stand ziemlich lange auf der Brücke der Reguliersgracht.

Es war Abend, aber man konnte trotzdem alles sehen, zum Beispiel die Brücke am Amstelveld, die kahlen Bäume – und wenn man sich Mühe gab, sogar die schwarzen Fahrräder an den Laternenpfählen.

Ich weiß nicht, was mehr Licht gab: die brennenden Laternen oder der gefrorene Schnee.

Nicht weit von mir pinkelte ein großer Hund an einen Baum. Er zitterte, wie nur ein Hund zittern kann. Mir wurde ganz kalt bei dem Anblick und ich fing auch an zu zittern.

Armes Tier, dachte ich, er weiß nichts vom Wintereis, er hat keine Ahnung davon, dass das Eis und der Winter für immer und ewig bleiben können.

Ich wusste es. Denn ich kannte Piet Zwaan. Der hatte es mir erzählt.

Mit dem Buch unter dem Arm schlenderte ich zur Den Texstraat. Da war nichts los, sie war ausgestorben. Nirgends waren die Gardinen vorgezogen. Ein alter Mann mit Hosenträgern sah mich und schüttelte den Kopf, etwas weiter, in einem anderen Zimmer, tippte sich ein Junge an die Stirn.

Ganz langsam ging ich über die Weteringschans.

Vor dem Haus von Zwaan und Bet blieb ich stehen. Ich schaute hinauf. Im Salon brannte kein Licht. Ich konnte klingeln und ich konnte auch nicht klingeln.

Ich klingelte.

Als die Haustür aufging, rief ich ins Treppenhaus: »Ich wollte nicht stören!«

»He, Thomas«, hörte ich Zwaan rufen. »Komm schon.«

Ich musste fast heulen vor Erleichterung.

Zwaan trug keine Schuhe, sondern Strümpfe ohne Löcher.

Auf dem Holztisch im Salon lag aufgeschlagen ein uralter Atlas, daneben stand ein Glas Tee. Ich legte mein Buch auf den Sitz eines Stuhls, zog meinen Mantel aus und hängte ihn über die Lehne.

Zwaan war nervös.

»Also so was«, sagte er, »verrückt, ich dachte, da drückt jemand aus Versehen auf unsere Klingel – und dann warst du's.«

»Ach«, sagte ich, »ich bin zufällig hier vorbeigekommen.«

»Und da hast du gedacht, du klingelst mal eben bei mir.«

»Ich habe nur ein bisschen Zeit, ich gehe gleich wieder. Hast du geschlafen?«

»Nein, wie kommst du darauf?«

»Du hast kleine Augen.«

»Ich habe genau geguckt.« Zwaan schlug den Atlas zu. »Ich bin allein zu Hause. Tante Jos und Bet sind auf Krankenbesuch. Frag mich nicht, wer krank ist – Tante Jos hat einen ganzen Haufen alter, kranker Tanten. Es ist schön, dass du hier bist. Was willst du trinken?«

»Ach«, sagte ich, »gib mir auch einen Tee.«

Der Tee war kalt, das mag ich. Ich knabberte auch an einem Keks mit Kaffeeglasur, zusammen mit dem Tee wurde der Keks in meinem Mund zu einem lecker weichen Bissen.

»He, du matschst«, sagte Zwaan.

»Was ist das?«

»Trinken und essen gleichzeitig. Tante Jos kann das nicht leiden. Wie geht es dir, Thomas?«

»Mein Vater ist in Tilburg. Morgen bekommt er Unterricht in deutschen Posttarifen.«

»Du wohnst jetzt bei deiner Tante Fie, nicht wahr?«, sagte Zwaan.

»Ja, das tue ich. Hast du noch mehr Fragen? Das macht mich nervös.«

»Ich frage nichts mehr.«

»Schade, dass Bet nicht da ist.«

»Bist du in sie verknallt?«

»Blöde Frage. Warum sollte ich in so eine Bohnenstange verknallt sein?«

»Magst du nur Pummelchen?«

»Ich bin nie verknallt«, sagte ich stolz. »Und du?«

Er schüttelte vage den Kopf.

»Warum hast du dir den Atlas angeschaut?«

»Zum Spaß, mehr nicht.«

Mit einem Schlag legte ich mein Buch auf den Tisch. »Mein Lieblingsbuch«, sagte ich.

Er nahm es, blätterte es hastig durch und betrachtete dann sehr lange den Umschlag.

»Eine sonnige Jugend, was ist das?«, fragte er.

»Na, dass man viel Spaß hat.«

»Also nicht, dass immer die Sonne scheint?«

Geduldig wartete er auf meine Antwort.

»Du bist ein Blödian, Zwaantje«, sagte ich.

»Ich würde es gerne lesen«, sagte er. »Leihst du es mir?«

»Von mir aus.«

»Du solltest es nicht so schnell zusagen.«

»Warum nicht?«

»Was ist, wenn ich es dir nicht zurückgebe?«

»Dann komm ich und hol's mir.«

»Und wenn wir uns dann vielleicht nicht mehr kennen?«

»Nun, dann kennen wir uns eben nicht mehr. Kann mir doch egal sein.«

»Ja«, sagte Zwaan, »mir auch.«

»Dann kenne ich andere Jungen«, sagte ich.

»Ich auch.«

»Dann habe ich andere Bücher, ohne Bilder. Liest du manchmal Bücher ohne Bilder?«

»Ich habe sehr viele Bücher ohne Bilder gelesen«, sagte Zwaan.

»Angeber.«

Zwaan grinste verlegen. »Sag mal«, sagte er, »sollen wir Dame spielen?«

»Das würde ich lieber bleiben lassen«, sagte ich, »ich spiele verdammt gut, du wirst verlieren.«

Wir spielten drei Spiele. Ich verlor die ersten beiden, und als ich beim dritten Spiel nur noch einen Stein hatte und er drei Damen, wurde ich wütend. Ich schob die Steine vom Brett.

»Gottverdammt«, sagte ich, »ich bin ganz daneben, ich habe einen Scheißtag gehabt.«

»Beruhige dich«, sagte Zwaan. »Bet verliert auch immer gegen mich. Dann wird sie schrecklich wütend, aber sie fängt nicht an zu fluchen.«

»Das wundert mich.«

»Ich finde Fluchen nicht gut.«

»Mein Vater flucht wie ein Seeräuber.«

»Du hast deinen Vater sehr lieb, nicht wahr?«

»Das geht dich nichts an.«

»Dafür brauchst du dich nicht zu schämen.« Zwaans Blick wurde glasig. »Komm mit«, sagte er, »du musst endlich mal mein Zimmer sehen.«

Sein Zimmer war ziemlich klein. Überall lagen Bücherstapel auf dem Boden. Ein paar Tintenfässer standen auf einem kleinen Tisch. Ein hoher Schrank aus rohem Holz deckte das einzige Fenster halb ab. Sein Bett war so ein schmales Ding zum Aufklappen. Eigentlich war ein Mordsdurcheinander in Zwaans Zimmer, aber es war ein hübsches Durcheinander. Und es war verdammt kalt.

Zwaan gab mir einen Pullover und sagte: »Zieh an.«

»Und du?«

»Ich habe zwei Unterhemden übereinander an.«

Langsam zog ich den Pullover an. Eigentlich mag ich die Kleider von anderen nicht. Ich mag auch kein Butterbrot von einem Klassenkameraden. Aber Zwaans Pullover war schön warm.

»Setz dich«, sagte er.

»Wohin?«

»Auf mein Bett.«

Ich setzte mich.

»Magst du Musik, Thomas?«

»Ja, klar.«

»Ich habe früher ein paar Monate lang Geigenunterricht gehabt. Dann wollte mein Vater, dass ich ihm was vorspiele. Nun, ich kratzte wie ein Verrückter. Nein, sagte mein Vater, er wird kein Menuhin. Mach dir nichts draus, Sonny, wir hören mit dem Unterricht auf, ich will nicht, dass du später in einem Tingeltangel fiedelst.«

»Dein Vater hat dich Sonny genannt, nicht wahr?«

Zwaan nickte.

Ich saß auf seinem Bett und musste zu ihm aufschauen. Das fand ich nicht schlimm. Ich fand es nicht schlimm, weil es mir gefiel, auf seinem Bett zu sitzen. Ich schaute ihm zu, während er ein Tintenfass vorsichtig mit einem Glasdeckel zumachte.

Sein Vater hat ihn Sonny genannt.

Seine Pflegeeltern – wer immer die waren – nannten ihn Piet.

Seine Tante und Bet nannten ihn Piem.

Ich nannte ihn Zwaan.

Ich war neidisch. Ich fühlte mich armselig, weil ich nur einen Namen hatte. Tommi zählte nicht mit, Tommi war ein Blödian, der in der Schule an den Haaren gezogen wurde. Aber eigentlich hatte ich zwei Namen, warum hatte ich so dumme Gedanken?

»Gemütlich«, sagte Zwaan.

Wie redete er denn? Tanten sagten »gemütlich«, wenn es gerade überhaupt nicht gemütlich war. Mein Vater hatte recht, reden ist lügen.

»Findest du auch, dass reden lügen ist?«, fragte ich.

»Wer sagt das?«, sagte Zwaan.

»Mein Vater. Wo ist eigentlich dein Vater? Ist er weg? Ist deine Mutter auch weg? Wohnst du deshalb bei deiner Tante?«

»Ich will dir eine Platte vorspielen«, sagte Zwaan. »Sonst reden wir noch viel zu viel. Das erfährst du alles später mal.«

»Papa hat mich heute Mittag auch auf später vertröstet«,

sagte ich. »Ich weiß nur, dass meine Mutter tot ist. Also bin ich eine halbe Waise. Auch wenn mein Vater sagt: Halbe Waisen gibt es nicht.«

Jetzt lachte Zwaan laut.

»Das ist ein guter Witz«, sagte er. »Komm, ich lege eine Platte auf – du wirst staunen.«

Er holte ein Koffergrammofon aus dem Schrank, stellte es auf den Tisch im Salon, klappte den Deckel auf, holte so eine verdammt zerbrechliche Platte aus einer viereckigen Hülle und legte sie auf die Drehscheibe. Er nahm die Kurbel und kurbelte eine Weile wie wild. Dann schob er einen kleinen Hebel zur Seite und die Platte fing an, sich zu drehen. Behutsam ließ Zwaan den glänzenden Tonkopf sinken, bis die Nadel die Platte berührte.

Über ein schrilles Kratzen hinweg war eine ziemlich heisere Näselstimme zu hören. Jemand sang weinerlich über einen *Sonny Boy*.

Zwaan spitzte die Lippen beim Zuhören. Mit so einem Kussmund sah er aus wie ein Idiot.

»Ich verstehe nicht die Bohne«, sagte ich.

Er legte einen Zeigefinger auf die Lippen.

»Es ist traurig, nicht wahr?«

Er zuckte mit den Schultern.

Als die Platte abgelaufen war, kratzte sich Zwaan unter dem Kinn.

»Ein Neger, was?«, sagte ich.

»Nein«, sagte er, »das war Al Jolson, kein Neger, sondern ein russischer Jude in Amerika, er schminkt sich den Kopf schwarz und dann sieht er aus wie ein Neger, das nennt man einen *coon-singer*, er singt über seinen Sohn, der sehr jung gestorben ist. Mein Vater hat die Platte von seinem Bruder Aaron bekommen. Der lebt in Amerika. Mitte der Dreißigerjahre war Aaron für einen Monat in Holland, damals hat er meinem Vater das Koffergrammofon und *Sonny Boy* geschenkt. Hast du es gehört? Er singt von Engeln, die sich einsam fühlen und deshalb Sonny Boy wieder im Himmel haben wollen. Mein Vater hat gesagt: Sonny, die Engel bekommen dich nicht, was glauben sie denn – morgen gehen wir nach Deventer, mit dem Fahrrad.«

»Mit dem Fahrrad den ganzen Weg in eine andere Stadt?«

»Ja, er hatte keine Lust auf den Zug, er wollte unbedingt, dass es ein schöner Tag wurde. Möchtest du die Platte noch einmal hören?«

»Auch zehn Mal.«

Zwaan lachte und sagte: »Ich habe sie noch nie jemandem vorgespielt – na ja, ich meine, jemandem von draußen.«

»Bin ich von draußen?«

»Nicht mehr«, sagte Zwaan.

Wir spielten die Platte von *Sonny Boy* mindestens zwanzig Mal. Zwaan kurbelte wie blöd und musste zweimal eine neue Nadel in den Tonkopf stecken.

Als ich durch die dunkle Van Woustraat lief, dachte ich an Tante Fie. Ich hatte nicht den blassesten Schimmer, wie spät es war, nur eines wusste ich: Es war noch keine Nacht, aber schon sehr lange Abend.

Ich hoffe, dass sie tobt, dachte ich, ich hoffe, dass sie mich beschimpft. Aber so wird es nicht sein. Sie bekommt schon Tränen in die Augen, wenn ich nur die Nase hochziehe.

Tante Fie war nicht böse, sondern traurig.

»Das darfst du nie mehr tun, Tommi«, sagte sie. »Ich habe mir schreckliche Sorgen gemacht, das ist sehr hässlich von dir, willst du noch ein Glas warme Milch?«

Ich nickte.

Sie gab mir keine Ohrfeige. Nun würde ich ihre Traurigkeit mit mir in das verdammt enge Fremdenzimmerchen schleppen müssen. Mama hätte mir links und rechts eine runtergehauen, zwei rote Ohren und alles wäre im Gleichgewicht. Eine böse Mutter ist besser als eine traurige Tante.

Tante Fie schlug vor Schreck die Hand vor den Mund.

»Junge«, rief sie, »was hast du denn für einen Pullover an?«

Oh je, dachte ich, ich habe vergessen, das Ding auszuziehen.

In dem kleinen Nebenzimmer roch es zum Glück nicht nach Rosenkohl. Die Lampe über der Tür gab kaum Licht, damit konnte ich nicht lesen.

Ich kroch in das Klappbett und dachte an Zwaans Zimmer.

Alles war hier anders. Der marmorierte Teppich auf dem Fußboden war zerrissen, an der Wand hingen die verdammten Stillleben – im Halbdunkel sahen sie weniger langweilig aus. Auf einem war eine Vase mit zwei Henkeln, neben der Vase lagen zwei Birnen – mit halb geschlossenen Lidern sah ich zwei Augen und eine Nase mit wahnsinnig dicken

Nasenflügeln, es sah aus, als würde mich ein unheimlicher Kerl anschauen. Und da soll einer einschlafen.

In dem komischen Bett klang mir *Sonny Boy* immer weiter in den Ohren.

Es freute mich, dass ich in dem Haus an der Weteringschans keiner »von draußen« war. Für meinen Vater war ich auch keiner »von draußen«, trotzdem, er war weit weg.

Al Jolson hat seinen Sohn sehr geliebt, es machte einen ganz traurig, aber schön traurig. Das Verrückte war: Ich konnte mich verschwommen daran erinnern, dass ich das Lied schon mal gehört hatte, früher.

Ich zog mir die Decke über den Kopf.

Sonny Boy sang leise weiter in meinem Kopf, ich träumte mit offenen Augen von der Den Texstraat. Ich sah den alten Mann mit den Hosenträgern am Fenster stehen und den Jungen, der sich an die Stirn tippt.

Was hatte es bloß auf sich mit der Den Texstraat?

Eine ganze Weile betrachtete ich den Pullover. Er hing nicht allzu ordentlich über der Stuhllehne. Ich drückte Bets Taschentuch an meine Lippen.

ES WAR EIN FRÖHLICHES HAUS

In der ersten Nacht bei Tante Fientje habe ich kein Auge zugetan. Aber vielleicht habe ich nur geträumt, dass ich wach lag.

Morgens in aller Früh schlug Onkel Fred im Flur den malaiischen Gong. Man kann das Ding auf vielen von seinen Stillleben sehen. Ich hatte noch nie gehört, wie es klingt, es ist ein Scheißgeräusch.

Montag. Um die Mittagszeit war bei Tante Fie noch ziemlich viel los. Corrie, Antje und Suus hatten Unterricht im Nähen und Schneidern. Es waren fröhliche Mädchen von ungefähr achtzehn. Sie jammern noch nicht über Frostbeulen und abgebrochene Zehennägel. Sie malen sich die Lippen feuerrot an, sie sehen immer aus, als hätten sie aus dem Marmeladenglas genascht. Sie pudern sich dauernd die Wangen – wenn man an ihnen vorbeigeht, bekommt man immer einen Hustenanfall von der süßlichen Puderwolke.

Der Boden war mit durchsichtigem Papier und mit Kleidungsstücken übersät. Auf dem Tisch standen zwischen allem möglichen Zeug zwei uralte Nähmaschinen. Ich habe mal probiert, einen Lappen auf einen anderen zu nähen. Es wurde nichts, das ist Frauenarbeit.

Tante Fie hatte ein komisches Tuch auf dem Kopf, mit einem dicken Knoten, und sie trug ihren Arbeitskittel mit den Blumen. Sie sagte: »Ich kann dich hier eigentlich nicht brauchen, Tommi, du musst ein Stück Butterbrot aus der Hand essen. Und nicht krümeln, hörst du.«

Corrie, Antje und Suus erzählten einander Geschichten über Jungen und Nylonstrümpfe.

»Mädchen«, rief Tante Fie, »beruhigt euch doch, ihr macht ihn ganz nervös, seht ihr das nicht?«

Sie pressten die Lippen zusammen und schnitten schnell und böse in große Stücke Papier.

Lange hielten sie das Stillsein nicht durch.

Sie fingen eifrig an, über ihre Nasen zu sprechen. Sie waren gegenseitig neidisch auf ihre Nasen oder auch nicht, ich kam nicht dahinter. Ich saß in dem Sessel mit den stechenden Sprungfedern und hatte einen Teller mit zwei doppelten Butterbroten mit Marmelade auf dem Schoß. Wenn ich ein Butterbrot hochhob, tropfte die Marmelade auf meine Hose. Die drei Mädchen brauchten nicht zu glauben, dass sie etwas von mir abbekommen würden.

»Zum Glück«, sagte Suus, »habe ich keine Segelohren wie der Krümel dort.«

Sie schauten zu mir und lachten.

Schön war es, all die Aufmerksamkeit. Suus hatte recht, meine Ohren sind hinten immer sehr kalt, sie fangen zu viel Wind auf. Aber Mama fand meine Ohren reizend, manchmal tippte sie sie an, dabei ließ sie ihren Zeigefinger vom Daumen schnalzen, wie man es tut, wenn man ein Papierbällchen wegschießen will.

Nach einer Weile kamen sie alle drei zu mir. Sie bückten sich und streckten ihre Nasen vor. Ich saß zusammengesunken da und kaute.

»Du musst entscheiden«, sagte Antje, »wer von uns dreien hat die schönste Nase?«

»Ich weiß nicht«, sagte ich. »Sie sind alle nicht besonders.«

»Was bildest du dir eigentlich ein, du kleiner Hosenscheißer!«, sagte Corrie.

Suus beugte sich zu mir. Sie hat lange blonde Haare und grüne Glitzeraugen. Ich hatte sie mal auf der Straße getroffen, sie ging neben einem jungen Polizisten und trug eine kanadische Armeebaskenmütze, und ich sagte mir: Später werde ich auch Polizist.

Jetzt flüsterte sie mir ins Ohr: »Wenn du meine Nase am schönsten findest, bekommst du einen Kuss auf eines von deinen süßen Segelohren.«

»Du hast die komischste Nase von allen«, sagte ich, denn ich wollte keinen Kuss auf eines meiner Segelohren.

»Mädchen, Mädchen«, rief Tante Fie, »ärgert ihn doch nicht, er ist so ein schüchternes Kerlchen, deshalb spielt er nach außen hin den großen Macker.«

Suus gab mir einen Kuss auf die Wange – das war nicht abgemacht, ich nahm schnell einen Bissen und verschluckte mich an der süßen Kleckermarmelade.

Nun fingen sie an, ihre Sachen anzuprobieren.

Suus stand mit dem Rücken zu mir. Ich sah, dass sie eine Laufmasche in einem Strumpf hatte.

»Du hast eine Laufmasche im Strumpf, Suus«, sagte ich.

Sie schaute über die Schulter auf ihr Bein und sah die Laufmasche. Langsam zog sie ihren Rock hoch. Die Laufmasche war endlos lang. Als ich fast den oberen Rand ihres

Strumpfs und ein Stück ihres nackten Oberschenkels sehen konnte, erschrak ich sehr, als ich plötzlich Tante Fies Stimme hörte: »Komm, Tommi«, rief sie, »iss deine Butterbrote in deinem Zimmer! Die Mädchen müssen sich in Ruhe umziehen können.«

Nach der Schule standen Zwaan und ich auf der Brücke über die Reguliersgracht.

»Ich habe heute Mittag einen Kuss gekriegt«, sagte ich. »Von einem blonden Mädchen.«

»Das ist mir egal«, sagte Zwaan.

»Suus heißt sie – ungefähr achtzehn.«

»Hat sie dich auf den Mund geküsst?«

»Wohin denn sonst«, sagte ich.

Zwaan dachte nach. Jedenfalls sagte er eine Weile nichts.

»Küsst du oft?«, fragte ich gleichgültig.

»Ich habe was anderes im Kopf«, sagte er.

»Sie hatte eine Laufmasche im Strumpf.«

»Mädchen haben immer Laufmaschen in ihren Strümpfen«, sagte Zwaan.

»Sie wollte wissen, wie lang die Laufmasche ist. Deshalb hat sie ihren Rock hochgehoben. Ich habe ein Stück von ihrem Oberschenkel gesehen.«

»Und?«

»Nichts und.«

»Wer ist Suus?«

»Sie ist eines der Mädchen, die bei Tante Fie Unterricht im Nähen und Schneidern haben. Damit verdient sich Tante Fie einen schönen Batzen extra – das ist auch nötig, denn die Fotosachen von Onkel Fred kosten schrecklich viel Geld.«

»Darf ich mal mit, wenn die Mädchen da sind?«

»Natürlich«, sagte ich. »Sie stehen manchmal im Unterrock da. Sie vergessen, dass ich auch noch da bin.«

»Alle im Unterrock?«

»In glänzenden rosa Unterröcken.«

Zwaan stieß einen Pfiff aus.

»Mädchen in Unterröcken machen mich ganz verlegen«, sagte ich. »Dann schaue ich auf meine Schuhe – würdest du nicht auch auf deine Schuhe schauen?«

»Nein, ich würde einfach weiter die Mädchen anschauen«, sagte Zwaan.

Wir hingen über dem Brückengeländer und warteten, auch wenn wir nicht wussten, worauf wir warteten. Wir hatten Glück. Unter der Brücke tauchte der Lumpensammler mit seinem Karren auf. Das war ein hübscher Anblick – wie er seinen Karren über die Eisfläche schob. Er schrie heiser, man konnte nichts verstehen. Und niemand schob ein Fenster auf und rief: »Hierher, Lumpensammler.«

»Ich möchte später Lumpensammler werden«, sagte ich. »Und du, Zwaan?«

»Oh«, sagte er, »das weiß ich noch nicht. Außerdem wird man immer etwas anderes als das, was man werden wollte.«

»Du glaubst also, dass ich kein Lumpensammler werde?«

Er nickte.

»Eigentlich will ich ja auch lieber Bäcker werden. Dann esse ich jeden Tag lecker frisches Brot.«

»Ein Bäcker isst sein eigenes Brot nicht.«

»Woher weißt du das?«

»Hast du je einen Schneider in einem teuren Maßanzug gesehen?«

Ich dachte nach. Dann lachte ich. Zwaan lachte nicht.

»Was habe ich nun schon wieder gesagt?«, fragte er.

Er drehte sich um und ging weg. Vielleicht wollte er allein sein, vielleicht auch nicht. Ich lief ihm hinterher und fiel vor Nervosität fast auf die Schnauze. Wir kamen zum Amstelveld, dort war der Montagsmarkt.

Auf dem Markt schlugen sich die Kaufleute mit ihren schweren Armen warm. Wir gingen an Ständen voller Bücher vorbei, wir pfiffen mit den armen kleinen Vögeln in ihren Käfigen, streichelten Zitterhündchen, die von keinem gekauft wurden.

Mitten in einem unordentlichen Kreis von Menschen stand ein Marktschreier und schrie sich die Seele aus dem Leib.

»Ich hoffe, es ist ein witziger«, sagte Zwaan.

Wir hatten Glück. Der Marktschreier war ein kleiner Wichtigtuer, man sah sofort, dass es ein witziger war, er zeigte einen unscheinbaren Gegenstand, als wäre es der Stein der Weisen.

»Was ist das?«, fragte ich Zwaan.

»Ich weiß es nicht«, sagte er. Das Ding sieht aus wie ein Wäschewringer in Klein.«

»Wir sind alle arme Schlucker«, schrie der Marktschreier, »ich genauso wie ihr. Neulich hat meine Frau gefragt: Was rappelt denn so in deiner Tasche, sind das Geldstücke?

Nein, habe ich gesagt, es sind die Metallknöpfe, die mir die Gläubigen in meinen Bettelhut geworfen haben. – Aber wir alle hier können etwas daran ändern. Gebt mir ein Papier, gebt mir euren letzten Gehaltsstreifen, der nützt euch sowieso nichts mehr, gebt mir den Liebesbrief, den ihr in der Schublade eurer Frau gefunden habt, gebt mir die Rechnung vom Doktor oder das Psalmenverschen mit dem Engelchen – und dann guckt ihr euch die Augen aus dem Kopf, ihr werdet das Wunder nicht glauben …«

Ein alter Mann gab ihm einen schmutzigen Zettel.

Und während der Marktschreier herumtanzte, drehte er den Zettel durch den kleinen Wringer.

Zwaan und ich liefen ganz nach vorne, wir wollten nichts verpassen.

Der schmutzige Zettel verwandelte sich in eine Münze.

»Der Gulden ist für dich«, sagte der Marktschreier zu dem alten Mann. »Kauf einen Blumenstock für dein Weib und einen Schnaps für dich selbst.«

»Das kann ich nicht annehmen«, sagte der alte Mann.

»Nimm, bevor ich mir's anders überlege!«

Danach wurde der kleine Zauberwringer gierig gekauft. So viele Käufer standen um den Marktschreier, dass man ihn nicht mehr sehen konnte.

»Ich weiß, wie es geht«, sagte Zwaan ernst. »Die Münze war in dem Ding versteckt, an den beiden Röllchen war irgendwo Klebstoff. Man dreht also ein schmutziges Stück Papier hinein und im selben Moment dreht man den versteckten Gulden heraus – wenn man es nicht besser weiß, denkt man: He, das Papier hat sich in einen Gulden verwandelt! Geschickt, nicht wahr?«

»He«, sagte ich, »das hat doch jeder gleich gesehen.«

Wir schlenderten von Stand zu Stand. Die Verzauberung war gebrochen. Das konnte Zwaan übrigens besonders gut – jede Art von Verzauberung brechen. Man konnte keinen Spaß mit ihm haben, immer wurde er ein kleiner Professor.

Plötzlich blieb Zwaan stehen.

»He«, sagte ich. »Was ist los?«

Aber er antwortete nicht, sondern verschwand blitzschnell hinter einem Stand.

Ich zuckte mit den Schultern, ich wollte ihm nicht sofort hinterherrennen. Als ich nach einer Weile hinter den Stand schaute, sah ich ihn nicht. Ich spähte mit den Augen das ganze Amstelveld ab. Zwaan war nirgends zu entdecken.

Ich lief los und stieß beinahe mit Bet zusammen.

Ich erkannte sie nicht so schnell. Sie trug in jeder Hand eine leere Einkaufstasche. Draußen auf der Straße sah sie mit ihrer Nickelbrille auf der Nase noch viel strenger aus als zu Hause.

»Wo ist Piem?«, fragte sie.

»Weg«, sagte ich. »Verdammt, der Dreckskerl ist abgehauen wie ein Furz.«

Ich konnte nicht anders. Wenn ich Bet sah, kamen mir die unanständigen Wörter wie von selbst aus dem Mund.

»Ja«, sagte Bet, »er hat mich wohl gesehen und ist fortgelaufen. Das macht nichts, du kannst seinen Platz einnehmen.«

»Seinen Platz? Was denn – warum?«

»Weil ich dich sehr nett finde.«

»Wirklich?«

»Glaubst du mir nicht?«

»Nein.«

»Ich sage nie etwas, was ich nicht meine.«

»Kannst du dann nicht auch ein Gesicht machen, als ob du es meinst?«

Sie sagte nichts. Ganz tief in ihren Augen war etwas wie ein Lächeln.

»Was willst du von mir?«, fragte ich.

Sie hielt die Einkaufstaschen hoch. »Du darfst mir tragen helfen«, sagte sie.

»Aber da ist nichts drin.«

»Nun, wart's nur ab. Komm mit.«

Bet drehte sich um und ging weg.

»Ich komme nicht mit«, schrie ich.

Eine Sekunde darauf rannte ich ihr schon hinterher.

Zuerst gingen wir zum Metzger auf dem Frederiksplein. Es stellte sich heraus, dass er montags geschlossen hatte.

»Wie dumm«, sagte Bet. »Das vergesse ich immer.«

Danach gingen wir zum Gemüsemann an der Vijzelgracht und zum Lebensmittelhändler auf der Weteringschans. In allen Geschäften hantierte Bet mit den winzigen Lebensmittelmarken – diese Marken, von denen ich nicht die Bohne kapiere.

Nach der ganzen Einkauferei schleppte ich mich mit einer übervollen Einkaufstasche in jeder Hand vorwärts. Weil Bet mit leeren Händen neben mir ging, war sie mir bald voraus. Mit einem kurzen Trab holte ich sie ein, doch ich war davon ganz erledigt.

»Ich schnappe mir Zwaan noch«, sagte ich.

Bet begann eine traurige Melodie zu pfeifen. Das machte sie offensichtlich noch fröhlicher, ab und zu schüttelte sie ihren Kopf und dann flatterten ihre langen, schwarzen Haare.

»Ich kann das Wilhelmus auf der Blockflöte spielen«, sagte ich. »Damit habe ich mir letztes Jahr am Königinnentag einen Haufen Geld verdient.«

Bet pfiff schrill das Wilhelmus.

»… auf der Blockflöte von meiner Mutter«, sagte ich.

Sie hörte auf zu pfeifen.

»Kannst du Blockflöte spielen, Thomas?«, sagte sie. »Das glaube ich nicht.«

Oh Gott, dachte ich, sie hat mich durchschaut, sie weiß, dass ich verrückt nach ihr bin, was nun?

»Du hältst mich wohl für einen ungehobelten Straßenjungen, was?«, sagte ich.

Inzwischen waren wir an der Ecke Weteringschans und Nieuwe Vijzelstraat. Ich stellte die Taschen auf den Bürgersteig und deutete auf die andere Seite.

»Dort ist die Den Texstraat«, sagte ich.

»Komm mit«, sagte Bet und blitzschnell überquerte sie die Straße. Ich hob die Taschen auf und folgte ihr mit halb lahmen Armen.

Die Den Texstraat war leer und still wie eine Straße am Sonntag. Es spielten keine Kinder draußen. Aus einem oberen Fenster erschien ein langer Arm, ein Staubtuch wurde ausgeschüttelt.

Mitten in der Straße blieb Bet stehen und deutete auf ein großes, vornehm aussehendes Haus. »Dort«, sagte sie.

»Was ist dort?«, fragte ich.

»Dort haben Onkel David und Tante Minnie gewohnt.«

»Oh«, sagte ich.

»Und Piem.«

»Oh«, sagte ich.

»Du bist auch schon dort gewesen. Du weißt es aber nicht mehr, oder? Es war an Piems Geburtstag.«

»Wirklich?«, sagte ich und stellte die schweren Taschen ab.

»Piems Vater und seine Mutter kannten deine Eltern von Unterhaltungen auf der Straße. Und weil du genauso ein Lauser warst wie Piem, fragten Onkel David und Tante Minnie deine Eltern, ob sie nicht mit dir zu Piems Geburtstag kommen wollten. Du warst noch nicht mal sechs.«

»Warum wohnen sie nicht mehr da?«, fragte ich.

»Hat dir dein Vater nie etwas erzählt?«

»Nein, er erzählt mir nichts – er schreibt Bücher.«

Ich betrachtete das Haus. Hinter den unteren Fenstern war es ziemlich dunkel.

»Es war ein fröhliches Haus«, sagte Bet. »Früher.«

Zwaan hatte mir verdammt wenig erzählt, aber ich wollte es von ihm erfahren und nicht mitten auf der Straße von Bet.

»Ich ging sehr oft nach der Schule mit Piem spazieren«, sagte Bet. »Wir gingen zum Klettergerüst im Park. Piem kletterte blitzschnell hinauf. Ich schrie: Komm zurück, du fällst runter. Dann schaute er von oben auf mich herunter und lachte mich aus. Du kriegst gleich eine Tracht Prügel, schrie ich.«

»Hast du ihm oft eine Tracht Prügel gegeben?«

»Nie«, sagte Bet.

»Warum nicht?«

»Ich wusste nicht, wie das geht.«

»Meine Mutter wusste sehr gut, wie das geht.«

Hinter einem der unteren Fenster erschien ein schwerer Mann. Ihm gefiel es wohl nicht, dass wir das Haus betrachteten, denn er machte ein böses Gesicht.

Bet stemmte die Hände in die Seiten und reckte das Kinn vor, als wolle sie ihn beschimpfen.

»Bist du wütend auf ihn?«, fragte ich.

»Wieso denn?«, sagte Bet. »Ich kenne ihn doch nicht mal.«

Der schwere Mann schüttelte den Kopf, dabei hatte ihn niemand was gefragt.

»Wir gehen«, sagte Bet.

Wir gingen weiter.

»Bin ich in diesem Haus gewesen?«, fragte ich.

»Das bist du.«

»Wie alt warst du damals?«

»Acht. Du hattest zwei Püppchen mit.«

Ich blieb stehen.

Bet blieb auch stehen.

»Ja«, sagte ich, »ich hatte zwei Wollpüppchen. Meine Mutter hatte sie mir gemacht. Eine Zwergenfrau und ein Zwergenmann. Dass du so etwas noch weißt.«

»An die Wollpüppchen kannst du dich also erinnern«, sagte Bet. »Und an uns nicht?«

»Ich erinnere mich doch an euch.«

»An was erinnerst du dich?«

»Ich erinnere mich an ein Zimmer voller Leute.«

»Du lügst, Thomas.«

Ich kniff die Augen zu.

»Was hast du dort getan?«, hörte ich sie fragen.

Ich zuckte mit den Schultern. Ich hatte alles gesagt, was ich wusste. Und ich würde mich davor hüten, mir jetzt was auszudenken.

Ich machte die Augen wieder auf und sah, dass Bet mich direkt anschaute.

»Was ist mit dem Haus?«, fragte ich.

Sie gab keine Antwort, und doch kam es mir vor, als würden ihre dunklen Augen sagen: Ich weiß genau, du willst es lieber von Zwaan hören, nun, dann musst du Geduld haben.

»Komm«, sagte sie.

Ich durfte mit hinauf. Auf der Treppe nahm Bet mir eine Tasche ab. Sie wollte es wohl nicht übertreiben.

Im Salon – die Schiebetüren waren geschlossen – saß Zwaan brav am Tisch und spielte Schach gegen niemand, er zog sowohl die weißen als auch die schwarzen Figuren.

»Du Mistkerl«, sagte ich ruhig. »Du läufst heimlich weg, das hast du mit Absicht gemacht, du wolltest die Taschen nicht tragen.«

Zwaan schaute hoch.

»He«, sagte er freundlich. »Bet hat dich also erwischt.«

»Macht das unter euch aus«, sagte Bet, »ich habe alles Mögliche in der Küche zu tun. Wie geht es Mama?«

»Sie schläft«, sagte Zwaan.

»Heute Morgen waren es noch acht Pillen.«

»Jetzt sind es nur noch sechs«, sagte Zwaan.

»Hm«, sagte Bet, drehte sich um und lief aus dem Zimmer.

Ich warf alle Figuren auf dem Schachbrett durcheinander. »Ich lasse mir nicht auf der Nase herumtanzen«, fauchte ich. »Ich lasse mich nicht von dir verarschen.«

»Findest du das wirklich so schlimm, Thomas?«, fragte Zwaan.

»Wir waren in der Den Texstraat«, sagte ich. »Ich habe das Haus gesehen. Hinter einem Fenster stand ein böser Mann – die ganze beschissene Den Texstraat ist voller böser Männer.«

Zwaan schüttelte den Kopf.

»Wieso sagst du Nein? Du kannst es nicht wissen. Ich war dort, Bet hat mich dazu gezwungen.«

»Nein, Thomas«, sagte Zwaan, »das ist gemein.«

»Du warst gemein. Ich war nicht zu faul, eine Tasche zu tragen, ich war nicht mal zu faul, zwei Taschen zu tragen. Bet hat gesagt: Ich nehme auch eine, und ich habe gesagt: Ich trag sie beide, verdammt, mach dir keine Mühe, so bin ich, aber die Geheimnistuerei kann ich nicht haben, das ist falsch, und jetzt bist du dran.«

»Ich bin nicht falsch«, sagte Zwaan.

Ich ging zu ihm, ich wollte ihm einen Stoß geben, aber er wehrte mich ab, ich packte seine Hände, wollte ihn wegziehen, er ließ sich einfach fallen, ich stürzte über ihn, setzte mich auf seinen Bauch und drückte seine Arme gegen den Boden.

»Du kitzelst mich«, sagte Zwaan.

»Sag Gnade!«, brüllte ich. »Sag Gnade!«

»Von wem hast du das?«, fragte Zwaan.

»Oder ich lasse dich nie mehr los.«

»Was ist Gnade? Etwas Katholisches, nicht wahr? Ich bin nicht katholisch. Bist du katholisch?«

»Ich bin gar nichts«, sagte ich laut. »Mein Vater und ich sind überhaupt nichts. Und nichts, sagt er, ist besser als etwas. Denn die Nichtser haben keinen Hass auf die Etwasser, während die Etwasser einen Haufen gegen die Nichtser haben.«

Zwaan schüttelte sich vor Lachen, ich wurde mitgeschüttelt.

»Sag Gnade!«, schrie ich.

»Nie«, sagte Zwaan. »Es nützt doch nichts, irgendeinen fluchenden Gassenjungen um Gnade zu bitten.«

Die Schiebetüren wurden aufgemacht.

Weil Zwaan schrecklich erschrak, erschrak ich auch.

Zwaans Tante stand in der Tür. Ihr Gesicht war mager und blass.

Ich saß noch immer auf Zwaan. Doch nun ließ ich ihn los und richtete mich schnell auf.

»Nimm es mir nicht übel, Tante Jos«, sagte Zwaan, »aber ich musste diesen Kerl verprügeln.«

Zwaans Tante starrte mich an.

»Guten Tag, Frau Zwaan«, sagte ich, »ich habe für Sie eingekauft – zusammen mit Bet.«

»Was für ein Lärm«, sagte sie leise. »Was für ein schrecklicher Lärm. Was ist hier los, Piem?«

»Nichts ist los«, sagte Zwaan. »Wir haben gerauft, nichts Besonderes.«

»Ich darf nicht auf so unangenehme Weise geweckt werden, Piem, das weißt du doch.«

»Ja«, sagte Piem, »das weiß ich.«

»Was tust du hier?«, fragte sie mich.

Ich zuckte mit den Schultern.

»Ich kenne dich doch, ja? Oder kenne ich dich nicht?«

»Wir kennen uns«, sagte ich.

»Ich bin erschrocken«, sagte sie. »Ich dachte, es wären fremde Menschen im Zimmer.«

»Es waren bloß wir«, sagte ich und im selben Moment sah Zwaan wieder so todernst aus wie in der Schule.

»Es tut mir leid, Tante Jos«, sagte er. »Es ist meine Schuld. Ich habe ihm einen verdammten Streich gespielt.«

Bet kam ins Zimmer.

Sie hatte eine Schürze umgebunden. Die Ärmel ihres dunklen Pullovers waren hochgekrempelt. Auf ihren weißen Armen waren viele Muttermale. Ihre Hände waren nass, eine schwarze Locke hing ihr in die Stirn, ihre Brille saß oben in den Haaren, mit halb zugekniffenen Augen betrachtete sie uns.

»Einen verdammten Streich?«, sagte Zwaans Tante. »Was für eine Sprache, Piem.«

Ich grinste.

»Habe ich das etwa wirklich gesagt?«, fragte Zwaan erstaunt.

»Wer mit Pech umgeht«, sagte Bet, »wird …«

»… mit Pech beschmiert«, ergänzte ich.

»Da ist doch nichts dabei, Mama«, sagte Bet und verließ das Zimmer.

»Ich konnte mich nicht bewegen«, sagte Zwaans Tante, »solche Angst habe ich gehabt.«

»Leg dich ruhig wieder hin«, sagte Zwaan.

»Er ist ein netter Junge«, sagte Zwaans Tante, »aber er spricht ein bisschen Dialekt. Fällt dir das auch auf, Piem?«

Zwaan seufzte.

Ich lachte. Ich war hingerissen von diesem verrückten Haus mit seinen verrückten Bewohnern.

In dem von Tante Fie gemachten Bett fühlte ich mich nicht wohl. Sie hatte die Decken und die Laken so weit unter die Matratze geschoben, dass ich mich kaum bewegen konnte. In der Straße und in den Häusern war es still, trotzdem hörte ich alles Mögliche – eine Katze heulte draußen vor Kälte, ein Mann schrie: »Und jetzt geht ihr schlafen!«

»Ich gebe mir ja Mühe«, murmelte ich.

Ich machte die Augen zu und versteckte meine kalten Arme unter der Decke. Dann zog ich meine Beine ruckartig an, Decken und Laken sprangen unter der Matratze hervor, jetzt konnte ich mir eine gemütliche Höhle machen.

Ich dachte an meinen Vater und hörte ihn sagen: »Du musst im Bett daran denken, was du tagsüber gemacht hast – dann werden die Gedanken von ganz alleine zu Träumen.«

Ich dachte an das Haus in der Den Texstraat.

Vor langer Zeit war ich dort gewesen. Ich erinnerte mich an ein Zimmer voller Menschen. Als es schon dunkel war, hatte mich mein Vater nach Hause getragen. An der Lijnbaansgracht ging meine Mutter vor uns her. Ich war wunderbar schläfrig. Meine Mutter schaute über die Schulter zu mir – ein weißes Gesicht im Licht einer Laterne. Hallo, Mama.

An Zwaans Geburtstagfeier konnte ich mich nicht erinnern.

Sollte ich mir jetzt eine schöne Geschichte dazu ausdenken?

Ungefähr so: »Sie lachten, sie trugen Festmützen, ein Junge stand stolz auf dem Tisch. Aber das Schönste war: Als wir *Lang soll er leben* gesungen und uns mit Kuchen und Bonbons vollgestopft hatten, saß der Junge auf dem Schoß eines Mannes – es war ein Mann in einem dunklen Anzug, der Mann trug eine rote Festmütze mit einem gelben Bommel. Wir hörten uns *Sonny Boy* an. Als die Platte zu Ende war, hob der Mann den Jungen hoch über seinen Kopf – er lachte und er sagte: Sonny, Sonny, die verdammten Engel bekommen dich nicht, morgen gehen wir nach Deventer.«

Was für ein Unsinn.

Trotzdem: Ich wusste, ich hatte es mir nicht ganz ausgedacht.

TANTE FIE BEKOMMT BESUCH

Dienstag. Ich setzte mich von mir aus neben Zwaan. Ich merkte, dass man uns komisch anschaute, es war stiller als sonst in der Klasse, man konnte sogar etwas vom Getuschel der Mädchen hören. Zwaan schaute brav zur Tafel, auf der nur ein paar dumme Rechnungen von gestern hingekritzelt waren.

Als der Lehrer in die Klasse kam, merkte ich, dass Zwaan kurz zu mir herschaute, aber ich achtete nicht auf ihn, ich achtete auf den Lehrer, der Mann rauchte nicht, das war ein schlechtes Zeichen.

»Da stimmt was nicht, Thomas«, murmelte Zwaan.

Der Lehrer wühlte mit dem Rücken zu uns in einem Schrank, die Mädchen reckten ihre Hälse, die Jungen popelten in der Nase oder schnitten Grimassen, niemand wagte es, eine Dummheit zu machen. Das Gewühle des Lehrers im Schrank – das machte einen ganz nervös.

Plötzlich wurde die Schranktür mit einem Knall zugeschlagen.

Der Lehrer ging zu seinem Tisch, zog die Schublade heraus und suchte mit bösem Gesicht nach irgendetwas. Nach einer Weile fand er eine zerdrückte Zigarettenschachtel, fummelte sie auf, fand aber keine Zigarette.

Eine leere Zigarettenschachtel, finde ich, sollte man wegwerfen und nicht aufheben.

»Thomas Vrij«, sagte er laut. »Komm vor die Klasse!«

Mit einem Seufzer stand ich auf und ging zum Tisch, hinter dem der Lehrer saß.

»Willst du das in den Ofen werfen, Vrij?«, sagte er mit einem hinterhältigen Grinsen. Er warf mir die leere Schachtel zu, sie traf meinen Kopf, dann fing ich sie geschickt auf. »Und dann blitzschnell zurück zu deinem Platz, Freundchen.«

Ich ahnte nichts Gutes, wollte es mir aber nicht anmerken lassen. Ganz langsam ging ich zum Ofen, nahm den Schürhaken vom Haken und zog die schwere Klappe hoch. Weil es in der Klasse totenstill war, hatte das Ganze auffallend viel Krach gemacht.

Die Flammen zischten und knatterten. Während ich sie anschaute, schweiften meine Gedanken ab. Ich kniff die Augen halb zu und tat nichts.

Ein Hüsteln des Lehrers klang mir wie ein Donnerschlag in den Ohren. Schnell warf ich die leere Schachtel in die Flammen, schob dann mit viel Lärm die Klappe zu und hängte den Schürhaken zurück.

Ich ging zu Zwaan und setzte mich neben ihn.

»Was habe ich gerade gesagt, Vrij?«, fragte der Lehrer.

»Ich weiß es nicht mehr, Herr Lehrer«, sagte ich.

Er kam langsam zwischen den Bänken hindurch auf mich zu, die Hände hinter dem leicht gebeugten Rücken versteckt – er pfiff eine Melodie und war von Kopf bis Fuß ein ganz freundlicher Lehrer. Aber ich traute ihm nicht.

Dicht vor mir blieb er stehen.

»Ich sagte: Zurück zu deinem Platz.«

»Aber das habe ich doch getan, Herr Lehrer«, sagte ich.

»Mit anderen Worten, Vrij – du glaubst wohl, ich bin blöd?«

Ich sagte weder Nein noch Ja.

»Du sitzt nicht hier – oder sehe ich das falsch?«

Was meinte er? Ich bekam immer Kopfweh von komischen Fragen.

Ganz freundlich sprach er weiter. »Meiner Meinung nach sitzt du in einer Bank, in der du nicht sitzen solltest. Oder irre ich mich?«

»Oh«, sagte ich, »das meinen Sie.«

Fast hätte ich noch gesagt: »Dann sagen Sie es doch gleich.« Aber ich hatte es mir gerade noch verkniffen.

Der Lehrer lächelte mich an, holte so tief Luft, dass sein Bauch davon anschwoll, und fing plötzlich an zu brüllen. Vor Schreck stieß ich gegen Zwaan – er kippte fast aus der Bank.

»Wie kommst du nur dazu«, hörte ich es in meinen Ohren donnern, »dir diese unglaubliche Frechheit zu erlauben, dich ohne meine Zustimmung auf einen anderen Platz zu setzen? Los, in die Ecke, den weiteren Vormittag darfst du dich nicht mehr bewegen, deine Nase muss die Wand berühren – wenn deine Nase die Wand nicht berührt, lasse ich dich tausend Strafsätze schreiben.«

»Herr Lehrer«, sagte Zwaan.

Mir schien, als würde der Lehrer bei Zwaans Stimme erschrecken.

»Es ist meine Schuld, Herr Lehrer«, sagte Zwaan und hob schnell den Finger. »Ich habe Thomas darum gebeten, ich sagte – neben mir sitzt niemand, warum setzt du dich nicht neben mich? Das ist bestimmt in Ordnung, das stört niemanden, wenn du dich woanders hinsetzt. Sie dürfen nicht böse auf Thomas sein.«

»Auf wen soll ich dann böse sein, Herr Zwaan?«, fragte der Lehrer sehr leise.

»Oh, Sie können natürlich böse sein, auf wen Sie wollen, aber in diesem Fall sollten Sie am besten auf mich böse sein.«

»Und wenn ich nicht böse auf Sie sein will?«, sagte der Lehrer. »Was dann? Können Sie mir in dieser Hinsicht einen Rat geben?«

»Ich stelle mich in die Ecke«, sagte Zwaan und stand schon auf.

»Herr Zwaan«, sagte der Lehrer, »Sie sind aufgestanden, obwohl ich nicht gesagt habe, dass Sie aufstehen dürfen.«

Zwaan setzte sich.

Der Lehrer ging hinter der Bank vorbei und blieb sehr dicht neben Zwaan stehen. Er legte eine seiner großen Pranken auf Zwaans Schulter, seine Augen glänzten vor Vergnügen, ich fand ihn ziemlich seltsam.

»Herr Zwaan«, sagte er, »Sie haben eine tiefe Verachtung für Ihre erwachsenen Mitmenschen, nicht wahr?«

»Ich kann Ihnen nicht folgen, Herr Lehrer«, sagte Zwaan. »Darf ich nicht einfach in der Ecke stehen? Das hier macht mich nervös.«

»Ach, Herr Zwaan«, sagte der Lehrer. »Wie menschlich klingt das, es treibt mir die Tränen in die Augen. Und was macht Sie nervös?«

»Dass Sie immer Sie zu mir sagen, Herr Lehrer.«

»Tue ich das?«

»Das tun Sie, Herr Lehrer.«

»Wie schrecklich unhöflich von mir. Vielleicht sage ich Sie zu Ihnen, weil Sie sich so altmodisch benehmen, Herr Zwaan. Ich habe eine kleine Abneigung gegen Sie, Herr Zwaan, das finden Sie doch nicht schlimm, oder?«

»Nein, Herr Lehrer«, sagte Zwaan.

Ich verstand das alles nicht.

»Aber es war doch meine eigene Idee, mich hierher zu setzen«, sagte ich, »also muss ich in der Ecke stehen.«

Der Lehrer ging mit großen Schritten zu seinem Tisch, drehte sich wütend um, deutete auf Zwaan und schrie: »Stell dich in die Ecke, du Grünschnabel, dreh dich um, die Nase an die Wand und rühr dich nicht!«

Zwaan atmete erleichtert auf, schob sich aus der Bank und ging zur Ecke und stellte sich brav mit dem Rücken zur Klasse hin.

»Und du, Vrij, gehst zur Bank, wo du sitzen sollst, aber dalli.«

Eigentlich müsste ich in der Ecke stehen, dachte ich. Wenn Zwaan tausend Strafsätze aufbekam, würde ich sie für ihn schreiben, na ja, jedenfalls die Hälfte.

Als ich auf meinem alten Platz saß, steckte ich mir die Finger in die Ohren, denn der Lehrer kratzte mit einer viel zu spitzen Kreide quietschend eine neue Rechenaufgabe an die Tafel.

Und dann, als ich mir die Finger wieder aus den Ohren nahm, hörte ich Olli Wildeman hinter mir sagen: »Ein Judenfreund bist du, was, wir kriegen dich schon noch.«

Am Samstagnachmittag, als Zwaan und ich durch die Stadt streiften und ein Mann in einer Generalsuniform uns nicht ins *Heck* hineinlassen wollte, sodass ich Zwaan mit meinem vielen Geld nicht zu Limonade und einer Blätterteigtasche einladen konnte, und wir uns im *Cineac* klebrige Süßigkeiten kauften, die einem an den Zähnen wehtaten, aber schön süß schmeckten, und wir uns das Programm zweimal anschauten, weil wir den Zeichentrickfilm noch einmal sehen wollten und wir uns in eine blonde Sängerin verliebten, die mit einem Orchester mit vielen Trompeten schelmisch und liebenswürdig sang, rutschte Tante Fie auf der Straße aus und verstauchte sich den Knöchel.

Am Sonntagmorgen saß Tante Fie dicht am Ofen in dem Sessel mit den stechenden Sprungfedern, ihr Knöchel war mit einem dicken Verband umwickelt, ihr Unterschenkel lag auf einem Holzhocker mit Kissen, ihr nackter Fuß war sehr blass und voller roter Flecken, er sah auch viel größer aus als ein normaler Fuß. Ich traute mich nicht mehr, mich an den Ofen zu setzen.

Tante Fie schlief.

Onkel Fred schlich ins Zimmer, machte mit Blitzlicht ein Foto von dem Fuß.

Bei dem grellen Licht schrak Tante Fie hoch.

Onkel Fred flüchtete in den Gang.

Ich dachte: Oh Gott, bald wird Tante Fies Fuß auch noch an der Wand hängen.

Sie sah mich und nickte freundlich. Vermutlich hatte sie gar nicht geschlafen.

»Der Verband um meinen Knöchel ist zu fest«, sagte sie. »Schau mal, meine Zehen werden schon lila.«

»Das sieht schlimm aus, Tante Fie«, sagte ich.

»Ach, Junge«, sagte sie, »ich saß dort auf der Straße und fühlte meinen Knöchel anschwellen, da stellten sich alle möglichen Leute um mich herum und ich sagte ganz freundlich: Liebe Leute, ich kann nicht mehr laufen. – Kannst du dir vorstellen, dass keiner mir geholfen hat, sie schauten mich mit so toten Augen an, ich war nicht spannend genug für sie, weil ich nicht vor Schmerzen geschrien habe. Zum Glück ist Hein mit seinem Transportfahrrad vorbeigekommen, nun, der Junge hat mich hochgehoben, als wäre ich ein vierjähriges Gör, er hat mich in die Kiste gesetzt und mich holterdiepolter nach Hause gebracht, ich fühle es jetzt noch an meinem Steißbein. Wo ist Fred jetzt?«

Ich dachte an Hein. Ein Riese von fast zwei Meter. Er fährt den ganzen Tag mit seinem Transportfahrrad herum, das er von seinem Vater, einem winzig kleinen, bösartigen Fahrradmechaniker, bekommen hat. Auf den Rädern sind dicke Reifen, die beim Fahren surren, sodass man ihn immer schon von Weitem ankommen hört, er sammelt alles, was er auf der Straße findet, Sachen, die die Leute seiner Meinung nach nicht mehr brauchen, aber das weiß er nicht so genau: Manchmal nimmt er einen Mülleimer mit, einen Kinderwagen oder einen zusammengerollten Teppich von der Stange, dann wird er von seinem winzigen Vater verfolgt und kreischt ängstlich, dass er keine Prügel will. Meiner Meinung nach ist bei ihm eine Schraube locker.

Onkel Fred kam ins Zimmer.

Tante Fie deutete auf den Fuß. »Der Verband sitzt zu fest«, sagte sie.

»Ich habe gestern vergessen, Kartoffeln zu kaufen«, sagte Onkel Fred mit einer kleinen, bedrückten Stimme.

»Oh Gott«, sagte Tante Fie, »alles geht drunter und drüber und ich kann wochenlang nicht laufen, ich muss immer nur herumsitzen, oh Gott.«

Ich machte, dass ich wegkam.

An der Weteringschans musste ich dreimal auf die Klingel drücken, bevor mir aufgemacht wurde. Oben an der Treppe stieß ich fast mit Zwaans Tante zusammen.

»Sie sind nicht da«, sagte sie, »sie sind zu meiner Mutter gegangen – zu Bets Oma.«

Ich drehte mich um und wollte schon die Treppe hinab.

»Nein, tu das nicht, du Spinner«, sagte sie, »ich freue mich, dass du da bist.«

Verdammt, dachte ich, muss ich jetzt etwa bleiben?

»Tante Fie hat sich den Knöchel verstaucht«, sagte ich. »Sie ist hingefallen. Sie kann nicht mehr laufen.«

»Wer soll jetzt für dich sorgen?«

Darüber hatte ich gar nicht nachgedacht. Es kam doch immer alles mehr oder weniger in Ordnung.

»Onkel Fred hat vergessen, Kartoffeln zu kaufen«, sagte ich.

»Ja, ja«, sagte sie, »eine Katastrophe nach der anderen.«

Ich zog langsam meinen Mantel aus und hängte ihn ordentlich an die Garderobe, dann gingen wir in den Salon.

Wir saßen uns gegenüber, nicht weit von dem brennenden Kamin. Mir wurde angenehm warm.

Zwaans Tante schaute mich an. Sie nahm sich viel Zeit dafür. Deshalb fing es an, mich zu jucken, ich kratzte mir den Nacken und den Kopf.

Ab und zu musste sie lachen. Sonntags war sie offenbar eine gesellige Frau, die keine Pillen brauchte.

»Bist du hingefallen?«, fragte sie plötzlich.

»Nein«, sagte ich. »Wieso?«

»Deine Knie sind so schmutzig«, sagte sie.

»Am Sonntag wasche ich mich immer ganz«, sagte ich stolz. »Aber heute hat es nicht geklappt.«

»Ich finde dich nicht besonders schmutzig.«

Sie fand mich also schmutzig, denn sonst sagt man so was nicht.

»Auch Onkel Fred konnte heute Morgen nicht tun, was er wollte«, sagte ich. »Das hat ihm gestunken.«

»Gestunken, nein, Thomas, so sprechen wir hier nicht.«

»Er hat's selbst gesagt. Er hat gesagt: Es stinkt mir. Ich sage einfach, was er gesagt hat – das darf man doch, oder?«

»Nein, das darf man nicht immer.«

»Warum nicht?«

»Das weiß ich nicht.«

»Sie haben doch auch gesagt, was ich gesagt habe: Gestunken, so sprechen wir hier nicht.«

Sie musste lachen. Dann sagte sie: »Erzähl mir etwas Hübsches, Thomas.«

Ich dachte kurz nach und begann auf gut Glück: »Neulich habe ich geträumt«, sagte ich, »dass ich in einem sehr großen Haus in der Den Texstraat bin. Ich war sehr klein, und ich war dort in einem wahnsinnig großen Zimmer, in dem verdammt viele Lampen brannten, es war rappelvoll mit Leuten, und die hatten einen Mordsspaß, sie tanzten um den Tisch, meine Mama und mein Papa waren auch da, Zwaan hatte Geburtstag oder so was, sein Vater trug eine rote Festmütze mit einem gelben Bommel ...«

Während ich erzählte, schaute ich die ganze Zeit auf meine schmutzigen Knie.

»Na ja«, fuhr ich fort, »vielleicht war es kein Traum, vielleicht war ich einfach wach, das kann auch sein, aber ich habe es mir nicht ausgedacht, jedenfalls nicht von A bis Z, es ist eine Erinnerung an früher, als ich noch klein war.«

Ich hob den Kopf.

Zwaans Tante wollte etwas sagen, aber dann überlegte sie es sich und sagte nichts, ihre Lippen begannen zu zittern, und ich dachte: Ach nein, sie wird doch nicht flennen, nein, bitte nicht.

»Dann wurde eine Platte mit *Sonny Boy* aufgelegt«, sagte ich.

Sie schaute mich immer weiter an.

»Glauben Sie mir nicht?«, fragte ich.

Sie nickte.

»Warum nicht? Ich lüge nie.«

»Ach«, sagte sie verlegen, »ich habe doch genickt, als Zeichen, dass ich dir glaube, natürlich glaube ich dir, gütiger Himmel.«

Sie holte ein vornehmes Taschentuch irgendwo aus ihrem Kleid, kniff sich mit dem Taschentuch in die Nase, schnäuzen konnte man das nicht nennen.

»Die Den Texstraat«, sagte sie leise, »gütiger Himmel.«

Bet hatte mir verboten, über die Den Texstraat zu sprechen. Warum hatte ich das vergessen? Ich hasste mich selbst.

»Thomas«, sagte Zwaans Tante, »ich habe einen wunderbaren Plan – warum kommst du nun, da deine Tante nicht für dich sorgen kann, nicht eine Weile zu uns und schläfst hier? Das wäre auch gut für Bet und Piem – sie streiten so oft. Bet hat Piem sehr lieb, aber sie bleibt eben Bet; wenn sie jemanden liebt, ist sie schrecklich streng zu ihm – sie ist ganz anders als ihr Vater, auch wenn sie ihm ähnlich sieht.«

»Hier wohnen?«, sagte ich. »Sind Sie mir denn nicht böse? Ich werde nie wieder über die Den Texstraat sprechen. Aber vielleicht erlaubt Tante Fie es nicht.«

»Oh, das werde ich schon regeln. Würdest du es denn wollen?«

»Finden Sie mich nicht schmutzig?«

»Ich finde dich ziemlich schmutzig. Aber Bet wird dich ohne Pardon in die Badewanne stecken.«

»Wenn sie nur die Hände von mir lässt.«

»Nun ja, sie lässt das Bad für dich ein.«

»Und dann?«

»Dann musst du rein.«

Ich zitterte vor Aufregung. Ich sollte hier in diesem schönen Haus schlafen dürfen? Vielleicht zusammen mit Zwaan in einem Zimmer, ja, vielleicht sogar zusammen in einem Bett?

»Wo wohnt deine Tante?«, fragte Zwaans Tante.

Montag. Am Nachmittag saß ich in der Tellegenstraat am Fenster und schaute hinaus. Ein paar Jungen spielten Schlittern auf dem Bürgersteig. Sie fielen aber partout nicht hin und ich langweilte mich. Eine Frau in einem dicken Wintermantel ging mit kleinen Schritten an den Häusern vorbei. Sie trug eine Pelzmütze mit einem Schwänzchen.

Pass auf, dachte ich, wenn du ausrutschst, liegst du gleich auf dem Arsch.

Sie blieb stehen und schaute hoch. Ich bekam einen Mordsschreck, als ich sah, dass es Zwaans Tante war. In der kalten Winterluft war ihr Gesicht noch blasser als bei ihr zu Hause. Ich winkte ihr zu. Sie bemerkte es aber nicht.

»Wem winkst du, Tommi?«, fragte Tante Fie.

Ich drehte mich um.

Tante Fie glühte vor Erwartung. Wer kam jetzt wieder und brachte einen Blumentopf oder einen Kuchen? Ihr nackter Fuß sah ebenfalls neugierig aus.

»Der Tante von Zwaan – Zwaan ist ein Junge aus meiner Klasse.«

»Hast du was ausgefressen, Tommi?«

»Nein«, sagte ich, »er ist ein Freund von mir.«

Es klingelte.

»Oh, Junge«, sagte Tante Fie, »ich kann jetzt keinen Besuch von fremden Leuten brauchen.«

Ich flog zum Gang und machte die Haustür auf.

»Vorsichtig«, rief ich hinunter, »an manchen Stellen sind die Teppichleisten locker.«

Im Wohnzimmer von Tante Fie sah Zwaans Tante viel größer aus als bei ihr zu Hause.

»Ich bin Josephine Zwaan«, sagte sie zu Tante Fie. »Wie schlimm für Sie, dass Sie sich den Knöchel verstaucht haben. Aber vielleicht denken Sie ja auch: Jetzt kann ich mich mal eine Weile ausruhen.«

Tante Fie wusste nicht, was sie denken sollte.

»Ach, gnädige Frau«, sagte sie, »hat dieser Junge was angestellt? Hat er bei Ihnen zu Hause was zerbrochen?«

Zwaans Tante setzte sich nicht weit vom Ofen auf einen Stuhl am Tisch, knöpfte ihren Mantel auf und schlug das rechte Bein über das linke. An den Füßen trug sie prachtvolle Stiefel, das Pelzfutter kräuselte sich bis über den Rand. Während sie langsam ihre Handschuhe auszog, lächelte sie.

»Thomas«, sagte sie, »willst du uns kurz allein lassen, ja?«

»Oh«, sagte Tante Fie, »ist es so schlimm? Er ist wirklich ein lieber Junge, gnädige Frau, zwar überhaupt nicht erzogen, das stimmt, aber er kann nichts dafür, seine Mutter – ach, du lieber Himmel.«

Sie schlug sich auf den Mund.

Ich setzte mich auf meine Hände, presste die Lippen zusammen. Ich wollte nichts von ihrem Gespräch verpassen und nahm mir vor, mich nicht einzumischen.

»He«, sagte Zwaans Tante zu mir. »Du bist ja noch da.«

Ich ging hinaus und setzte mich im Mantel auf die oberste Treppenstufe.

Die beiden Frauen hinter der geschlossenen Wohnzimmertür waren nicht zu verstehen, ich konnte nicht mal hören, dass sie sich unterhielten. Vielleicht flüsterten sie, aber nein, Erwachsene flüstern nicht, sie sprachen einfach sehr leise. Bei Zwaans Tante verwunderte mich das nicht, die sprach immer leise. Aber warum hörte ich Tante Fie nicht schmettern?

Ich dachte an meine Mutter. Heftiger als sonst.

Das lag wohl daran, dass ich mutterseelenallein oben auf der Treppe saß.

Wenn man die Straße entlanggeht, ist man nicht allein, in der Klasse ist man nicht allein, man ist eigentlich nie allein, auch nicht, wenn man im Bett liegt, denn im Bett gehört es sich ja, allein zu sein, aber mutterseelenallein oben auf einer Treppe ist man verdammt allein und dann kann man verdammt heftig an jemanden denken und das macht einen ziemlich traurig.

Himmel, war ich nervös.

Ich hatte Angst, dass Tante Fie sagen würde: »Der Kleine bleibt hier.«

Ich wollte zu Zwaan, ich wollte zu Bet.

Meine Mutter war nicht dafür. Sie durchschaut mich noch immer. Was sie alles durchschaut, weiß ich nicht, aber es entgeht ihr nichts. Nun, da sie tot ist, achtet sie den ganzen Tag auf mich, egal wo ich bin. Früher war sie irgendwo anders, wenn ich in der Schule war oder durch die Stadt stromerte.

Sie sagt auch alles Mögliche – in meinem Kopf jedenfalls.

Das tut sie natürlich auch bei meinem Vater.

Manchmal schaut er auf, und dann weiß ich, dass sie so etwas sagt wie: »Du lässt dem Kerl zu viel Freiheit, gib ihm doch mal was auf den Kopf, andere Kinder werden ordentlich erzogen; sogar wenn er mit den Zehen isst, sagst du nichts.«

Und nun wandte sie sich direkt an mich.

»Tommi, Junge«, hörte ich sie sagen, »das ist nichts für

dich, dort an der Weteringschans, es sind vornehme Menschen, die regen sich über so einen Lauser wie dich im Haus nur auf. Ich muss mich jetzt schon für dich schämen. Ich will, dass du bei Tante Fie bleibst. Und fang jetzt nicht an zu heulen. Wenn du heulst, muss ich über dich lachen, das weißt du doch.«

Ein einziges Gemecker war das. Aber ich widersprach ihr nicht. Ich widersprach ihr nie, wenn sie in meinem Kopf mit mir schimpfte, das hatten wir abgemacht.

Aber es war zum Verrücktwerden.

Bitte, Mama, dachte ich, darf ich nicht doch zu Zwaan und Bet? Ich werde auch nicht zu viel Quatsch mit Zwaan machen, ich werde nett zu Bet sein, ich werde Zwaans Tante keine dummen Geschichten erzählen und ich denke einfach den ganzen Tag an dich, das geht wie von selbst, dafür brauche ich mir keine Mühe zu geben.

Aus dem Wohnzimmer drang Lachen.

Die Van Woustraat ist nicht sehr lang, aber als Zwaans Tante und ich über den Bürgersteig schlurften, kam sie mir wie die längste Straße der Welt vor.

Ich trug eine vollgestopfte Tasche und Zwaans Tante hatte einen langen Arm um meine Schulter gelegt.

»Sonst falle ich hin«, sagte sie.

Ich war eigentlich zu aufgeregt für langsames Schlurfen. Ich wollte rennen und rutschen, am liebsten hätte ich allen Leuten zugerufen, dass ich bei Zwaan und Bet logieren würde.

»Denkst du dir viel aus, Thomas?«, fragte Zwaans Tante freundlich.

»Wer sagt das?«

»Was glaubst du denn, wer?«

Ich sagte nichts, es war eine dumme Frage gewesen.

»Dumm«, sagte Zwaans Tante.

Ich nickte. Sie hatte erraten, was ich dachte. Das sollte sie lieber nicht zu oft tun, dachte ich.

»Dumm von mir«, fuhr sie fort. »Das hätte ich nicht sagen sollen. Nun wirst du es nicht wagen, mir etwas zu erzählen.«

Ruhig überquerten wir eine Kreuzung.

»Ich werde beim Abwaschen helfen«, sagte ich.

»Dazu musst du erst weniger schmutzig sein. Wenn du gebadet hast, ziehen wir dir saubere Kleidung von Zwaan an.«

»Sie haben saubere Pinkel gern, was? Wie lange darf ich eigentlich bleiben?«

»Das werden wir sehen.«

»Und was ist, wenn Sie mich morgen oder übermorgen plötzlich blöd finden«, sagte ich, »muss ich dann zurück zu Tante Fie?«

Zwaans Tante lachte.

»Nehmen Sie es mir nicht übel«, sagte ich, »Pardon.«

»Du sollst mich nicht zum Lachen bringen, sonst falle ich hin.«

»Meine Socken sind voller Löcher«, sagte ich.

»Wir werfen deine Socken weg.«

»Ich habe nur ein Buch dabei – *Frits van Duuren*.«

»Hast du es schon ausgelesen?«

»Das habe ich schon hundertmal ausgelesen.«

»Zwaan hat genug zu lesen für dich.«

»Ich kann in einem stockdunklen Zimmer nicht einschlafen.«

»Ich auch nicht.«

»Ich mag keinen Rosenkohl, keinen Blumenkohl und keine Bohnen.«

»Mir ist Essen egal. Ich kann mir noch nicht mal die Namen merken.«

»Ich bin ganz verrückt nach Essen«, sagte ich.

»Das habe ich schon befürchtet.«

»Ich kriege kein Heimweh.«

»Bist du so sicher?«

»Nach was sollte ich Heimweh kriegen?«

»Nach deinem Zuhause, deinem Vater.«

»Mein Vater ist nicht ganz bei Trost.«

»Oh, aber dann ist er doch erst recht jemand, nach dem man Heimweh bekommen kann.«

»Schmeckt Ihnen denn gar nichts? Mögen Sie auch keine Kartoffeln mit Soße?«

»Ich mag Musik und Bücher. Aber die Nacht mag ich nicht«, sagte sie.

»Die Nacht? Warum nicht? Weil es dann dunkel ist?«

»Die Nacht braucht nicht dunkel zu sein. Man kann eine Lampe anmachen«, sagte sie.

»Wenn man die Lampe ausmacht, ist es erst wirklich Nacht, nicht wahr?«

»Ich mache die Lampe nie aus«, sagte sie. »Ich mache eher noch eine andere an.«

»Dann brennen zwei Lampen.«

»Du bist ein Schlaukopf, nicht wahr?«

»Finden Sie mich dumm?«

»Sehr dumm«, sagte sie. »Hast du nachts immer eine Lampe an?«

»Immer. Wenn ich schlafe, macht mein Vater sie aus.«

»Merkst du das, wenn du schläfst?«

»Ja. Dann träume ich, dass mein Vater nach mir schaut und die Lampe ausmacht.«

»Nun, das träumst du dann doch nicht. Das passiert einfach.«

»Aber ich werde nicht wach davon – ich schlafe gemütlich weiter.«

Zwaans Tante sagte nichts mehr. Sie war, glaube ich, ziemlich müde geworden von meinem Gequatsche.

MAN SAGT NICHT ENTSCHULDIGUNG

Aus der Badewanne stieg ziemlich viel Dampf. Was hatte ich in einer Wanne mit so wahnsinnig heißem Wasser verloren? Doch nichts.

»Da gehe ich nie im Leben rein«, sagte ich zu Bet.

»Wenn das Wasser zu warm ist, musst du einfach den Hahn mit dem kalten Wasser aufdrehen«, sagte Bet.

»Es ist ja tiefer als ein Kinderplanschbecken.«

Bet deutete auf eine harte Bürste und ein Stück Seife. Sie lagen auf einem Hocker neben der Wanne.

»Das ist zum Waschen und Schrubben. Und deine schmutzigen Sachen lege dort auf den Korb.«

»Nein«, sagte ich, »die ziehe ich wieder an.«

»Das hättest du dir so gedacht«, sagte Bet. »Pfui. Du kannst gleich einen Flanellpyjama von Zwaan anziehen, er hängt dort am Haken.«

»Wann ist gleich?«

»Nachdem du in der Wanne warst und dich gründlich gewaschen und abgetrocknet hast.«

»Muss ich wirklich in – in das heiße Wasser?«, fragte ich ängstlich.

»Du wirst es genießen – und wenn du lange genug aufgeweicht bist, musst du dich von oben bis unten einseifen und mit der Bürste sauber schrubben.« Sie schaute mich fest an. »Wenn du dich schrubbst, fang an zu singen, dann weiß ich, dass du so sauber wie ein kleiner Cherubim wirst.«

»Was ist ein Cherubim?«

»Ein Engelchen.«

»Ich bin kein Engelchen.«

»Ja, das weiß meine Nase auch«, sagte sie.

Ich lachte.

»Warum lachst du?«

»Weil du gesagt hast: Das weiß meine Nase auch.«

»Was ist so lustig daran?«

»Es passt nicht zu dir, so was zu sagen. Deshalb musste ich lachen.«

»Zieh dich aus.«

»Ich denke nicht dran.«

Bet war weg und ich zog mich aus. Du lieber Himmel, dachte ich, als ich nackt vor dem Spiegel stand, wie mager ich bin – wenn ich es nicht selbst wäre, würde ich den Jungen da auslachen.

Ich ließ eine Menge kaltes Wasser in die Wanne laufen. Langsam sank ich vom Rand aus zum Boden.

Ich dachte, ich würde sterben.

Zwei Sekunden später fühlte ich mich unglaublich wohl.

Gott, war ich leicht.

Bis zu meinem Hals war mein Körper in dem warmen Wasser versunken, mein Kinn schwamm, meine Arme schwebten.

Ich will nie wieder aus dem warmen Wasser raus, dachte ich, na ja, irgendwann wird es sein müssen, aber ich will noch nicht daran denken.

Ich ließ meine Arme treiben – wie Schiffe fuhren meine

Hände aufeinander zu, ich bewegte die Finger und es entstanden kleine Wellen. Ich legte den Kopf in den Nacken, meine Haare wurden schwer vom Wasser.

Eine Weile dachte ich an nichts.

Dann dachte ich an Bet und schaute zur Seite.

Dort lagen die Bürste und das Stück Seife.

Nein, dachte ich.

Ich machte die Augen zu und wollte weiterträumen, aber es gelang mir nicht mehr. Bet stand hinter der Tür und wartete ungeduldig auf mein Lied. Ich konnte doch einfach anfangen zu singen – ohne Einseifen und Bürsten.

Nein, dachte ich, ich darf hier im Haus nicht gleich am ersten Abend ein falsches Spiel spielen.

Ich rieb das Stück Seife da und dort über meinen Körper. Ich nahm die Bürste, schrubbte meinen Rücken, streckte einen Fuß aus dem Wasser, schrubbte meine Zehen und vergaß zu singen.

Ungeduldig wurde an die Tür geklopft.

Ich sang einfach etwas vom Nikolaus. Über dem Wasser klang es ziemlich schrill, ich war auch seltsam heiser, das lag bestimmt daran, dass ich nicht ich selbst war, ich war ganz und gar verträumt, und ich hatte ganz und gar keine Lust, durch dieses Mädchengeklopfe aufgeweckt zu werden.

Das Klopfen hörte auf.

»Du singst falsch«, hörte ich Bet sagen.

Bet, Zwaan und ich saßen im Salon auf dem Boden. Tante Jos – so durfte ich sie jetzt nennen – saß auf ihrem Liegesofa, halb zu uns gewandt.

Zwaan und ich trugen Pyjamas, ich hatte kratzige Socken

an den Füßen, Zwaan Alt-Männer-Pantoffeln. Bet trug ein langes Flanellnachthemd und sie hatte keine Socken und keine Pantoffeln an und deshalb schaute ich oft, vielleicht ein bisschen zu oft, zu ihren nackten Füßen – sie hat witzige lange Zehen.

Im Salon sah ich alles Mögliche, was vorher nicht da gewesen war, zum Beispiel ein niedriges Tischchen, auf dem eine Kanne mit Wasser, ein Glas und allerlei Gläschen mit Tabletten standen, auf einem Sessel lagen eine Menge Kleidungsstücke und lange Tücher.

Ich wusste jetzt, wie der Haushalt hier funktionierte, es lief darauf hinaus, dass Bet eigentlich alles erledigte: abwaschen, kochen, Betten machen, es gab nichts, was sie nicht tat.

Wir schwiegen. Tante Jos schaute nach draußen, wo es dunkel und still war. Es war nicht der richtige Moment zum Quatschen.

»Ich schlafe in der nächsten Zeit in diesem Zimmer«, sagte Tante Jos. »Das macht mir nichts aus – auf diesem Sofa schlafe ich am liebsten. Man liest oder man träumt, man denkt an alles Mögliche oder man schläft. In einem normalen Bett schläft man bloß ein, nicht wahr? Piem und Thomas schlafen in meinem Zimmer – das Bett ist groß genug für zwei, jedenfalls ist es viel zu groß für einen. Morgen kommt Frau Vis. Du kannst einfach zur Schule gehen, Bet. Du gehst doch morgen zur Schule, Bet?«

»Übermorgen«, sagte Bet.

»Das sagst du jeden Tag – jeden Tag sagst du: Ich gehe übermorgen zur Schule.«

»In welcher Schule bist du, Bet?«, fragte ich neugierig.

»Im Barlaeus.«

Ich stieß einen Pfiff aus. »He, die sind streng dort, nicht wahr? Mein Vater war auch im Barlaeus – vor langer Zeit, er ist schon sehr alt, ich bin eigentlich ein Nachkömmling. Im Barlaeus bekommt man keine bessere Note als eine Zwei, die Lehrer sagen, eine Eins verdient nur Gott, eine Eins minus verdienen nur wir Lehrer, also ist eine Zwei plus die beste Note für euch.«

»Meine beste Note«, sagte Bet, »war mal eine Zwei minus.«

»Wann war das, Schatz?«, fragte Tante Jos.

»Im November.« Bet betrachtete ihre langen Zehen.

»Morgen kocht Frau Vis«, sagte Tante Jos. »Sie kocht für drei Tage und sie putzt auch ein bisschen, nicht zu lang, sonst bekommt sie Schwierigkeiten mit ihren Krampfadern.«

»Was wird sie kochen?«, fragte ich.

Sie schauten mich an. Alle. Und ohne etwas zu sagen. Ich fand es verdammt blöd von ihnen und wurde nervös, am liebsten wäre ich unter den Teppich gekrochen.

»Ist das so wichtig, Thomas?«, sagte Tante Jos nach einer Weile. »Wenn es dir nicht schmeckt, brauchst du es nicht zu essen.«

»Bevor du dich an den Tisch setzt, musst du dir immer die Hände waschen«, sagte Bet zu mir. »In deinem Fall vielleicht auch das Gesicht.«

»Ich bin jetzt schon sauber.«

»Ich habe noch nie so schmutziges Badewasser gesehen«, sagte Bet.

»He, dann ist der Schmutz doch von mir ab.«

Bet hielt sich die Nase zu.

»Nein, Bet«, sagte Tante Jos. »Das ist nicht nett – so etwas sagt man nicht, wenn derjenige dabei ist. Er ist eben ein unternehmungslustiger Junge, du solltest neidisch auf ihn sein. Übrigens: Badewasser muss schmutzig sein. Ich finde es schrecklich, dass ich immer aus einer sauberen Badewanne steige. Dann denke ich: Was für ein langweiliges Leben habe ich doch.«

Bet bewegte ihren großen Zeh nach oben, die anderen blieben auf ihrem Platz.

»Oh«, sagte ich, »das kann ich nicht mit meinen Zehen.«

Sie erschrak und legte sofort die Hände auf die Füße.

Ich schaute von Bet zu Tante Jos, von Tante Jos zu Bet und dann zu Zwaan. Gefiel es ihm, dass ich jetzt bei ihm wohnte?

Zwaan merkte, dass ich ihn anschaute. Er hob den Kopf und zwinkerte mir zu.

»Ich find's irre, dass du hier bist, Thomas«, sagte er.

»Irre«, sagte Bet und verzog das Gesicht. »Wenn du nicht aufpasst, bist du bald auch so ein Rabauke wie Thomas.«

Jetzt erst sah ich, dass Bet keine Brille trug, ihre Augen waren seltsam klein und sahen aus wie bei einer Chinesin, auch wenn ich chinesische Mädchen nur von Bildern kannte. Ich war so verliebt, wie man nur sein kann – und damit sie es mir nicht ansah, verzog auch ich mein Gesicht.

Zwaan und ich standen ziemlich unbehaglich in dem großen hinteren Zimmer im oberen Stock. An der Wand hing kein Bild, es gab auch keinen Ofen. Ich zitterte vor Kälte. Eine hohe Lampe mit einem gedrechselten Holzbein und einem Schirm aus glänzendem Stoff verbreitete ein blasses Licht. In dem dunklen Schrank nicht weit von dem riesigen Bett hätte man bequem aufrecht stehen können. Das Netteste waren noch zwei dicke Kissen auf dem Bett, die glänzten richtig, so weiß waren sie.

Ich ging zum Fenster und schob die Vorhänge ein Stück zurück.

»Mach das Licht aus, Zwaan«, sagte ich.

Zwaan knipste die Stehlampe aus.

Durch ein Stück Glas zwischen zwei Eisblumen spähte ich zu dem Haus mit unserer Wohnung hinüber, vor allem zu den dunklen Fenstern. Im weichen Licht der Straßenlaternen sah das Haus sehr nett aus.

Zwaan stellte sich neben mich. »Denkst du an deine Mutter?«

»Nein«, sagte ich, »warum sollte ich?«

»Man kann doch mal fragen.«

»Nein, das mag ich nicht.«

»Nimm's mir nicht übel.«

Ich schwieg einen Moment, dann sagte ich leise: »Das wäre doch verrückt, nicht wahr?«

»Was?«

»Wenn ich mich selbst hinter einem Fenster dort drüben sehen würde.«

»Das wäre wirklich verrückt«, sagte Zwaan. »Denn du kannst nicht hier stehen und gleichzeitig dort. Du bist ein Schwätzer, nicht wahr?«

»Es ist mir egal, wenn du es für Geschwätz hältst«, sagte ich. »Ich darf denken, was ich will.«

»Klar«, sagte Zwaan, »du darfst denken, was du willst.«

Er winkte zu dem anderen Haus hinüber.
»Was tust du?«, fragte ich.
»Ich habe dich dort am Fenster gesehen«, sagte Zwaan. »Ich winke dir zu.«
Ich wollte ihm einen Stoß geben, aber er wich aus, sprang auf das große Bett, lag fast im selben Moment schon unter der Decke.
»Beeil dich«, sagte Zwaan, »es ist ein wunderbares Bett. Wir haben beide eine Wärmflasche. Bet denkt immer an alles.«
»Ich will ihr noch Gute Nacht sagen«, sagte ich.

»Gute Nacht, Bet«, sagte ich laut vor der Tür von ihrem Zimmer.
»Bleib, wo du bist«, hörte ich sie rufen. »Du musst immer erst anklopfen. Und du musst warten, bis ich ›Herein!‹ gerufen habe.«
Ich drückte die Klinke nach unten.
»Nein!«, kreischte sie.
»Du hast doch ›Herein‹ gesagt«, sagte ich.
»Schön schlau von dir. Gute Nacht.«
»Gute Nacht, Bet«, sagte ich zum zweiten Mal.

Auf dem Weg zum Schlafzimmer dachte ich an Bet. Wer weiß, vielleicht war sie auf ihre Art auch verliebt in mich. Warum wäre sie sonst so spitz zu mir?
Ich kroch ins Bett und erschrak gewaltig über die heiße Wärmflasche.
»Verdammt«, sagte ich, »dieses Ding da ist aber heiß.«
Zwaan lag mit dem Hinterkopf zu mir. »Pass auf«, sagte

er, »dass der Socken nicht abrutscht. An so einer Tonflasche kann man sich hässlich verbrennen.«

»Ein verdammt großer Socken«, sagte ich.

»Er hat Bets Vater gehört.«

Ich fragte nicht weiter, ich legte mich auf die Seite, mit dem Hinterkopf zu Zwaan, und schob die Wärmflasche zu meinem Hintern. Mir wurde herrlich warm. Ich wurde immer verrückter nach diesem Haus.

»Hat Bet ein schönes Zimmer?«, fragte ich.

»Ich gehe eigentlich nie hin«, sagte Zwaan. »Es ist ein Geisterzimmer.«

»Wieso ein Geisterzimmer? Gibt es dort tote Tiere und Totenköpfe?«

»Nein«, sagte Zwaan, »und jetzt hör auf, ich will schlafen.«

»Ich auch«, sagte ich und hörte, dass meine Stimme in dem halbdunklen Zimmer genauso seltsam klang wie die von Zwaan.

»Tante Jos ist klasse«, sagte ich. »Sie ist ein bisschen deine Mutter, nicht wahr?«

»So kann ich nicht schlafen«, sagte Zwaan. »Du pennst gleich und ich liege die ganze Nacht wach und grüble.«

»Worüber grübelst du?«

»Liegst du nie die ganze Nacht wach?«

»Nie«, sagte ich. »Aber ich will nicht schlafen. Wenn man schläft, verpasst man alles.«

»Was verpasst du dann?«

»Nun, zum Beispiel, dass ich hier im Bett liege und mit dir quatsche. Warum liegst du manchmal die ganze Nacht wach?«

»Ach, einfach so.«

»Weißt du was? Ich fühle mich verdammt wohl ...«

»Das darfst du nicht sagen – sonst ist es gleich vorbei.«

Ich merkte irgendwie, dass Zwaan nicht einschlief, deshalb schlief ich auch nicht ein.

»Sag mal, Zwaan ...«, sagte ich und brach ab.

Kurz darauf bewegte sich das Bett. Zwaan kratzte sich am Hintern oder so.

»Nun, kommt noch was?«, fragte er ungeduldig.

»Früher«, sagte ich und schwieg.

»Früher«, sagte Zwaan, »was ist mit früher?«

»Früher, als ich noch nicht in Bet verliebt war ...«

»Bist du verliebt in Bet?«

»Wenn du jemals was sagst, wenn du jemals sagst, Thomas ist in dich verliebt, dann kannst du was von mir erleben, wirklich.«

»Aber wenn sie nun selbst dahinterkommt, was ist dann?«, sagte Zwaan. »Dann wirst du denken, ich hätte es ihr verraten, oder?«

»Hm«, sagte ich, »na ja. Früher, als ich noch nicht in Bet verliebt war, war ich in Liesje Overwater verliebt.«

»Wer ist das?«

»Du weißt nicht, wer das ist?«, sagte ich so laut, dass ich selbst davon erschrak. »Sie sitzt schräg vor mir, ich habe sie neulich ins Bein gekniffen, das gab ein ganz schönes Theater – hast du etwa geträumt?«

»Ich erinnere mich«, sagte Zwaan. »Der Lehrer hat dich geschlagen, ich kannte dich noch kaum, ich wusste nur ...«

»Du weißt nicht mal, wer Liesje Overwater ist. Junge,

he, hast du nie gesehen, was für schöne blonde Haare sie hat? Wenn sie ein Bonbon lutscht, kriegt sie Grübchen in die Backen …«

»Meiner Meinung nach«, sagte Zwaan, »bist du noch immer verliebt in diese magere Bohnenstange. Bet bekommt keine Grübchen in die Wangen, wenn sie an einem Bonbon lutscht … Sie steckt das Bonbon in den Mund und wartet geduldig, bis es geschmolzen ist, Lutschen findet sie unanständig.«

»Ich habe heute Abend heimlich in die Küche geguckt«, sagte ich. »Bet hat einen Finger in den Suppentopf gesteckt und den Finger abgelutscht … Sie hat nicht gemerkt, dass ich es gesehen habe. Ich bin schrecklich verliebt in Bet. Liesje Overwater hat noch nie auch nur ein Wort zu mir gesagt, Bet mault mich die ganze Zeit an … ich bin einfach verrückt nach ihrem Gemaule. Findest du das komisch? Nun, es ist nicht komisch. Aber was wolltest du sagen?«

»Ach, nichts«, sagte Zwaan.

»Sag schon.«

»Na ja«, sagte Zwaan, »ich wusste damals eigentlich nur, dass deine Mutter krank gewesen ist – ich habe einen Mordsschreck bekommen, als der Rektor vor der Klasse erzählt hat, dass sie gestorben ist.«

»Oh, das«, sagte ich. »Dann sag's doch gleich.«

»Erzähl mir was von deiner Mutter.«

»Ich bin doch nicht verrückt.«

»Wie war es, als sie noch gelebt hat … willst du nicht darüber sprechen?«

»Als sie noch lebte, hat sie mir den ganzen Tag die Hucke vollgehauen.«

»Thomas, sprich doch etwas netter von ihr.«

»Nein, das hasse ich ... dann weiß ich nicht, was ich sagen soll.«

»Sie wollte dir Manieren beibringen, ist es das?«

»He, kümmere dich doch um deinen eigenen Kram.«

»Wenn du nicht über deine Mutter sprechen willst, brauchst du es bloß zu sagen.«

»Sie konnte prima erzählen, über früher ... sie konnte prima über andere Leute herziehen, zu jedem hatte sie was zu sagen, sie mochte überhaupt nur Leute, über die sie was zu sagen hatte.«

»War sie verrückt nach dir?«

»Bitte, Zwaan«, sagte ich und schob die Wärmflasche etwas von mir weg, »warum willst du das alles wissen?«

»Erzähl weiter ... danach werde ich süß schlafen.«

»Vieles weiß ich auch nicht mehr – aber ich weiß noch alles von damals, als sie so krank war. An Weihnachten war das ... nicht letzte Weihnachten, an Weihnachten davor. Der Doktor hat gesagt: Eine starke Grippe, sie muss die Grippe ausschwitzen ... als der Doktor weg war, hat sie angefangen zu schreien vor Schmerzen. Willst du das wirklich wissen?«

»Nein«, sagte Zwaan, »aber wenn du es erzählen willst, musst du es tun.«

Eine Weile sagten wir beide nichts.

»Gottverdammt«, sagte Zwaan.

»Gottverdammt«, sagte ich, »das kannst du laut sagen. Am folgenden Morgen kam sie ins Krankenhaus und abends ist sie in diesem Krankenhaus voller brennender Kerzen gestorben. Ich habe sie gesehen. Mein Vater wollte es eigentlich nicht. Aber eine Krankenschwester fand es besser für mich. Hörst du noch zu?«

Er antwortete nicht, ich setzte mich auf und schaute zu Zwaan. Er war verschwunden, vermutlich hatte er sich die Decke über den Kopf gezogen.

»Bist du noch da?«, fragte ich.

»Wer erzählt denn so etwas so verdammt knapp?«, hörte ich Zwaan gedämpft sagen.

Zwaan begann schon so zu sprechen wie ich.

»Morgen will ich *Sonny Boy* hören«, sagte ich. »Ungefähr zehn Mal, mehr nicht.«

»Das geht nicht, wenn Tante Jo zu Hause ist«, kam es unter der Decke hervor.

»Warum nicht?«

»Sie hält es nicht aus, sie wird schon nervös, wenn sie das Koffergrammofon nur sieht.«

»Sie will auch nichts über die Den Texstraat hören, oder?«

Unter der Decke erklang ein tiefer Seufzer.

»Nimm es mir nicht übel«, sagte ich.

»Übel«, sagte Zwaan, »das ist ein idiotisches Wort.«

Ich dachte an einen prachtvollen Kindervers aus *Pig Pag Pengeltje* und sprach ihn laut in die Dunkelheit hinein: »*Entschuldigung, sagte ich mit Schwung, in einem möglichst vornehmen Ton. / Man sagt nicht Entschuldigung, sagten sie mit Schwung, man sagt Pardon.*«

Ein unterdrücktes Lachen erklang unter der Decke. Ich atmete erleichtert auf.

»Du bist nicht gar so böse, Tommi, wie du immer tust«, hörte ich Zwaan kaum verständlich sagen.

»Ich heiße Thomas«, sagte ich.

ES IST WIE VERSTECKEN

Mittwochnachmittag.

Schulter an Schulter gingen Zwaan und ich durch die ziemlich ruhige Kalverstraat. An einigen Ladentüren hingen Schilder, auf denen stand: *Aus Kohlenmangel geschlossen* oder *Bei Nr. 53 klingeln*.

An der Börse betrachteten wir zwei alte Gäule. Sie waren vor einen Wagen der Gemeindearbeiter gespannt. Auf dem Rücken jedes der Pferde lag eine dünne Decke. Sie dampften aus ihren dicken Nasen.

»Die Ärmsten«, sagte Zwaan.

»Sie sind uralt«, sagte ich, »und sie müssen immer nur rumstehen oder laufen.«

Die Pferde wurden unruhig von unserem Gerede. Sie hoben die Köpfe und schnaubten.

»Sie mögen sich«, sagte ich. »Willst du meine Decke?, schnaubt der eine. Und der andere schnaubt: Nein, du kannst meine haben.«

Zwaan legte mir den Arm um die Schulter.

»Komm weiter«, sagte er.

Wir schlenderten über den einen Platz. In der Ferne sahen wir den Hauptbahnhof.

»Wer Erster ist, ja?«, sagte ich.

Wir rannten wie verrückt über die breite, weiße Fläche.

Zwaan war schneller als ich, ich sah die ganze Zeit seinen Rücken, und als ich dachte, ich könnte ihn endlich überholen, gelang es ihm, seine Geschwindigkeit zu erhöhen, es war, als wolle er partout nicht, dass ich ihn einhole.

»He, Zwaan«, schrie ich, »willst du mich loswerden? Ich kriege dich schon noch.«

Er schwenkte die Arme, streifte an Leuten vorbei, sprang ausgelassen über einen Schneehaufen und hatte gar nicht vor, auszurutschen.

Aber ich rutschte aus, ich fiel hart auf die Knie, rappelte mich hoch und nahm die Verfolgung wieder auf, es gelang mir allerdings nicht mehr, ihn einzuholen, nach diesem Sturz war die Sache gelaufen.

Zwaan war verschwunden. Er war ein hinterhältiger Kerl.

In der Halle des Hauptbahnhofs entdeckte ich Zwaan sofort. Er stand ganz still zwischen den hin und her eilenden Leuten. Es ist verrückt, dass jemand gerade dadurch auffallen kann, dass er der Einzige ist, der sich nicht bewegt. Ruhig ging ich auf ihn zu.

»Ich habe dich gewinnen lassen«, sagte ich und machte ein hochnäsiges Gesicht.

»Macht es dir keinen Spaß, zu gewinnen?«, fragte Zwaan.

»Oh doch«, sagte ich, »das will ich immer, besonders gegen dich.«

Ich kaufte an einem Schalter zwei Bahnsteigkarten. Zwaan stand hinter mir und murmelte dauernd etwas, von dem ich kein Wort verstand.

Ich drehte mich um und fragte: »Was musst du immer maulen?«

»Na und?«, sagte Zwaan.

Trotzdem ging er mit mir zu einem Bahnsteig, er schüttelte aber dauernd den Kopf. Auf dem Bahnsteig betrachteten wir erst einen Zug, in den Leute einstiegen. Dann betrachteten wir einen Zug, aus dem Leute ausstiegen.

»Ich mag Bahnhöfe nicht«, sagte Zwaan.

»Ich schon«, sagte ich. »Aber ich kann es nicht leiden, wenn ich nicht mitfahren darf.«

»Auch jetzt darfst du nicht mitfahren.«

»Das stimmt«, sagte ich. »Aber zum Glück muss ich niemandem nachwinken. Außerdem – wir könnten uns einfach in einen Zug setzen! Und dann fahren wir fort. Wenn der Kontrolleur kommt, sage ich: Ach, Zwaan, zeig doch mal die Karten. Und du sagst: Aber Thomas, ich habe gedacht, du hättest die Karten. Also so was, sage ich dann …«

»Was für ein Unsinn«, sagte Zwaan.

»Magst du keinen Unsinn?«

»Ich bin verrückt nach Unsinn. Aber nicht auf einem Bahnhof.«

Zwaan sah sehr besorgt aus, wie ein alter Mann, der vergessen hat, was er einkaufen soll.

Er deutete in eine Richtung. »Dort ist Osten«, sagte er.

»Was ist mit Osten?«

»Vor einem Jahr bin ich mit Bet jeden Tag hergekommen. Dann haben wir auf die Züge aus dem Osten gewartet.«

»Warum?«

»Das Rote Kreuz hatte gesagt: Es kommen Menschen zurück. Aus Mitteleuropa.«

»Oh je«, sagte ich.

»Das kannst du laut sagen«, sagte Zwaan.

»Was ist mit Mitteleuropa?«

»Nichts«, sagte Zwaan. Er schaute mich an und zwinkerte, wie nur er es kann. »Ich erzähle es dir bestimmt noch, Tommi.«

Ich beließ es dabei, es schien mir nicht der richtige Moment, zu sagen, dass ich Thomas heiße.

»Wollen wir zum Lesesaal gehen?«, fragte ich.

»Warum?«

»Dort gibt es schön viele Bücher. Und man darf lesen, solange man Lust hat, und es kostet kein Geld.«

Es wurde eine wilde Wanderung. Wir mussten ungefähr zwanzig Straßen überqueren. Ein Mann hing gefährlich am hinteren Trittbrett einer überfüllten Straßenbahn. Ich stieß Zwaan an, deutete auf den Mann und rief laut: »Ihr Schuh ist auf!«

Zwaan musste nicht darüber lachen.

Wir erreichten die Jugendbücherei am Wijdesteeg, stolperten mit viel Lärm die breite Holztreppe hinauf. Während wir uns eifrig miteinander unterhielten, betraten wir den großen Lese- und Ausleihsaal.

Es war totenstill, vor Schreck verstummten auch wir.

»Ich bin noch nie hier gewesen«, sagte Zwaan plötzlich.

Ein Fräulein in einem grauen Wollrock legte den Finger auf die Lippen – ich konnte sehen, dass sie versuchte, freundlich zu lächeln.

Ich flüsterte in Zwaans Ohr: »Viele Bücher, was?«

»Geht schon«, flüsterte Zwaan.

»Kann ich euch helfen, Jungs?«, fragte das Fräulein leise.

Ich deutete zu den niedrigen Tischen mit den kleinen Stühlen in der Mitte des Raums und sagte: »Wir setzen uns dort hin und lesen.«

»Zeigt erst mal eure Hände.«

Wir zeigten unsere Hände.

»Du musst sie dir waschen«, sagte sie zu mir.

»Warum er nicht?«, fragte ich böse.

»Saubere Hände braucht man nicht zu waschen«, sagte sie.

Warum waren meine Hände schmutzig und Zwaans nicht? Das verstand ich nicht, wir hatten in der letzten Zeit doch das gleiche Leben geführt.

Mit sauberen Händen und Wasserspritzern auf der Hose saß ich eine Minute später an einem der langen Tische, Zwaan gegenüber. Andere Kinder waren nicht da.

»Man kann sich hier blöd lesen«, sagte ich. »Die Bücher weiter oben in den Schränken darf man mit nach Hause nehmen, aber man braucht eine Karte und eine Karte kostet Geld, ich habe keine Karte – warte, ich werde etwas Schönes holen.«

Ich stand auf, ging zu einem niedrigen Schrank, sackte in die Knie, fuhr mit dem Zeigefinger die Bücher entlang und hatte *Pig Pag Pengeltje* schnell gefunden.

Zwaan betrachtete das Buch andächtig.

Es hat wunderbare Bilder von Rie Cramer, und es stehen die Verse drin, nach denen ich früher verrückt war. Wenn er etwas Hässliches über das Buch sagen würde, könnte er was erleben.

»Ein Pee van Renssen hat es geschrieben«, sagte Zwaan. »Was für ein kindisches Buch.«

Warum sagte er »kindisch«? Er meinte natürlich mich, nicht das Buch. Warum wollte er diesen schönen Nachmittag unbedingt verderben?

»Gestern Abend hast du darüber lachen müssen«, sagte ich böse. »Weißt du noch – *man sagt nicht Entschuldigung, man sagt Pardon*.«

Ich beschloss, ihm keine runterzuhauen, so etwas tut man nicht in einem Lesesaal. Mit zitternden Fingern suchte ich einen Vers für Zwaan, dann schob ich ihm das Buch zu.

Zwaan las den Vers und grinste ein paarmal.

»*Die sonnige Jugend des Frits van Duuren* haben sie hier nicht«, sagte ich, »auch nicht diese schönen Bücher über Dik Trom und Pietje Bell – die finden sie nicht geeignet für uns, weil sie nicht wohlerzogen sind.«

»Das ist ja Zensur«, sagte Zwaan verächtlich.

»Ja. Sie haben nur Bücher über brave Kinder. Ich habe mal ein Fräulein gefragt: Wo steht *Bulletje und die Bohnenstange*? Sie ist fast ohnmächtig geworden.«

Zwaan wollte etwas sagen, aber da war der große Kopf des Fräuleins plötzlich neben uns, ich erschrak – wenn man quatscht, hört man oft nicht, dass jemand kommt, das ist unangenehm.

»Jungen«, sagte sie, »ihr müsst hier ganz still lesen und nicht reden, sonst stört ihr die anderen.«

»Es sind keine anderen da«, sagte ich.

»Warum gibt es hier Zensur?«, fragte Zwaan.

»Wovon redest du, junger Mann?«, sagte das Fräulein.

»Wir haben die Bücher hier mit großer Sorgfalt ausgewählt, ja, ja – es gibt Bücher, mit denen man sich amüsieren kann, es gibt auch Bücher, aus denen man etwas lernt. Wir trennen die Spreu vom Weizen.«

»Bildergeschichten sind dreifache Spreu, was?«, sagte ich.

»Darüber will ich nicht mal sprechen!«

»Haben Sie *Huckleberry Finn*?«, fragte Zwaan.

»Nein«, sagte das Fräulein und schaute Zwaan argwöhnisch an.

»Es handelt von einem Jungen, der mit einem Neger herumzieht«, sagte Zwaan. »Ein Streuner, er raucht Pfeife und hat immer wieder Streit mit seinem Trunkenbold von Vater.«

Ganz leise sagte sie: »Ihr solltet besser weggehen.«

»Ich habe ihm gerade diesen Vers zum Lesen gegeben, Fräulein«, sagte ich schnell.

»Ihr seid noch nicht geeignet für den Lesesaal.«

»Komm«, sagte Zwaan, »ich lese nie mehr als einen Vers pro Tag. Das war ein schöner Vers, Thomas – Pee van Renssen kann das gut.«

Draußen spazierten wir über den Platz vor der Bücherei. Mittwochs ist dort Briefmarkenmarkt. Dann sieht man überall miesepetrige alte Männer. Sie haben dicke Alben voller Briefmarken dabei und sehen aus, als würden sie nichts und niemandem glauben. Die Briefmarken werden mit sehr viel Misstrauen beäugt. Wie alle Erwachsenen, die Spiele mögen – Sammeln ist nach Meinung meines Vaters das blödeste Kinderspiel der Welt –, können sie Kinder nicht leiden. Ich mag Amsterdamer alte Männer nicht, sie schimpfen einen auf der Straße oder spucken einem ausgekauten Kautabak vor die Füße.

Die Alten hatten an diesem Mittwochnachmittag lilafarbene Nasen vor Kälte. Mit wässrigen Augen musterten sie Zwaan und mich, einige hatten Mützen mit einem Bommel auf dem Kopf, bestimmt hatten sie die von einem Enkel geklaut.

Ein uralter Mann, der ein Fahrrad schob, stieß fast mit uns zusammen. Das Fahrrad war halb verrostet und am Lenker hing eine leere Tasche, auf dem hin- und herrutschenden Gepäckträger saß ein Kerlchen von ungefähr acht, er trug einen etwas zu engen Mantel.

»Es waren meine Briefmarken, Papa«, jammerte der Junge, »du hättest sie nicht verkaufen dürfen.«

»Er ist sein Vater«, sagte ich verblüfft zu Zwaan. »Man könnte doch meinen, der Kerl wäre mindestens sein Urgroßvater.«

»Du bist ein gemeiner Dieb«, sagte der Junge unter Tränen.

»Aber vielleicht kann der Vater jetzt Brot und Milch für seine anderen zwanzig Kinder kaufen«, sagte ich.

Der Mann ging weiter zu Fuß, auch als er mit dem Fahrrad und dem Jungen schon auf der Straße war.

Zwaan schaute den beiden nach, bis sie nicht mehr zu sehen waren.

Wir lehnten an einem Baumstamm.

Zwaan klagte nicht über die Kälte. Ich machte mir vor, dass mir auch nicht so kalt war.

»Sitzt du auch manchmal auf dem Gepäckträger von deinem Vater?«, fragte Zwaan.

»Von meinem Vater?«, sagte ich. »Spinnst du? Mein Vater kann nicht mal Rad fahren.«

»Ich habe mal bei meinem Vater auf dem Gepäckträger gesessen – bis nach Deventer«, sagte Zwaan träumerisch. »Das war im Krieg.«

»Und warum?«, fragte ich.

»Wir sind zu Onkel Piet und Tante Sonja gefahren – sie wohnen in Deventer, Onkel Piet war ein alter Studienfreund meines Vaters, ich bin nach ihm genannt, deshalb heiße ich Piet. Es war im Frühjahr einundvierzig, ich war fast sechs – mein Vater hat alles Mögliche gesagt, aber ich konnte ihn kaum verstehen, weil ich hinten auf dem Rad saß und ein ziemlich starker Wind wehte. Es war eine endlos lange Fahrt, ab und zu stiegen wir ab, dann stellten wir uns unter einen Baum.«

»Warum seid ihr nicht mit dem Zug gefahren?«

»Onkel Piet hat mir später erzählt, dass mein Vater Angst vor dem Zug hatte. Er sagte auch, dass mein Vater unterwegs, wenn er Moffen oder Männer in Schwarz sah, sich hinter einen Baum stellte. An die Moffen und die Männer in Schwarz erinnere ich mich nicht, nur an die Bäume erinnere ich mich. Wir lehnten uns an den Stamm, er hatte alle Zeit der Welt, strich mir ab und zu durch die Haare, ich war zum ersten Mal im Leben allein mit meinem Vater, ich habe mich – wie nennst du das immer?«

»Ich nenne das: mich dumm und dämlich freuen.«

»Ja, das war es: Ich habe mich dumm und dämlich gefreut.«

»Was wolltet ihr eigentlich bei Onkel Piet und Tante Sonja?«, fragte ich.

»Das wusste ich nicht. Mein Vater sagte: Du musst dich erholen, du bist viel zu blass. Amsterdam ist ungesund für dich. Heute weiß ich, dass ich dort untergetaucht bin.«

»Was ist Untertauchen?«, fragte ich.

Zwaan schaute mich an. »Weißt du das nicht?«

»Nein«, sagte ich.

»Es ist wie verstecken«, sagte er. »Dann wissen die Moffen nicht, wo du bist, und können dich nicht finden. Jedenfalls solange du nicht verraten wirst. Onkel Piet ist Arzt – er hat ein großes Haus und auch einen großen Dachboden, dort oben stand mein Bett, und abends ging ich einfach hinunter. Und wenn es ruhig war, ging ich auch mal nach draußen, aber ich durfte nie so weit gehen, dass ich das Haus nicht mehr sehen konnte. Einmal habe ich mich verlaufen, erst nach ein paar Stunden habe ich das Haus wiedergefunden. Tante Sonja hat geheult, Onkel Piet war böse – aber richtig böse. Ich bin dort bis ein Jahr nach der Befreiung gewesen.«

»Bist du nicht in die Schule gegangen?«

Zwaan schüttelte langsam den Kopf.

»Frierst du?«, fragte ich.

Wieder schüttelte er den Kopf.

»Ich auch nicht.«

»Onkel Piet hat mir abends Unterricht gegeben – ich konnte bald lesen. Du lieber Himmel, was ich nicht alles gelesen habe! Die ersten Jahre fand ich es nicht seltsam, dort zu wohnen, aber im letzten Jahr fragte ich …« Zwaan brach ab.

»Was hast du gefragt?«

»Ich fragte nach meinem Vater und meiner Mutter. Ich konnte manchmal nicht schlafen, weil ich nicht mehr genau wusste, wie sie aussahen.«

»Wie ist das möglich? Dein eigener Vater und deine eigene Mutter?«

»Du warst zehn, als deine Mutter gestorben ist.«

Zwaan schaute mich an. War er neidisch auf mich?

»Ich bin nicht neidisch auf dich«, sagte er, »aber ich war noch nicht mal sechs, als ich meine Eltern zum letzten Mal gesehen habe, und später weiß man fast nichts mehr von damals, als man noch so klein war.«

Als ich hinter Zwaan herging, dachte ich, dass es kein normaler Mittwochnachmittag war. Es war ein besonderer Tag, ein Tag für Zwaan und mich.

Was war mit seinem Papa und seiner Mama passiert?

Ich fragte nichts, er lief und lief, ab und zu deutete er auf etwas und lachte. Man konnte über so vieles lachen. Man konnte über die Katze lachen, die einen Pullover anhatte und in einem Kinderwagen saß, oder über einen Hund, der überall weggejagt wurde, wo er pinkeln wollte. Man konnte das Lachen aber auch sein lassen. Ich lachte an diesem Nachmittag nicht.

An der Vijzelgracht gingen wir, ohne zu sprechen, nebeneinanderher. Zwaan sah nach dem langen Spaziergang ziemlich erschöpft aus, er musste aufgeheitert werden.

An der Fokke Simonszstraat blieben wir stehen.

Ich mag die Fokke Simonszstraat nicht – große Jungen

werfen einem aus Langeweile oft irgendwelche Sachen an den Kopf. Aber von dort geht eine schöne, enge Gasse ab – durch diese Gasse kommt man zur Lijnbaansgracht und dort kann man aufatmen.

»Kennst du die krumme Gasse?«, fragte ich.

»Nein«, sagte Zwaan, »die krumme Gasse kenne ich nicht.«

»Das ist eine Mordsgasse, unheimlich«, sagte ich. »Komm mit, wir laufen schnell hindurch.«

»Was soll das für ein Spaß sein?«, murrte er. »Was soll ich in einer unheimlichen Gasse, ich habe schon Sorgen genug.«

Wir liefen durch die Gasse.

»Es ist nicht mal eine Gasse«, sagte Zwaan. »Es ist ein Schlauch.«

Er legte mir eine Hand auf die Schulter, vielleicht fand er es so weniger unheimlich.

»Keine Angst, Zwaantje«, sagte ich, »ich bin doch bei dir.«

Es war eine Gasse mit ein paar Windungen. Als wir um eine der Kurven bogen, tat mir das ganze Unternehmen schon leid. Nicht weit von uns stand Olli Wildeman. Er lehnte mit seinem breiten Rücken an schmutzigen Backsteinen.

Ich blieb stehen, Zwaan stieß gegen mich.

Olli Wildeman warf einen alten Tennisball gegen eine Brandmauer, gleichgültig fing er den zurückprallenden Ball mit einer Hand auf und warf ihn wieder. Neben ihm stand ein unbekannter Junge – er war noch einen Kopf größer als Olli – und er machte genau das Gleiche mit einem zweiten Tennisball. Es schien, als würden sie uns nicht bemerken. Ich wusste es aber besser.

»Komm«, sagte ich leise zu Zwaan, »lass uns abhauen.«

Der unbekannte Junge ließ seinen Ball fallen, Olli Wildeman trat danach und der Ball rollte langsam auf uns zu. Zwaan bückte sich und wollte den Ball zurückrollen.

»Weg mit deinen Judenpfoten!«, sagte Olli Wildeman, ohne uns eines Blickes zu würdigen.

Aber Zwaan hatte den Ball schon angestoßen.

Träge hob Olli Wildeman den Ball hoch.

»Komm her, Tommi«, sagte er, »dann darfst du den Ball sauber lecken.«

»Ich werde mich hüten«, sagte ich heiser.

Der unbekannte Junge lachte.

»Du bist schon vierzehn, Olli«, sagte ich, »stell dich nicht so kindisch an.«

Das war dumm von mir.

Daran wurde Olli nicht gern erinnert – dass er als Vierzehnjähriger noch in der fünften Klasse war. Er schaute mich eisig an. Der andere Junge holte seinen Pimmel aus der Hose, hielt ihn in der Hand und pinkelte gegen die Brandmauer. Es war ein schöner, kräftiger Strahl, ein Strahl, mit dem man beim Wettpinkeln hätte gewinnen können.

»Zeig doch mal deinen Pimmel, du Scheißer«, sagte er.

»Los, Thomas«, zischte Zwaan, »wegrennen!«

Ich rannte hinter Zwaan her und stolperte. Zwaan zog mich hoch. Wir flohen weiter, während ich fühlte, dass Olli Wildeman und der unbekannte Junge uns auf den Fersen saßen.

In der Fokke Simonszstraat schob der alte Scherenschleifer mühselig seinen Karren vor sich her. Wir rannten auf ihn zu und hörten Olli Wildeman hinter uns rufen: »Krieg die Schwindsucht, dreckiger Jude.«

»Sollen wir Ihnen helfen?«, fragte Zwaan den Scherenschleifer.

»Ach, Jungen«, sagte er, »das ist schön von euch.«

Wir schoben den Karren, der Scherenschleifer brauchte nicht mehr zu schieben, sondern schlurfte pfeifend hinter uns her und schmauchte gemütlich eine selbst gedrehte Zigarette.

Ich heulte und schob.

»Warum weinst du?«, sagte Zwaan. »Das ist doch nichts Besonderes, Lumpen sind Lumpen.«

»Ich heule so oft«, sagte ich. »Am besten, du beachtest es nicht. Sind sie weg?«

»Ich sehe sie nicht«, sagte Zwaan, »aber ich fürchte, sie sind nicht weg.«

EIN ZIMMER VOLLER FRÖHLICHER MENSCHEN

Zwaan und ich saßen aufrecht im Bett. Unsere Rücken waren zur Hälfte in dicken Kissen versunken, unsere Füße wurden von den Wärmflaschen gewärmt, unsere Hände lagen auf der Decke. Auf meine Bitte hin brannte eine kleine Lampe.

»Meine Füße sind warm«, sagte ich, »deshalb habe ich keine kalten Hände, komisch, nicht?«

»Fass mal deine Füße an«, sagte Zwaan.

Ich packte einen Fuß. Meine Hand fühlte keine Wärme, mein Fuß keine Kälte.

»Meine Füße und Hände sind gleich warm«, sagte ich.

Zwaan schlug die Decke auf, zog einen Fuß zu seinem Knie und sagte: »Das liegt daran, dass es dein eigener Fuß ist. Nimm meinen Fuß, dann wirst du es merken.«

Ich griff nach seinem Fuß. »Oh«, sagte ich, »der ist aber warm.«

»Deine Hand ist eiskalt«, sagte Zwaan und lachte.

Wir deckten uns wieder zu.

Zwaan ist ein Jude, dachte ich, genau wie der alte Mosterd, der uns oft besuchte.

Im Krieg trug Mosterd einen gelben Stern am Mantel. Von Tante Fie wusste ich, dass die Moffen im Krieg alle Juden nach Polen geschickt hatten, wo sie in Lagern arbeiten mussten. Zwaan war auch ein Jude, sein Vater und seine Mutter waren vielleicht immer noch in so einem Lager.

»Arbeiten sie in Polen?«, fragte ich.

»Wer?«, fragte er.

»Dein Vater und deine Mutter.«

»Nein«, sagte Zwaan.

»Warum kommen sie nicht zurück?«

»Sie sind ermordet worden.«

»Ermordet? Warum? Von den Moffen?«

»Hör auf«, sagte Zwaan, »bitte.«

»Warum?«

»Was warum?«

»Warum sind sie ermordet worden?«

»Sie sind ermordet worden, weil sie mehr als zwei jüdische Großeltern hatten.«

Ich fragte nicht weiter. Zwaan wusste alles, ich wusste nichts, damit musste ich mich abfinden.

»Die Eltern von meinem Vater sind schon lange tot«, sagte ich nach einer Weile. »Die Eltern von meiner Mutter wohnen in Meppel – in einem wahnsinnig kleinen Haus. Ich war mal einen ganzen Tag dort. Sie reden nicht viel, sie schlurfen nur in ihrem kleinen Haus in Meppel herum. Was ist ein Jude genau? Abraham und König David und Jonathan und Moses, das waren Juden, nicht wahr?«

»Woher kennst du die Namen?«

»Ich war in einem christlichen Kindergarten«, sagte ich stolz. »Dort haben sie diese Geschichten erzählt.«

»Das Alte Testament, ja«, sagte Zwaan, »das handelt von Anfang bis Ende vom alten Volk.«

»Es fängt mit Adam und Eva an, nicht wahr?«

»Ja.«

»Waren Adam und Eva jüdisch?«

Zwaan lachte.

»Warum lachst du?«

»Das habe ich mir noch nie überlegt«, sagte er.

»Wenn Adam und Eva jüdisch waren, dann sind wir doch alle jüdisch, oder?«

»Nein«, sagte Zwaan.

»Du willst nicht sprechen, nicht wahr?«

»Weiß nicht.«

»Haben sie miteinander gekämpft, die Moffen und die Juden?«

Zwaan seufzte. Dann sagte er: »Nein, sie kämpften nicht miteinander. In den Lagern hatten nur die Deutschen Gewehre, ein Jude hatte höchstens noch eine alte Zahnbürste. Und als sie keinen Faden mehr am Leib hatten, sind sie ermordet worden.«

»Woher weißt du das alles?«

»In Deventer hat sich niemand getraut, mir etwas zu erzählen. Damals war ja Krieg und Onkel Piet und Tante Sonja wussten auch nicht alles. Bet hat mir sehr viel erzählt. Als ich nach dem Krieg in Deventer mit ihr einen Spaziergang machte, sagte sie: Wie komisch du gehst. Ja, Thomas, durch lange Straßen zu gehen muss man erst lernen, wenn man fast nie aus dem Haus kam. Bet sagte: Du kannst ja kaum laufen, Junge, was kannst du eigentlich? Lesen und schreiben? Ich sagte zu Bet: Ich konnte schon mit knapp sechs lesen. Und ich habe fast so eine schöne Handschrift wie Onkel Piet.«

»Du bist ein Schlaumeier, Zwaan«, sagte ich.

»Bin ich nicht. Bücher und Bücher und Bücher, was hatte ich denn anderes? Zuletzt musste ich den ganzen Tag drinnen bleiben. Ich habe mich dumm und dämlich gelesen. Onkel Piet hat abends beim Essen gefragt: Was hast du heute gelesen? Und dann habe ich es ihm erzählt. Danach hat er mir Unterricht in Rechnen und Geschichte und so gegeben.«

»Hast du *Pietje Bell* gelesen?«

Zwaan schüttelte den Kopf.

»Ich durfte von Onkel Piet aus alles lesen«, sagte er. »Ich habe *Ivanhoe* gelesen, das Buch konnte ich kaum hochheben. Darin gibt es ein wunderbares jüdisches Mädchen, Rebecca hieß sie. Komischerweise habe ich nicht gedacht: Ich bin ja auch jüdisch. Ich habe auch *Huckleberry Finn* gelesen – und ich habe es erst beim vierten Mal verstanden, aber das erste Mal, als ich noch nichts kapierte, hat es mir am allerbesten gefallen.«

»Ich habe *Frits van Duuren* bestimmt zwanzig Mal gelesen«, sagte ich. »Ich kapiere es jetzt ein bisschen zu gut, ich kapiere es so gut, dass ich nichts mehr dran finde.«

»Ich habe sogar Bücher gelesen, die eigentlich nur für Mädchen sind.«

»Ja, die sind schön, nicht wahr?«, sagte ich genüsslich, »das sind verdammt hübsche Bücher, die Bücher für Mädchen.«

»Ich habe *Unter Mutters Flügeln* gelesen. Darin spielen zwei zickige Schwestern auf dem Dachboden Theater, es war so schön, ich habe alles vergessen, als ich es las, den ganzen Scheißkrieg.«

»He, Zwaan«, sagte ich. »Wie redest du denn?«

Zwaan lachte. Dann erzählte er weiter. »Als der Krieg vorbei war, wurde überall gefeiert, die Menschen von Deventer tanzten in den Straßen, alles war orange und rot-weiß-blau. Ich war ganz aufgeregt, aber Onkel Piet und Tante Sonja blieben zu Hause, sie sagten, ich solle mir nichts aus dem Fest machen. Und dann fragte ich endlich: Kommen sie wieder nach Hause? Und da sagten sie: Wir schreiben jeden Tag an das Rote Kreuz, wir wissen nicht, wo sie sind, vielleicht kommen sie nach Hause. Würdest du so ein Vielleicht glauben, Thomas?«

»Keine Ahnung«, sagte ich.

»So ein Vielleicht ist nichts wert. Sie kamen nicht nach Hause. Und eines Tages erzählte sie mir: Dein Onkel Jacob ist auch weggebracht worden, Bet kommt morgen hierher, sei lieb zu ihr und frage bitte nicht zu viel …«

»Hattest du Bet vergessen?«

»Ich hatte Bet vergessen.«

»War das dann nicht spannend, als du sie gesehen hast?«

»Ich dachte: Oh je, das ist ja eine ganz Langweilige, warum muss meine Kusine so langweilig sein?«

»Bet ist nicht langweilig«, sagte ich böse.

»Ja, das weiß ich … gerade die Mädchen, die man erst langweilig findet, sind toll.«

»Wusste sie mehr als du?«

»Ja, und ich fragte ihr ein Loch in den Bauch. Sie sagte: Man hat sie ermordet, Piem, sie sind tot, dein Papa und deine Mama und mein Papa. Ich dachte: Da sieht man's, ein Vielleicht ist nichts wert. Bet sagte auch: Du bist ein Jude, Piem, und nach diesem Krieg wirst du dein ganzes Leben lang ein Jude bleiben, und ich auch. Weißt du, Thomas, Bet ist halb jüdisch, aber sie hat gesagt: Mein Vater ist jetzt ganz und gar in mir, für immer, deshalb bin ich anderthalb jüdisch. Ich habe es nicht verstanden. Und ich habe auch nicht verstanden, warum sie meine Eltern und Bets Vater ermordet hatten.«

Zwaan drehte sich auf die Seite, er lag jetzt mit dem Rücken zu mir.

»Das Schlimmste ist«, hörte ich ihn sagen, »ich habe nichts mitgemacht, keinen Hungerwinter, keine Razzia, ich habe nie gesehen, dass Juden aus ihren Häusern geholt wurden, ich wusste während des Krieges nicht mal, dass ich Jude bin, ich kann mich nicht erinnern, wie meine Mutter aussah – wie sah deine Mutter aus?«

»Darauf habe ich nicht geachtet«, sagte ich.

»Wenn du die Augen fest zumachst, kannst du sie dann sehen?«

Ich kniff die Augen fest zu. Aus lauter Nettigkeit, ich erwartete mir nicht viel davon. Denken ist etwas anderes als sehen.

»Bist du nicht wütend, dass sie tot ist?«

Meine Mutter ist an Grippe gestorben. Und auf die Grippe kann man nicht wütend werden. Ich frage mich übrigens, ob es wirklich eine Grippe war.

»Meine Mutter hatte immer nasse Hände«, sagte ich.

»Woher weißt du das?«

»Sie hat mir verdammt oft in die Nase gekniffen.«

»Als ich sie zum letzten Mal sah«, sagte Zwaan, »war ich noch nicht sechs – nun ja, mein Vater, ich erinnere mich noch an seine Hände, seine langen Finger mit den schwarzen Härchen, er trug immer einen dunklen Anzug, und wenn er streng war, sprach er sehr leise. Auf dem Dachboden bei Onkel Piet und Tante Sonja – wenn ich kaum noch wach war – sah ich seinen Rücken und seinen grauen Hut, er fuhr mit mir hinten auf dem Fahrrad nach Deventer.«

Zwaan warf sich hin und her und sagte keinen Ton mehr.

Erst nach einer ganzen Weile fuhr er fort: »An meine Mutter zu denken, das war schwer, denn ich hatte so viele Tanten, da kam ich durcheinander, wenn ich an sie dachte, nun ja, wenn ich an sie denken wollte – manchmal hatte sie rote Haare, dann wieder trug sie eine komische Mütze oder einen Hut mit Federn, ja, wirklich, wenn ich an meine Mutter denken wollte, war ich in einem Zimmer voll mit plaudernden Tanten, wer war sie, wer war wer? Es gab eine, die saß abends auf meinem Bettrand und erzählte mir Geschichten oder sie machte aus einer Schnur mit den Fingern alle möglichen hübschen Figuren, aber wie sah sie aus? Will ich mich nicht erinnern oder kann ich mich nicht erinnern? Onkel Piet und Tante Sonja zeigten mir keine Fotos von ihr. Jetzt habe ich Fotos von ihr. Bet hat sie in ihrem Zimmer. Ich traue mich nicht, sie anzuschauen.«

Ich dachte nach. Ich hatte nur eine tote Mutter – das war nicht viel, aber es beschäftigte mich doch sehr.

»Bet ist noch da«, sagte Zwaan. »Und Onkel Aaron gibt es natürlich auch, Onkel Aaron wohnt weit weg in Amerika, er schickt mir viele Briefe, ich bekomme Kopfweh von seinen Briefen, sie sind halb holländisch, halb englisch geschrieben, er quasselt in seinen Briefen wie ein Verrückter.«

»Quasseln in einem Brief?«

»Ja«, sagte Zwaan, »das gibt's.«

»Warum kann Olli Wildeman Juden nicht leiden?«

»Er hat, glaube ich, mehr als zwei Großeltern, die Juden nicht leiden können.«

Ich legte mich auch auf die Seite, mit dem Rücken zu Zwaan. Ich musste an etwas denken, sonst würde ich nicht einschlafen können. Aber es fiel mir nichts ein. Trotzdem war es, als würde ich aufwachen, als Zwaan weitersprach.

»Bet«, sagte Zwaan, »hat mir viel über das Haus in der Den Texstraat erzählt. Aber ich erinnere mich nicht an die Zimmer, nicht an die Küche, nicht ans Klo, ich erinnere mich nur an die Treppe – ich habe mich einmal mit beiden Händen am Geländer hochgezogen – warum weiß ich das noch und alles andere nicht mehr?«

Zum ersten Mal sprach Zwaan mit mir über die Den Texstraat. Ich war sofort hellwach.

»Ich bin dort gewesen, an deinem Geburtstag«, sagte ich, »als du fünf geworden bist, Bet hat es mir erzählt. Das Verrückte ist, manchmal erinnere ich mich an ein großes Zimmer, ein Zimmer voller fröhlicher Menschen und Lichter, und ich sehe deinen Vater mit dir auf dem Schoß, wir hören uns alle *Sonny Boy* an. Denke ich mir das aus oder nicht?«

Zwaan lachte. »Keine Ahnung. Ich saß bei meinem Vater auf dem Schoß, aber wo das war, weiß ich nicht. Und wer da war, weiß ich auch nicht.«

»Erinnerst du dich an mich?«

»Nein«, sagte Zwaan.

»Warum nicht?«

»Es ist so lange her – ich weiß ja auch nichts mehr von den Zimmern in unserem Haus, nur von der Treppe, ich ziehe mich mit zwei Händen am Geländer hinauf, niemand steht oben an der Treppe, niemand läuft hinter mir her, ich bin allein.«

Wir sagten nichts mehr.

Wir dachten beide an das helle Zimmer in der Den Texstraat, an das Fest dort, an die lachenden und fröhlichen Menschen, die nun alle tot sind. Zwaan brauchte nichts mehr zu sagen. Ich auch nicht. Wir konnten über alles sprechen, wenn wir Lust dazu hatten. Nötig war es nicht.

In der Nacht wachte ich auf, weil ich dringend pinkeln musste. Ich schlich zur Tür, zog sie leise auf, knipste das Licht im Flur an und schaute über die Schulter zurück zu dem schlafenden Zwaan. Sein Kopf lag still auf dem großen Kissen und seine linke Hand berührte seine Wange. Seine Hand zitterte, deshalb dachte ich: Er weiß, dass ich ihn anschaue.

Aber Zwaan schlief wie ein Engelchen.

Sein Kopf auf dem großen Kissen war weiß. Er wusste wirklich nicht, dass ich ihn betrachtete. Hätte er jetzt die Augen aufgemacht, hätte ich einen Mordsschreck bekommen.

Auf nackten Füßen lief ich die Treppe hinunter.

Unten pinkelte ich, ich zitterte vor Kälte. Vorsichtig drehte ich den Hahn über dem kleinen Waschbecken auf. Ja, Bet, dachte ich, ich wasche mir brav die Hände – was du mich gelehrt hast, tue ich, auch wenn du nicht in der Nähe bist. Ich hielt die Hände unter den Hahn, und weil das Wasser eiskalt war, fluchte ich wüst.

Leise öffnete ich die Tür zum Salon. Ich wollte zu unserer Wohnung an der Lijnbaansgracht hinüberschauen. Das ging im großen Schlafzimmer nicht, dort waren Eisblumen auf den Scheiben, und hier brannte noch ein kleines Feuer im Kamin.

Ich ging zum Fenster und schaute zu unserem Haus hinüber. Hinter den Fenstern war es dunkel.

Mein Vater war in Deutschland, meine Mutter war tot.

Ich wusste nicht, warum, aber ich war irgendwie unruhig.

Vielleicht kommt mein Vater nie zurück, dachte ich. Sie können ihn in Deutschland ermorden, wenn sie Lust dazu haben. Was hast du bloß für dumme Gedanken, Junge, du bist nicht ganz bei Trost – natürlich kommt er zurück, er hat es dir doch versprochen.

Was ich auch dachte, es half nichts, ich wurde verrückt vor Angst.

Die dunklen Zimmer unserer Wohnung blieben dunkel. Mein Vater war längst tot, und niemand traute sich, es mir zu sagen. Ich dachte sogar: Ich renne nach Hause, ich ziehe an der Klingel – ich ziehe so verdammt heftig an der Klingel, dass mein Vater es in Deutschland hören kann.

Ich drehte mich um, machte ein paar schnelle Schritte und stolperte dann über den Saum meiner Pyjamahose und fiel der Länge nach auf den Boden und schrie: »Verdammt!«

Ich erschrak zu Tode, als ich Tante Jos rufen hörte: »Wer ist da, was ist los?«

Ich rappelte mich auf und sagte: »Ich bin's bloß, Tante Jos. Ich musste pinkeln.«

Tante Jos schob die Schiebetüren ein Stück auf. Sie trug

ihre schwarzen Sachen von tagsüber und drückte einen Wollschal fest an den Hals. Durch all das Schwarz war ihr Gesicht geisterhaft weiß.

Sie schaute mich an.

Aber sah sie auch, wer ich war?

»Ich gehe wieder schlafen, Tante Jos«, sagte ich.

»Was tun Sie hier?«, fragte sie.

Wieso siezte sie mich? Das war mir unheimlich.

»Ich bin Thomas, wissen Sie das nicht?«, sagte ich.

»Wo bin ich?«, fragte sie.

»Sie sind zu Hause«, sagte ich und lachte, ich konnte selbst hören, dass es ein nervöses Lachen war.

»Habe ich geschlafen?«, fragte sie.

»Ja«, sagte ich, »es ist Nacht, da schläft jeder.«

Sie schüttelte den Kopf.

»Oh nein«, sagte sie, »oh nein.«

»Doch.«

Sie schaute mich an. »Thomas«, sagte sie, »du bist es?«

»Ja«, sagte ich.

»Komm mal her.«

»Sind Sie böse auf mich?«

»Los, komm her.«

Ganz langsam ging ich auf sie zu, es war nicht allzu dunkel im Salon, denn im hinteren Zimmer brannte ein schwaches Lämpchen.

Sie streckte mir ihre Hand entgegen. »Fühl mal!«

Ich nahm vorsichtig ihre Hand, sie war eiskalt.

»Ach, Junge«, sagte sie, »wie warm du bist, hast du Fieber? Du bist doch nicht krank. Warum spukst du durchs Haus?«

»Sind Sie erschrocken?«

»Bist du erschrocken?«

»Ich erschrecke so oft«, sagte ich, »es ist mir eigentlich egal.«

»Geht es dir gut mit Piem?«

»Er ist ein ziemlicher Quasselkopf«, sagte ich.

»Piem ein Quasselkopf? Das klingt nett. Worüber unterhaltet ihr euch?«

»Über alles Mögliche.«

»Ihr schlaft aber doch genug, oder?«

»Oh ja, ab und zu schlafen wir auch.«

Sie lachte und verschluckte sich.

»Sie sollten jetzt auch gemütlich schlafen gehen«, sagte ich.

»Ja, ja, es gibt immer Leute, die das sagen: Man soll gemütlich schlafen gehen. Wenn das so einfach wäre, nicht wahr? Was erzählt Piem denn alles?«

»Dumme Geschichten«, sagte ich. »Er ist ein Angeber. Er weiß immer alles besser.«

»Und ist das so schlimm?«

Ich nickte.

»Komm mit ins hintere Zimmer, dort ist es wärmer.«

»Nein«, sagte ich, »lieber nicht.«

»Komm.« Tante Jos drehte sich um und ging langsam zu ihrem Sofa. Ich folgte ihr, setzte mich in die Nähe des Kamins und starrte in die glühenden Kohlen.

»So ein langer Winter«, sagte Tante Jos.

Ich schrak auf und hob den Kopf. Tante Jos kickte mit dem rechten Fuß ihren linken Pantoffel auf den Boden, dann mit dem linken Fuß den rechten Pantoffel. Sie wickelte sich in eine Decke und lehnte sich mit dem Rücken an drei Kissen.

»Ist Bet nett zu dir?«, fragte sie.

»Nein«, sagte ich.

Sie schaute mich erstaunt an.

»Ich darf nicht mal in ihr Zimmer kommen.«

»Dort ist es nicht sehr behaglich – ich gehe auch nie hin.«

»Zwaan sagt, dort gibt es einen Haufen Fotos.«

Sie warf mir einen Blick von der Seite zu. Im Licht der schwachen Lampe sah sie aus wie eine Königin aus einem Märchen.

»Bet kann mich nicht leiden«, sagte sie.

»Aber nein«, sagte ich, »warum sollte sie das?«

»Hast du das nicht bemerkt?«

»Nie«, sagte ich.

»Sie hasst mich, weil ich noch lebe und ihr Vater tot ist.« Sie sah mich seltsam an. »Hast du das gewusst, das von ihrem Vater? Wir sprechen nie darüber, und du fragst nicht viel – das ist sehr nett von dir.«

»Ich weiß es von Zwaan«, sagte ich.

Sie nickte.

»Bet hasst mich«, sagte sie, »weil all meine Brüder und Schwestern noch leben. Und weil sie mich hasst, hasst sie sich selbst, und dabei ist sie wirklich ein liebes Mädchen, Thomas. Das wird vorbeigehen, meinst du nicht?«

Ich dachte nach. Ich hasste meinen Vater nicht dafür, dass meine Mutter tot war.

»Das ist bescheuert von Bet«, sagte ich.

Tante Jos lachte leise.

»Zwaan schläft«, sagte ich.

»Wir nicht. Schläfst du gern?«

»Ich mag nicht wach liegen. Aber wenn ich schlafe, merke ich nicht, dass ich schlafe.«

»Ich schlafe eigentlich nie«, sagte sie.

»Sie sind doch aufgewacht durch mich«, sagte ich. »Man kann nur aufwachen, wenn man schläft.«

»Ich träume die ganze Nacht, dass ich in diesem Haus bin. Wenn ich schlafe, bleibe ich, wo ich bin.«

Sie machte die Augen zu.

»Träumen Sie manchmal, dass Sie wach sind?«, fragte ich.

»Eine sehr kluge Frage«, sagte sie. »Wenn ich träume, ist das Haus so groß, dass ich mich verlaufe, es gibt dann auch viel mehr Zimmer, und Menschen laufen darin herum, die schon lange nicht mehr leben. Warum erzähle ich dir das eigentlich?«

»Erzählen Sie ruhig«, sagte ich, »mir ist das recht.«

»Träumst du manchmal, dass deine Mutter noch lebt?«

Ich zuckte mit den Schultern.

»Hältst du das für eine seltsame Frage?«

»Ich träume fast nie.«

»Du träumst die ganze Nacht.«

»Ab und zu träume ich – kurz bevor ich aufwache.«

»Alle anderen Träume vergisst man. Hast du keine Angst vor dem Einschlafen?«

»Nein, warum sollte ich?«

Tante Jos zog ein winziges Taschentuch unter ihren Kissen hervor und putzte sich ohne Röcheln und Schnaufen die Nase. Das konnte sie sehr gut.

»Ich muss schrecklich über dich lachen«, sagte sie durch die Nase.

Von diesem Lachen hatte ich nicht viel bemerkt. Jetzt hatte sie Tränen in den Augen. Zum Glück waren es Tränen vom Schnäuzen und nicht vom Weinen.

»Du musst ab und zu über deine Mutter sprechen, Thomas«, sagte sie.

»Warum sollte ich?«

»Nicht meinetwegen.«

»Wegen wem denn sonst?«

»Ach, Schatz ... ich werde immer ganz traurig wegen Zwaan und Bet und auch wegen dir, und ihr glaubt, dass ich nur traurig bin wegen mir selbst. Ich habe morgens schon Angst vor der Nacht, und ihr tut, als wäre nichts geschehen, und die draußen wissen von nichts, das Land ist befreit, in einer Weile wird alles in Ordnung sein, also was jammere ich denn noch? Geh schön ins Bett, Junge, nach meinem verrückten Geschwätz schläfst du bestimmt wie ein Klotz.«

Ich nahm zwei Stufen auf einmal und hielt meine Pyjamahose hoch, während ich die Treppe hinauflief.

Droben bekam ich einen Mordsschreck.

Bet stand da in ihrem blauen Nachthemd und sah böser aus denn je.

»Was war das, Thomas?«, fragte sie spitz. »Was hast du unten gemacht?«

»Gepinkelt«, sagte ich.

»Mach mir nichts vor«, sagte sie, »ich habe euch sprechen gehört.«

»Das war nach dem Pinkeln«, sagte ich.

»Worüber habt ihr gesprochen?«

»Über alles Mögliche.«

»Mama muss nachts schlafen und du auch, du bringst eine Menge Unruhe ins Haus. Und bestimmt hast du neben die Schüssel gepinkelt und ich muss morgen wieder putzen.«

»Du hast komische Zehen«, sagte ich.

Bet betrachtete meine Zehen.

»Das musst du gerade sagen«, sagte sie.

Ich zeigte ihr meine Hände. »Ordentlich gewaschen«, sagte ich.

»Das sieht man aber nicht. Deine Nägel sind schrecklich schmutzig. Du bist hinterlistig und lügst, dass sich die Balken biegen.«

»Aber manchmal lüge ich nicht.«

»Das ist mir egal, ich werde es nicht nachprüfen, Thomas.«

Mir wurde es sehr kalt auf dem Absatz. Ich kreuzte die Arme und kniff mich fest in die Schultern. Aber ich freute mich über den glücklichen Zufall. Während Bet mich beschimpfte, zitterte ich vor Vergnügen.

»Darf ich die Fotos in deinem Zimmer sehen?«, fragte ich.

»Nie im Leben. Du machst zu viel Durcheinander. Und du hältst das Messer in der linken Hand und die Gabel in der rechten, dabei bist du kein Linkshänder. Piem ist Linkshänder, aber das hast du nicht mal gemerkt, du merkst nie was. Du bist unaufmerksam, bei Tisch sprichst du mit vollem Mund, du trocknest dir den Po mit dem Handtuch vom

Oberkörper ab, du steckst den Finger ins Marmeladenglas, und wenn du etwas sagst, klingt es immer schrecklich frech. Du bist hoffnungslos, Thomas.«

»Hast du noch einen Teddybär?«, fragte ich.

Bet schüttelte wild den Kopf.

»Wirst du nie ›Herein‹ sagen, wenn ich an die Tür klopfe?«, fragte ich weiter.

Sie hörte auf, den Kopf zu schütteln. Sie lächelte. Es konnte aber auch ein nervöses Zucken sein.

»Gehst du morgen in die Schule?«

»Übermorgen«, sagte sie.

Ich lachte.

Bet lachte auch. Plötzlich sagte sie laut: »Lach nicht so dumm.«

Ich hörte auf zu lachen.

»Hat Mama seltsame Sachen gesagt?«, fragte sie.

Erwachsene sagten alles Mögliche. Manchmal war es seltsam und manchmal nicht, mehr wusste ich auch nicht. Ich zuckte gleichgültig mit den Schultern.

»Niemand hat dich erzogen, nicht wahr?«

»Mein Vater hat schöne Bücher für mich gekauft. Mir wird es verdammt kalt, darf ich ins Bett?«

»Hast du Piem gern?«

»Was?«

»Ob du ihn gernhast.«

»Weiß nicht.«

»Was erzählt er über Onkel Aaron?«

»Euer Onkel wohnt in Amerika, nicht wahr?«

»Was sagt er über ihn? Piem bekommt Briefe von ihm, sehr oft, ich darf sie nicht lesen.«

»Ärgert dich das?«, fragte ich. »Dich ärgert immer alles, oder?«

»Nein, jetzt bin ich gerade sehr fröhlich«, sagte sie. »Siehst du das nicht?«

»Wirklich?«

Sie berührte eines von meinen Ohren, nahm das Ohrläppchen zwischen Daumen und Zeigefinger und ließ es nicht los, ich wurde verrückt vor Seligkeit.

»Du hast Segelohren«, sagte sie. »Hast du das gewusst? Ich darf Piem nicht anfassen.«

»Auch seine Ohren nicht?«

»Nein, nichts. Mama hat ihn einmal an sich gedrückt, da hat er mich in Todesangst angeschaut – fasst du ihn manchmal an?«

»Ab und zu bekommt er einen Schlag von mir. Warum fasst du mein Ohr an?«

Sie bekam einen feuerroten Kopf und ließ mein Ohr los. »Ab mit dir, geh schlafen!«, sagte sie. Dann drehte sie sich um und lief weg.

»Morgen klopfe ich an deine Tür«, sagte ich.

»Schlag dir das aus dem Kopf«, sagte sie laut.

Im kühlen Schlafzimmer mit den Eisblumen auf den Fenstern betrachtete ich Zwaan.

Er träumt, dachte ich, und morgen früh hat er den Traum vergessen. Es ist kein Albtraum. Wenn er etwas Schlechtes träumen würde, könnte ich es an seinem Gesicht sehen.

Ich huschte ins Bett, unter die Decke. Die Wärmflasche war eiskalt. Aber neben mir lag ein warmer, schlafender

Zwaan, allzu kalt war es also nicht unter der Decke. Ich rieb eine Weile meine Füße aneinander.

Zwaan wachte von meinem Getue nicht auf. Warum sollte er auch? Nur alte Leute wachen auf, wenn es nicht nötig ist.

Ich dachte: Das tue ich nie mehr, nachts pinkeln.

EIN MÄDCHENZIMMER

Donnerstagmorgen. Der Lehrer hatte an die Tafel geschrieben: *Der Bäcker bäckt Brot für uns, und wenn er kein Brot für uns bäckt, schläft er.*

Diesen blöden Satz sollten wir sauber in unser Heft abschreiben. Das war schnell gemacht. Ich drehte mich zu Olli Wildeman um und sah, dass er nur ein paar Worte abgeschrieben hatte, sie standen zittrig auf der fast leeren Seite. Er hatte die Zunge ein Stück rausgestreckt.

»Du musst ab und zu an deiner Feder lecken«, sagte ich leise, »dann geht es besser.«

Er leckte an seiner Feder, bekam einen Tintenstrich auf die Zunge und verzog ärgerlich das Gesicht.

Langsam legte er seinen Federhalter weg und hob dann noch langsamer seinen dicken Zeigefinger.

»Was ist los, Olli?«, fragte der Lehrer.

»Soll ich ein paar Kohlen in den Ofen füllen?«, sagte Olli Wildeman.

Er hatte mich nicht verraten.

»Dann los, Junge«, sagte der Lehrer, »ich sehe dich gern in Aktion.«

Pfeifend lief Olli Wildeman zum Ofen und der Kohlenkiste. In der Klasse war er manchmal ein ganz fideler Junge. Beim Turnen hatte ich immer Angst vor ihm. Im Turnsaal kam es mir immer vor, als wären seine großen, nackten Füße überall. Aber in der Klasse war er dem Jungen, der uns in der krummen Gasse bedroht hatte, kein bisschen mehr ähnlich.

Zwaan wollte in der Mittagspause allein spazieren gehen. Er hatte mir die Hausschlüssel gegeben.

Ich saß in der Küche und aß zwei Butterbrote – sie lagen schon auf einem sauberen weißen Teller für mich bereit.

Bet war nicht da.

Ich ging zum Salon. Die Schiebetüren waren einen Spaltbreit offen, ich spähte ins hintere Zimmer.

Tante Jos lag mit geschlossenen Augen auf dem Sofa. Es sah ein bisschen so aus, als solle es heißen: Ich habe meine Augen zu, du kannst mich nicht sehen, denn ich bin nicht da.

Das glaubst du bloß, dachte ich, ich sehe dich sehr wohl.

Ich schob die Schiebetüren vorsichtig zusammen, der Spalt verschwand. Weil mir eine schlafende Dame im Zimmer nebenan Gesellschaft leistete, fühlte ich mich nicht mehr so allein in dem dämmrigen Salon.

Nach vier gingen Zwaan und ich zusammen nach Hause. Er schwieg, und es schien, als wäre er noch immer lieber allein. Ich legte einen Arm um seine Schulter. Das war ihm recht. Bet hatte gesagt: Man darf ihn nicht anfassen, ich nicht und Tante Jos nicht. Warum schüttelte er meinen Arm nicht ab? Fand er mich nett oder war es ihm einfach egal?

Liesje Overwater ging Richtung Hoge Sluis. Sie musste wohl für ihre Mami einkaufen oder so was. Sie war allein, denn Elsje Schoen hatte Grippe.

Ich erschrak, als sie auf den Po fiel.

Zwaan und ich blieben wie angewurzelt stehen.

Man sieht nicht oft ein Mädchen hinfallen. Für Jungen war es in einem kalten Winter die normalste Sache von der Welt. Mädchen sind ganz anders. Sie hüpfen im Turnsaal und schwingen dabei ihre Arme, es sieht aus wie eine Tanzvorstellung.

Blödes Ding, Liesje Overwater.

Es war mir scheißegal, dass sie auf dem Hintern saß. Ich machte mir nichts mehr aus ihr, ich war nun in Bet verliebt.

Ich ließ Zwaan stehen und ging mit erhobener Nase an ihr vorbei. Großspurig. Ich sah in der Eile noch, dass sie den Rock über die Knie zog. Ich pfiff auf sie, die ganze Welt durfte das wissen.

Als ich an der Hoge Sluis ankam, war Zwaan noch immer nicht neben mir. Ich blieb stehen, drehte mich um und sah, dass Zwaan Liesje Overwater hochhalf.

Wenn man einen Moment nicht aufpasst, passieren die schrecklichsten Dinge.

Zwaan half ihr nicht nur beim Aufstehen, ich konnte auch sehen, dass er sich freundlich mit ihr unterhielt, sie lachte sogar und sagte alles Mögliche.

Liesje Overwater sprach mit einem Jungen!

Wie war das um Himmels willen möglich?

Liesje Overwater lief weg. Zwaan rief ihr etwas nach, was ich wegen meiner Nervosität nicht verstehen konnte. Sie blieb stehen, drehte sich um und rief etwas zurück, was ich ebenfalls nicht verstehen konnte.

Weil Zwaan so nett mit ihr tat, war ich neidisch auf Liesje

Overwater. Und ich war schrecklich neidisch auf Zwaan, weil dieses falsche Stück auch so nett mit ihm tat.

So fröhlich, wie er schon lange nicht gewesen war, kam Zwaan auf mich zu. Ich ballte die Fäuste, vielleicht würde ich ihm einen Schlag verpassen, vielleicht auch nicht.

»Sie hat Schuhe mit Ledersohlen an«, rief Zwaan fröhlich. »Ihr Vater ist Schuhmacher, Ledersohlen sind schön, aber ehe man es sich versieht, rutscht man damit aus.«

»Du bist ein blöder Schürzenjäger«, sagte ich.

»Wie bitte?«, sagte Zwaan.

»Was hast du mit ihr gequatscht, mit diesem blöden Stück?«

»Tut mir leid«, sagte Zwaan mit einem kleinen Mund, »aber das wirst du mir übersetzen müssen.«

Ich äffte ihn nach: »Oh, der Herr möchte, dass ich für ihn übersetze?«

»Gern«, sagte Zwaan.

»Pisser!«, schrie ich. »Ich stehe die ganze Zeit hier und warte auf dich. He, warum sollte ich auf dich warten? Ich gehe zurück zu Tante Fie, ich habe genug von eurem blöden Haus, du wirfst dich die ganze Nacht im Bett herum und furzt.«

»Du bist verrückt nach Liesje, ist es das?«, sagte er.

»Das geht dich einen Dreck an, ich habe sie zuerst gesehen, nicht du … du bist …«

»Sag's ruhig«, sagte Zwaan. »Du darfst es.«

Ich wusste nicht, was ich sagen wollte. Ich sah, dass Zwaan es aber wusste.

Ich drehte mich um und rannte weg. Wenn man rennt, kann kein Mensch sehen, dass man weint.

Ich ließ die Klingel lange klingeln. Erst nach einer ganzen Weile wurde aufgemacht. Auf der groben Flurmatte stampfte ich mir den Dreck von den Schuhen.

Niemand war zu sehen.

Ich zog meinen Mantel aus, ließ ihn fallen und rannte hinauf zu Bets Zimmer. Laut klopfte ich an die Tür.

»Herein«, rief Bet ziemlich ausgelassen.

Ich holte tief Luft und ging hinein.

Ein wunderbares Winterlicht fiel ins Zimmer, denn vor dem Fenster hingen Tüllgardinen. Bet saß mit überkreuzten Beinen auf ihrem Bett und las in einem dicken Buch. Sie schaute nicht auf. Nicht weit von ihr brannte ein elektrisches Öfchen.

»Du hast selbst ›herein‹ gesagt«, sagte ich böse.

Bet hob den Kopf.

»Denk dran«, sagte sie, »du bist zu Besuch, du benimmst dich ordentlich, du fluchst nicht, du bohrst nicht in der Nase und du kratzt auch nicht an den ekligen Krusten an deinen Knien – was ist mit dir, hast du geheult?«

Ich schüttelte den Kopf.

Sie lachte.

»Was gibt es zu lachen?«, sagte ich.

»Ach, Schätzchen«, sagte sie mit einer kindischen Stimme, »warum hast du denn so weinen müssen?«

»Quatsch nicht so dämlich«, sagte ich.

Sie hob warnend den Finger. »Noch ein ungezogenes Wort und ich werfe dich raus.«

Mit einem lauten Knall klappte sie ihr Buch zu.

»Wie gefällt dir mein Zimmer?«, fragte sie.

He, ich war in einem Mädchenzimmer. Zum ersten Mal

in meinem Leben. Und nun, mitten in so einem Zimmer, achtete ich nicht mal darauf.

Ich schaute mich um.

Das Zimmer war verdammt groß für so ein komisches Mädchen von vierzehn. Ihr Bett nahm kaum Platz ein, auf einem runden Tisch standen alle möglichen Fotos in Silberrahmen. Es war kein gemütliches Zimmer, eigentlich war es viel zu vornehm. Ich setzte mich in einen alten Ledersessel, schlug die Beine übereinander und sagte: »He, he.«

»Du darfst dich ruhig umschauen«, sagte Bet streng.

»Ich sitze gerade so bequem«, sagte ich.

Ehrlich gesagt, ich fühlte mich ziemlich unbehaglich. Mit dem Zeigefinger versuchte ich heimlich, Tränenspuren wegzuwischen, inzwischen lauschte ich gespannt, ob Zwaan schon die Treppe heraufgelaufen kam.

»Zwaan sagt, ich darf hier nicht mehr wohnen«, sagte ich und es fehlte nicht viel und ich hätte wieder angefangen zu heulen.

»Du machst Witze«, sagte Bet.

»Glaubst du das?«, sagte ich.

»Das passt nicht zu Piem – er würde so etwas immer dir überlassen.«

»Du magst Zwaan, nicht wahr?«

»Ich finde, er ist ein hochnäsiger, eigensinniger Kerl«, sagte Bet.

»Echt?«

»Ich würde es sonst nicht sagen.«

»Du meinst alles ernst, was du sagst?«

»Ja. Du nicht?«

»Hältst du mich für einen Angeber?«, fragte ich.

»Weiß ich nicht.«

»Ich halte mich nicht für einen Angeber.«

Ich stand auf und ging langsam zum Tisch. So viele Fotos hatte ich noch nie auf einem Haufen gesehen. Ich setzte mich auf einen Stuhl mit einer hohen Lehne und betrachtete die Fotos.

»Darf ich sie anfassen?«, fragte ich.

»Hast du saubere Hände?«

»Nein.«

Bet seufzte.

Ich nahm eines der größten Fotos.

Ich konnte es unmöglich dreckig machen, es war hinter Glas.

Das Foto war ziemlich bräunlich.

Ich sah drei kleine Jungen – sie saßen auf einem Zaun, nicht weit von einer Weide ohne Kühe. Sie trugen komische Sonntagsanzüge von früher. Die Beine ihrer kurzen Hosen hingen ihnen über die Knie, ihre Strümpfe waren schwarz, genauso schwarz wie ihre hohen Schuhe, und um den Hals hatten sie einen steifen Kragen, an dem eine Krawatte hing.

In solchen Kleidern, dachte ich, kann man nicht spielen.

Das Foto sah richtig nach Sonntag aus. Ich mag Sonntage nicht, auch wenn man dann keine Schule hat. Nach Meinung meines Vaters ist unser ganzes Land sonntags eine Kirche. Im Radio gibt es dauernd fromme Lieder. Sonntags durfte sogar ich nicht fluchen.

Ich merkte nicht, dass Bet sich hinter mich stellte, deshalb erschrak ich, als sie dicht neben meinem Ohr sagte: »Du darfst nichts fragen.«

»Drei kleine Knirpse«, sagte ich.

»Was sagst du?«

»*Drei kleine Knirpse, die saßen auf dem Zaun* – kennst du das Lied nicht? *Sie saßen auf dem Zaun – an einem schönen Tag im September.*«

Bet lachte eine Sekunde, dann sagte sie böse: »Was habe ich gerade gesagt?«

»Dass ich nichts fragen soll – aber ich habe nichts gefragt.«

»Das hast du schon. Auf deine Art.«

Ich deutete auf den Jungen rechts.

»Der sieht Zwaan ähnlich«, sagte ich.

Ich deutete auf den mittleren.

»Der ist der kleinste – er lacht dumm.«

Ich deutete auf den Jungen links.

»Der ist ein Rabauke.«

Ich war stolz auf mich, weil ich nichts gefragt hatte.

Bet deutete auf den Jungen rechts. »Das ist Onkel David, Piems Vater.«

Sie deutete auf den Jungen links.

»Dieser Rabauke ist Onkel Aaron, der jüngste von den dreien.«

Sie deutete auf den mittleren Jungen.

»Und dieser kleine da, ja, das ist – das ist Jacob, mein Vater.«

»Nimm's mir nicht übel«, sagte ich.

»Was soll ich dir übel nehmen?«

»Was ich über deinen Vater gesagt habe – dass er dumm lacht.«

»Er lacht ja auch dumm.«

»Darf ich jetzt etwas fragen?«

Sie nickte.

»Du siehst deinem Vater ähnlich.«

»Das ist keine Frage.«

»Findest du auch, dass du deinem Vater ähnlich siehst?«

»Weil ich klein bin?«

»So klein bist du nicht.«

Bet nickte zu den Fotos auf dem Tisch. »Schau sie dir an«, sagte sie, »und halte die Klappe.«

Ich schaute so schnell von einem Foto zum anderen, dass ich keines scharf sah. Es waren Porträts von Frauen mit schönen Ketten um den Hals, von Männern mit glatt rasierten Wangen. Viele Männer trugen eine Brille, keine einzige Frau trug eine Brille. Wenn ein Mann und eine Frau zusammen auf einem Foto waren, lachten sie, waren sie allein auf einem Foto, lachten sie meist auch, aber weniger fröhlich. Es gab auch eine Reihe von Fotos mit fein angezogenen Kindern. Die lachten nicht, sondern guckten böse oder ernst. Das verstand ich gut. Ich guckte auch immer böse oder ernst, wenn ein Fotograf sagte: »Und jetzt lachen, Kleiner.«

»Sie sind alle tot«, sagte Bet.

Ich betrachtete wieder das Foto in meinen Händen.

Bet tippte mit einem blassen Zeigefinger auf den Jungen links.

»Nur der lebt noch«, sagte sie.

»Ja«, sagte ich, »sie sind alle in Polen ermordet worden, nicht wahr?«

»Woher weißt du das?«

»Zwaan hat es mir erzählt.«

»Piem?«

»Ja.«

»Dir?«

»Mir.«

»Wann?«

»Im Bett.«

Sie schaute mich wütend an.

»Hätte er es mir nicht erzählen dürfen?«, fragte ich.

»Natürlich durfte er es dir erzählen.«

Bet nahm vorsichtig ein Foto mit einem runden Rahmen.

»Man sieht sie nirgendwo mehr in der Stadt«, sagte sie. »In ihren Häusern leben jetzt andere Leute. Sie haben nicht mal ein Grab – gehst du oft zum Grab deiner Mutter?«

Ich stellte das Foto mit den drei Knirpsen zurück.

»Nun … der Ostfriedhof ist sehr weit weg«, sagte ich. »Man kann mit der Linie neun hinfahren. Aber ich weiß nicht, wo die Neun fährt.«

»Redet dein Vater oft über deine Mutter?«

»Nie.«

»Redet niemand über deine Mutter?«

»Tante Fie redet schrecklich oft über sie.«

Bet nickte. »Du musst zu deinem Vater sagen: Ich will alles von meiner Mutter wissen, alles.«

Sie gab mir ein Foto von einer lachenden Frau.

»Das ist Piems Mama.«

Ich betrachtete es lange. Zu Hause in der Küchenschublade liegt ein Foto, auf dem meine Mutter auch lacht und genauso komische Ohrringe trägt wie Zwaans Mutter.

Lachende Frauen sehen sich ähnlich.

»Sie lacht«, sagte ich.

»Ja«, sagte Bet, »ich bin nicht blind.«

»Schaut sich Zwaan oft die Fotos seiner Mutter an?«

»Nie.«

»Ich auch nicht. Sie sind in einer weißen Schuhschachtel. Nur eines nicht. Das ist in der Schublade, in der die Schere liegt – deshalb sehe ich es oft, ich lege es nicht in die Schachtel, denn sonst muss ich die Schachtel aufmachen und alle anschauen.«

Ich gab Bet das Foto zurück und nahm wieder das Bild von den drei Jungen auf dem Zaun.

»Drei kleine Knirpse«, sagte Bet, »wie du gesagt hast. Auf dem Zaun ist Onkel Aaron vier, mein Vater fünf und Onkel David sieben. Während des Studiums haben sie Mama kennengelernt. Onkel David wurde Hausarzt, Onkel Aaron zog nach Amerika, weil er die Niederlande zu klein fand und die Universität zu schwer, mein Vater wurde Rechtsanwalt. Mama war in alle drei verliebt. Erst in Onkel David, dann in Onkel Aaron und schließlich in den kleinen Jacob, und den mochte sie am liebsten, meinen Papa – er war Kommunist.«

»Was ist das?«

»Das weiß ich auch nicht so genau. Mein Vater fand ihn gut, diesen Kommunismus, er sagte: Es ist doch wunderbar, dass sie sich in Russland alle Genossen nennen, dort sind die Menschen gleich, so wie es sein sollte.«

»Wo haben dein Vater und deine Mutter geschlafen – in dem Bett von Zwaan und mir?«

»An einem Dienstagnachmittag wurde mein Vater abgeholt«, sagte Bet. »Nicht mal von den Deutschen, sondern von zwei Männern von der Polizei. Ich war in der Schule. Ich bekam einen Mordsschreck, als ich sah, dass die Vorhänge zugezogen waren. Ich rannte hinauf, Mama saß in der Ecke des halbdunklen Zimmers auf dem Boden. Sie schüttelte den Kopf, sie konnte nicht mehr sprechen. Was schaust du so?«

»Ich schaue dich an.«

»Das darfst du nicht.«

»Warum haben sie deinen Vater abgeholt?«

»Weil sie ihn für einen gefährlichen Kommunisten hielten. Dann stellte sich noch heraus, dass er auch ein ungefährlicher Jude war. Sie steckten ihn in einen Transport nach Polen, dort haben sie ihn ermordet, genauso wie Onkel David und Tante Minnie und alle Tanten und Neffen und Nichten von Papa, und ich weiß nicht, wen alles sie ermordet haben, und niemand kann dir sagen, warum, ich wüsste gerne, warum, du nicht? Oma sagte im Krieg: Rede nicht mit Mama darüber. Also sprachen Mama und ich nicht über Papa, der weg war. Jede Nacht wurde ich wach und dachte: Mama schläft nicht, sie liegt dort ganz allein in dem großen Bett, ich darf auch nicht schlafen, das wäre gemein von mir.«

Bet schaute mich an.

»Mama ist nicht jüdisch, das hätte Papas Leben retten können, denn wenn ein Jude mit einer Nichtjüdin verheiratet war, ließen sie ihn manchmal in Ruhe, nicht immer – die Deutschen konnten tun und lassen, was sie wollten, sie haben unendlich viele Menschen ermordet, unendlich viele Kinder und sogar Säuglinge, und nicht etwa heimlich, nein, ihr großer Führer hat es ihnen erlaubt. Manchmal sehne ich mich nach dem Krieg, damals dachte ich die ganze Zeit: Papa kommt wieder nach Hause. Auch heute denke ich manchmal noch: Papa ist nicht tot, er kommt zurück – dann ersticke ich fast vor Angst, weil ich weiß, dass es nicht wahr ist.«

»Wusstest du, dass Zwaan in Deventer war?«

»Ja, das wusste ich. Onkel David brachte Piem neunzehnhunderteinundvierzig nach Deventer, er sah Böses voraus, aber er wollte selbst nicht untertauchen, er blieb in Amsterdam und ging kein einziges Mal mehr nach Deventer, er hatte Angst, dass er Piem damit in Gefahr bringen könnte.«

Bet stellte eine Reihe Fotos um, sie brauchte sehr lange dafür.

»He«, sagte ich, »ich bin auch noch da.«

»Im Herbst zweiundvierzig«, sagte Bet, »am Versöhnungstag, wurden Onkel David und Tante Minnie bei einer Razzia abgeholt – eine Woche später wurde ihr Haus ausgeplündert, ich habe es gesehen, in der Den Texstraat, gleich um die Ecke.«

Sie schaute mich an.

»Das letzte Mal, dass ich Onkel David gesehen habe, ein paar Wochen vor der Razzia, kam er mit einem Koffergrammofon und einer Schallplatte her, mit ein paar Juwelen und drei Schuhschachteln voller Fotos – das sollten wir alles aufheben für ihren Piem. Du hättest längst in Amerika sein sollen, sagte Mama, bei Aaron. Ach, sagte er, was soll ein Amsterdamer in Amerika? Ich bin immer ein Amsterdamer gewesen, jetzt bin ich ein Jude, das war mir nie bewusst, dass ich ein Jude bin, nach dem Krieg soll Piem zu Aaron nach Amerika gehen, bitte, Jos, sorge dafür. Onkel David und Tante Minnie kamen in das Lager Westerbork. Dann wurden sie in einen Transport nach Polen gesteckt.«

Bet wandte mir den Rücken zu.

»Sie sind ermordet worden. Nach dem Krieg bin ich mit Zwaan manchmal zum Hauptbahnhof gegangen, dort kamen Züge aus dem Osten an, manchmal wurde ein knochendürrer Mann oder eine ebenso dünne Frau von weinenden Menschen umarmt, der Mann oder die Frau weinten selbst nicht.«

Sie drehte sich zu mir um.

»Wenn ich achtzehn bin, gehe ich nach Palästina – dort wollen sie einen jüdischen Staat gründen, ich werde in einem Kibbuz arbeiten. Und ich will mit Überlebenden sprechen – alle Tanten und Onkel von Mamas Seite tun, als wäre nichts passiert. Liebe Jos, sagen sie zu Mama, du bekommst ja schon wieder ein bisschen Farbe auf die Wangen. Hast du je etwas von Farbe auf Mamas Wangen gesehen?«

»Nie«, sagte ich etwas zu laut.

Ich betrachtete die Fotos, ein Tisch voller lachender Menschen.

Bet ging zurück zu ihrem Bett, nahm das dicke Buch und setzte sich auf die Decke. Sie schlug das Buch auf und las weiter, ihre schwarzen Haare fielen vor und ich konnte ihr Gesicht nicht mehr sehen.

Bet hatte ihre Geschichte erzählt und ich hatte sie gehört.

Durfte ich noch in sie verliebt sein?

Es war einfach nicht zu ändern, ich war rasend verliebt in sie.

Ich wollte es ihr sagen. Aber ich tat es nicht, ich sagte: »Mein blöder Vater hat mir nie etwas erzählt.«

Sie hörte es wohl gar nicht.

Da wurde leise an die Tür geklopft.

»Herein«, sagte Bet.

Zwaan kam seelenruhig ins Zimmer. Als er Bet anschaute, grinste er und zuckte mit den Schultern. Er drehte sich zu mir um, strich sich durch die Haare und sagte: »Nimm's mir nicht übel, Thomas, nimm's mir bloß nicht übel!«

Was sollte ich ihm um Himmels willen übel nehmen? Ich hatte ihn beschimpft, nicht er mich.

Zwaan ging zum Tisch. Ohne jedes Zögern nahm er das Foto seiner Mutter, betrachtete es lange, während Bet weiterlas und ich an meinem grindigen Knie kratzte. Zwaan stellte das Foto seiner Mutter vorsichtig zurück zu den anderen Fotos.

Bet schaute auf.

»Was tut ihr hier?«, sagte sie böse.

Zwaan zwinkerte mir zu.

Ich schlief nicht, ich überlegte: Was genau bedeutet Tod? Tod ist nicht einfach Dunkelheit. Wenn man die Augen zumacht, ist es dunkel, aber in dieses Dunkel kann man schauen. Tod ist nichts, auch kein Dunkel. Aber was ist nichts? In einer leeren Schachtel sieht man nichts. Wenn man eine leere Schachtel aufmacht, kann man das Nichts dann sehen? Ja, das geht. Ein Nichts gibt es. Die Toten gibt es also noch.

Zwaan warf sich herum. War er am Grübeln, so wie ich?

»Was bedeutet tot, Zwaan?«, fragte ich.

»Dass man nicht mehr lebt«, sagte Zwaan mit einem Seufzer. »Lass mich schlafen.«

»Ist man ganz weg, wenn man tot ist?«

»Solange Menschen sich an dich erinnern, bist du nicht wirklich tot.«

»Aber die Toten können sich nicht an uns erinnern, oder?«

»Nein«, sagte Zwaan.

»Was ist das Nichts, Zwaan? Gibt es das Nichts überhaupt? Und warum ist das Nichts nicht überall? Warum gibt es Sterne, warum gibt es einen Mond, warum gibt es eine Sonne, warum gibt es Menschen und Tiere?«

»Wenn es keine Sonne gäbe«, sagte Zwaan, »würde nichts wachsen können, und wenn nichts wachsen würde, könnten die Tiere nichts essen, und wenn es keinen Mond gäbe, würde man sich im Wald verirren.«

»Du nimmst mich auf den Arm, oder?«

»Ich weiß es einfach nicht. Und ich werde es nie wissen. Deshalb mache ich mir keine unnötigen Gedanken darüber.«

»Man kann das Nichts sehen – hast du das gewusst?«

»Wie denn, wo denn?«

»Wenn du eine leere Schachtel aufmachst und schaust hinein, dann siehst du nichts.«

»Ja«, sagte Zwaan, »denn wenn das Nichts nicht da wäre, dann hätte man ja, verdammt noch mal, etwas anderes in die Schachtel stopfen können.«

Zwaan lachte, das Bett zitterte.

»Du bist viel schlauer als ich, Zwaan. Das finde ich

nicht schlimm – es gibt ja noch viel schlauere Menschen als dich.«

»Das hoffe ich«, sagte Zwaan.

»Ich kann nicht schlafen – ich muss dauernd grübeln.«

»Bet hat dir alles Mögliche erzählt, nicht wahr? Mach dir nichts draus, Tommi, es kommt alles in Ordnung.«

»Ich hätte heute fast ›Scheißjude‹ zu dir gesagt.«

»Das weiß ich.«

»Du bist nicht böse darüber?«

»Wenn du Jude wärst und ich nicht, hätte ich es früher oder später auch fast zu dir gesagt.«

»Wirklich?«

»Wirklich. So brav bin ich nicht, Thomas. Ich bin ein Verräter – oder wie du sagen würdest, eine Petze.«

»Warum bist du auf einmal ein Verräter?«

»Das traue ich mich nicht zu sagen.«

»Oh, auch ich traue mich viel nicht zu sagen.«

»Was denn?«

»Nun, das sage ich doch nicht, oder? Das war eine blöde Frage von dir. Wenn man sich etwas nicht zu sagen traut, sagt man es nie im Leben. Lügst du manchmal? Mein Vater sagt: Reden ist Lügen.«

»Nichts zu sagen kann auch lügen sein.«

»Sag jetzt mal was, ohne zu lügen.«

»Das traue ich mich nicht.«

»Warum nicht? Tu's einfach«, sagte ich.

»Ich bin ein Verräter.«

»Nein, du lügst – das bist du nicht.«

»Doch.«

Weil ich ihn sehr schlecht verstand, drehte ich mich auf

die andere Seite und sah, dass er den Kopf unter dem Kissen versteckt hatte.

»Bist du mein Freund, Zwaan?«

Das Kissen bewegte sich. Schüttelte er den Kopf oder nickte er?

WENN DIE KATZE AUS DEM HAUS IST

Freitagnachmittag. Wir waren alle im Salon. Tante Jos hatte ausgemacht, ihre Familie in Haarlem zu besuchen, bis Sonntag würde sie dort bleiben. Mitten im warmen Zimmer trug sie ihren Wintermantel. Sie hatte ihn schon dreimal ausgezogen. Und jedes Mal hatte Bet gesagt, sie solle ihn wieder anziehen.

»Ich fahre nicht«, sagte Tante Jos. »Ich kann euch doch nicht im Stich lassen.«

»Du fährst«, sagte Bet.

»Warum, Schatz, warum sollte ich das tun?«

»Weil das Taxi draußen wartet«, sagte Bet. »Und sie werden dich dort verwöhnen.«

»Ich will nicht verwöhnt werden.«

»Hier sitzt du doch bloß im Zimmer, das ist Blödsinn, du bist noch keine alte Frau. Sie werden dort sehr lieb zu dir sein.«

»Ich will nicht, dass sie lieb zu mir sind.«

»Du gehst«, sagte Bet entschlossen.

Zwaan nahm den Koffer und ich die Tasche mit Geschenken. Es dauerte lange, bis wir die Treppe hinuntergegangen waren, denn Tante Jos drehte sich immer wieder um und wollte zurück. Dann standen wir endlich doch in der Eiseskälte am Taxi.

»Finden Sie es schlimm, dass Sie vergeblich gekommen sind?«, fragte Tante Jos den Taxichauffeur.

»Sie sind nicht vergeblich gekommen«, sagte Zwaan. »Sie fährt mit Ihnen.«

»Ich kann die Kinder nicht allein lassen«, sagte Tante Jos. »Sie werden alles Mögliche anstellen. Und wenn sie krank werden, was ist dann?«

»Wenn wir krank werden, gibt es genug Pillen im Haus«, sagte Zwaan.

Der Taxichauffeur öffnete die Tür. »Werdet ihr etwas anstellen, Jungs?«, fragte er gleichgültig.

»Natürlich«, sagte Zwaan.

Nie hatte ich jemanden gesehen, der so ungeschickt in ein Auto stieg wie Tante Jos.

»Es wird euch leidtun«, sagte sie noch.

Wir schauten dem Auto nach und winkten.

Tante Jos schaute durch die Heckscheibe und winkte nicht.

Oben stand Bet und erwartete uns mit übergeschlagenen Armen. Die Streiche mussten wir verschieben.

»Wir machen jetzt kein Fest«, sagte sie. »Wir werden die Matratzen lüften und das Durcheinander in eurem Zimmer aufräumen.«

Wir arbeiteten eine ganze Weile wie die Blöden. Dann gingen Zwaan und ich zusammen in die Badewanne. Wir sangen Lieder aus der Schule und von früher – Zwaan kann sehr rein singen, mich macht es ganz verrückt, dieses reine Singen, deshalb sang ich extra heiser und falsch und lauter als er. Wir spritzten uns nass und das Seifenwasser brannte uns in den Augen.

Als es dunkel war, las Bet uns das Märchen von dem Mädchen ohne Hände vor.

Zwaan und ich saßen auf dem Boden vor dem Kamin.

Bet saß auf einem Stuhl am Tisch. Das Märchenbuch der Brüder Grimm lag aufgeschlagen auf ihrem Schoß. Sie beugte sich tief über das Buch und sah kleiner aus denn je. Sie sprach so leise, dass ich sie kaum verstehen konnte.

»Psst«, machte ich zu Zwaan.

»Ich bin doch still«, sagte er.

Wenn ich die Augen fest zukniff, war Bets Stimme weniger weit weg. Sie flüsterte jetzt in mein Ohr – ich verpasste nichts mehr.

Es war ein wunderbares Märchen.

Ein dummer Müller verkaufte unwissentlich seine Tochter an den Teufel. Dann befahl ihm der Teufel, dass er ihr die Hände abhacken solle. Das Mädchen sagte: Hacke mir die Hände ab, Väterchen, ich bin dein Kind und muss gehorsam sein. Der Müller hackte mit Tränen in den Augen die Hände seiner Tochter ab. Das Mädchen weinte die Stümpfe nass, und dann hatte der Teufel keine Macht mehr über sie, weil sie von ihren eigenen Tränen rein geworden war, und wenn man rein ist, liebt Gott einen so sehr, dass einem der Teufel nichts mehr antun kann. Das Mädchen floh von der Mühle und dem Müller und heiratete einen herzensguten König, der gab ihr ein Paar Hände aus Silber. Aber der Teufel wollte ihnen weiter die Suppe versalzen. Mit allen möglichen hinterhältigen Gerüchten schürte er Unruhe, und als das Mädchen einen Sohn geboren hatte, dachte der herzensgute König, das Kind könne nicht von ihm sein – er gab seiner Mutter den Auftrag, das Mädchen und ihr Kind um die Ecke zu bringen, so herzensgut war der König also doch nicht. Das Mädchen floh vom Hof, ich war ganz verliebt in sie, auch wenn sie kühle Hände aus Silber hatte, das Mädchen wohnte mit ihrem kleinen Sohn bei einem Engel und betete den lieben langen Tag zu Gott. Und Gott hörte das gerne, da wuchsen durch seine Gnade ihre Hände wieder nach.

Als das Mädchen die Hände zurückbekommen hatte, hörte Bet auf mit Vorlesen.

»Sind ihr die Hände einfach wieder nachgewachsen?«, fragte ich.

»Sie sind ihr einfach wieder nachgewachsen«, sagte Bet. »Und dann konnte sie mit ihren wunderschönen schmalen Händen ihren Sohn in die Nase kneifen und ihm über den Kopf streicheln, wenn er getröstet werden musste.«

»Das steht nicht da«, sagte Zwaan, »das denkst du dir aus.«

»Hatte der Sohn keinen Namen?«, fragte ich.

»Doch«, sagte Bet, »sie hat ihn ›Traurig‹ genannt. Ja, dieser Name hat ihr gut gefallen – und wenn der Kleine lachte, sagte sie: Warum bist du so fröhlich, Traurig?«

»Lies weiter«, sagte ich.

Bet las weiter.

Nach langem Suchen fand der König seine Frau und seinen Sohn, er küsste sie und der kleine Traurig durfte auf seinem Schoß sitzen, Ende gut, alles gut.

Als Bet das Buch weggelegt hatte und Zwaan und ich noch ganz gefangen waren, sagte ich: »Ich würde gerne Traurig heißen.«

»Wer nicht?«, sagte Bet.

»Hat es dir gefallen, Zwaan?«, fragte ich.

»Hände können nicht nachwachsen«, antwortete Zwaan.

»Piem«, sagte Bet, »du verstehst einfach nichts von Märchen.«

»Hände können nachwachsen«, sagte ich. »Warum denn nicht? Eine Wunde wächst nach einer Weile doch auch wieder zu.«

»So ist es«, sagte Bet und lachte. »Du verstehst nichts, Piem.«

Stolz schaute ich zu Zwaan. Er starrte missmutig auf den Boden und ich fühlte mich überlegen.

Am Samstag rannten Zwaan und ich um kurz nach zwölf aus der Schule und ließen das ganze Pack hinter uns.

»Wir gehen zu Tante Fie«, sagte ich, als wir durch die Galerie liefen. Am Samstagnachmittag gibt sie den Schulmädchen Unterricht im Nähen und Schneidern, das ist schön, sie sind nicht viel älter als Bet und sie können quasseln, sag ich dir, nun ja, fast alle, es gibt auch immer eine dabei, die schrecklich schüchtern ist.«

»Ja«, sagte Zwaan, »die schüchternen Mädchen sind die nettesten.«

»Denk dran, wenn Tante Fie anfängt, von der neuen Prinzessin zu erzählen, dann darfst du kein Gesicht ziehen, Tante Fie ist ganz verrückt nach dem neuen Prinzesschen, sie hat Königin Juliane sogar eine Karte geschickt.«

»Das ist sehr nett von deiner Tante«, sagte Zwaan. »Und ich werde bestimmt kein Gesicht ziehen, wenn sie von dem Prinzesschen anfängt.«

Tante Fie thronte noch immer am Ofen. Ihr Fuß steckte in einem roten Socken, sodass ich mir also auf dem ganzen Weg zur Tellegenstraat völlig umsonst Sorgen gemacht hatte. Zwaan brauchte den großen, nackten Fuß mit den roten Flecken nicht zu sehen. Bei dem Anblick wäre ihm bestimmt übel geworden.

Es waren nur drei Mädchen da – drei sehr stille Mädchen. Eines von ihnen fummelte an einer Bluse, die beiden anderen saßen brav hinter einer Nähmaschine. Sie beachteten uns nicht. Tante Fie beachtete uns schon, vor allem Zwaan.

»Wie schön«, sagte sie, »dass ich deinen Freund endlich mal sehe.«

Zwaan hörte nicht auf das, was Tante Fie sagte. Er hatte die Aufmerksamkeit des Mädchens mit der Bluse auf sich gezogen. Sie schaute mit großen blauen Augen zu ihm hin. Langsam, aber sicher kam ich dahinter, dass Zwaan ein Schürzenjäger war.

»Oh, Junge«, sagte Tante Fie zu Zwaan, »ich habe von den schlimmen Dingen gehört, man kann es sich eigentlich nicht vorstellen.«

Das Mädchen mit den blauen Augen versuchte, einen Faden durch ein Nadelöhr zu stecken. Sie schielte, und wenn ein Mädchen mit blauen Augen schielt, verliebe ich mich auf der Stelle für ein paar Sekunden so schrecklich in sie, dass ich ganz vergesse, in wen ich eigentlich verknallt bin. Etwas sagt mir, dass man nicht in zwei Mädchen gleichzeitig verliebt sein darf, das gehört sich nicht, denn später heiratet man ja nur eine und nicht zwei oder drei. Zwaan kratzte sich am Kopf. Er wurde, genau wie ich, ganz durcheinander von dem stillen, schielenden Mädchen.

»Manchmal war er ein Albtraum«, sagte Tante Fie, »der Krieg.«

Nun schaute Zwaan Tante Fie an.

»Bitte«, sagte er, »nehmen Sie es mir nicht übel, ich habe nicht aufgepasst, haben Sie etwas gesagt?«

»Früher«, sagte Tante Fie, »habe ich einen Jungen wie dich gekannt, wir gingen oft nebeneinander, vielleicht war er ein Freund von mir, das weiß ich nicht mehr so genau. Später habe ich ihn noch manchmal auf dem Amstelveld gesehen. Jetzt nicht mehr, sie haben ihn im Krieg abgeholt, weil er … ja, weil er so war wie du, Junge, sei froh, dass du noch lebst.«

»Dir hängt ein Tropfen an der Nase«, rief ich dem Mädchen mit Nadel und Faden zu.

Sie rieb sich die Nase, schaute mich dann böse an und ich lachte mich schlapp.

»Wir müssen noch Brot einkaufen, Thomas«, sagte Zwaan.

Als wir aus dem Haus stürzten, fehlte nicht viel und wir wären unter Heins Transportrad geraten. Der gutmütige Trottel brachte sein Leben in Gefahr, als er schlingernd auswich, er knallte gegen einen Laternenpfahl und landete unsanft auf dem harten Schnee. Faul und lachend blieb er eine Weile liegen.

Zwaan und ich halfen dem Riesen auf die Beine.

»Jungs«, sagte Hein, »es ist Sonntag, schön, was?«

»Es ist Samstag, Hein«, sagte ich.

»Samstag ist auch schön«, sagte Hein. »Wollt ihr ein bisschen mitfahren, ja?«

Während wir auf seiner Ladefläche saßen und in den Himmel starrten, damit wir bei Heins gefährlicher Fahrerei keine Angst bekamen, sagte ich zu Zwaan: »Meine Tante ist bescheuert, was?«

»Ach nein«, sagte Zwaan. »Aber viele Leute erschrecken vor uns – sie erschrecken, wenn sie etwas gehört haben, von dem sie nichts wussten oder nichts wissen wollten … Hast du ihr von mir erzählt?«

Ich schüttelte den Kopf. »Nein, bestimmt war es Tante Jos.«

»Natürlich«, sagte Zwaan, »wie dumm ich bin.«

»Wenn Tante Fie mich anschaut«, sagte ich, »sieht sie eine halbe Waise und muss heulen. Und du bist nicht nur eine Vollwaise, du bist eine dreifache Waise. Warum hast du das Mädchen so blöd angestarrt?«

»Sie haben kein Wort zu uns gesagt«, sagte Zwaan.

»Mädchen«, sagte ich.

»Sie lernen nähen und schneidern – warum?«

»Dann können sie später die Hosen von ihrem Mann ändern, sie können aus alten Anzügen Kleider für ihre zehn Kinder machen – darum lernen sie schneidern und nähen, Zwaan.«

Zwaan grinste.

Ich schaute zur Seite, ein Mordslastwagen schoss knapp an uns vorbei, ich starrte schnell wieder hoch zum Himmel.

»Ich bring euch zum Fluss«, schrie Hein.

»Nein, Hein«, schrie ich, »du kannst uns auf dem Frederiksplein runterlassen.«

Ich warf Zwaan einen Blick zu. Er starrte hinauf zum

Himmel, wurde vom Holpern hin und her geschüttelt und sah doch entspannt aus.

»Hast du noch Schläge von deinem Papa gekriegt, Hein?«, rief ich.

»Keine Schläge, heute nicht, gestern nicht.«

»Dein Vater wird alt, liegt es daran?«

»Papa wird alt, Papa wird müde von all den Schlägen.«

Hein brüllte vor Lachen.

»Pass auf, Hein!«, rief ich.

Auf dem Frederiksplein bremste er so plötzlich, dass das Transportrad auf der glatten Straße fast umkippte.

Später am Tag standen Zwaan und ich in einem Hauseingang. Ein Stück weiter wartete Bet ungeduldig auf uns. Ich zählte meine Geldstücke, Zwaan zählte seine Geldstücke und das Ergebnis war gar nicht so schlecht.

»Wir sind reich, Zwaan«, sagte ich. »Bist du geizig?«

»Heute nicht.«

»Hat Bet noch Geld?«

»Bet hat einen Geldbeutel voller Münzen.«

Ich pfiff leise. »Das wird ein Tag. Ich will nicht ins Kulturhaus, ich will in ein richtiges Kino, mit Samtsesseln. Es gibt genug Filme für jedes Alter. Was willst du: einen Musikfilm oder einen Film mit Kämpfen?«

Zwaan sagte: »Ich will in einen Film, in dem sie kämpfen und singen.«

Mit Bet durch die Stadt zu laufen, war etwas ganz Eigenartiges. Sie machte für ein vierzehnjähriges Mädchen wahnsinnig große Schritte und wir konnten eigentlich nur ihren

Rücken sehen. Ab und zu schaute sie über die Schulter zu uns und rief »Heute tue ich nichts« oder »Heute rege ich mich über nichts auf«.

»Wir gehen in einen Film«, rief ich. »In einen echten Film!«

»Ich bezahle«, rief Bet.

»Sie bezahlt«, sagte ich zu Zwaan.

»Sie ist fröhlich, findest du nicht?«, sagte er.

»Ich bin verknallt in dich, Bet!«, rief ich, als wir noch auf dem Bürgersteig standen und sie schon die Vijzelstraat überquert hatte.

Sie drehte sich um und rief: »Was hast du gesagt? Ich verstehe dich nicht.«

Dann winkte sie und lachte.

Ich hatte keine Lust, es noch einmal zu sagen.

»Sie hat dich verstanden«, sagte Zwaan.

»Woher weißt du das?«, fragte ich.

»Sie lacht«, sagte Zwaan. »Und Bet lacht nur zweimal im Jahr.«

»Vielleicht lacht sie nie, wenn du in der Nähe bist.«

»Das könnte sein.«

»Warum verknallst du dich nie in jemanden?«

»Ich finde Liesje sehr nett«, sagte Zwaan. »Das weißt du doch.«

Das war's, ich wurde böse. »Auch ich werde mich heute nicht aufregen«, sagte ich.

Die Straße war frei, wir konnten hinübergehen. Unterdessen flüsterte ich Zwaan ins Ohr: »Sag du es ihr doch heimlich, dass ich in sie verknallt bin.«

»Ich denke nicht daran«, sagte Zwaan.

Bet gab uns jedem zwei Hustenbonbons.

»Gehst du schon mit einem Jungen vom Barlaeus, Bet?«, fragte ich.

Bet schaute mich an. Sie fand die Frage blöd und war entschlossen, mir nicht zu antworten.

Ich stieß den Absatz in den harten Schnee und suchte in meiner Hosentasche nach dem Taschentuch. Aber Taschentücher sind immer verschwunden, wenn man sie dringend braucht. Ich zog die Nase hoch. Als ich aufschaute, starrten mich Bet und Zwaan noch immer an. Verdammt, hatten sie nichts Besseres zu tun?

»Sie knutschen wie wild in solchen Filmen«, sagte ich. »Ich habe noch nie wie wild geknutscht, ihr schon?«

Ich wusste bei Gott nicht, was mir in den Kopf kam, so etwas zu fragen, aber es war heraus, bevor ich darüber nachgedacht hatte.

»Ich werde mich heute über nichts aufregen«, sagte Bet.

Sie drehte sich um und lief davon.

»Warum hast du das bloß gesagt?«, meinte Zwaan, während wir ganz gemütlich hinter Bet herbummelten.

»Blöd von mir«, sagte ich. »Jetzt kann sie mich nicht mehr leiden. Aber ich weiß nicht, wie ich es wiedergutmachen soll. Sie hat keine Tasche bei sich, die ich tragen kann. Wenn sie mich anschaut, habe ich Angst, dass ein Popel an meiner Nase hängt. Wenn ihr euch unterhaltet, um was geht es dann?«

Zwaan zuckte mit den Schultern.

»Stell dich nicht so an, Zwaan, sag's mir – dann weiß ich, was ich zu Mädchen sagen soll.«

»Sie liest mir manchmal was aus ihrem Tagebuch vor«, sagte er.

»Echt? Was denn?«

»Über Streit mit ihrer Mutter – das liest sie dann so schön vor wie ein Märchen, man vergisst, dass es um einen unangenehmen Streit zu Hause geht.«

»Niemand kann so wunderbar vorlesen wie Bet – liest sie dir alles aus ihrem Tagebuch vor?«

»Sie wird sich hüten.«

»Komme ich in ihrem Tagebuch vor?«

Zwaan grinste.

»Da gibt es nichts zu lachen, Zwaan, sag schon.«

»Tommi dies und Tommi das«, sagte Zwaan, »ich werde ganz eifersüchtig.«

Ich war stumm vor Glück. Auch wenn ich den Namen Tommi nicht ausstehen kann, gefiel es mir, dass ich in ihrem Tagebuch nicht Thomas, sondern Tommi hieß.

Gegenüber dem *Cineac* in der Reguliersbreestraat gab es ein kleines Kino, wo *Alibaba und die vierzig Räuber* lief. Gott sei Dank war der Film für jedes Alter erlaubt.

Wir mussten sehr lange in einer Schlange stehen. Meine Nase berührte ab und zu Bets schwarze Haare, und sie konnte nichts dagegen haben, in einer Schlange ist so etwas ganz normal.

Ein Mädchen in Uniform brachte uns zu unseren Plätzen. Wir saßen dicht vor der Leinwand. Es war verqualmt im Saal, denn die Leute rauchten wie blöd. Es wurde auch gerülpst, gekeucht und geröchelt.

Bet saß zwischen uns. »Jemand müsste mal die Paffer

fragen«, sagte sie zu mir, »ob sie vielleicht aufhören können zu rauchen.«

Ich stellte mich auf, drehte mich zum Saal und schrie, so laut ich konnte: »Hört doch bitte auf zu rauchen!«

Weil der ganze Saal lachte, setzte ich mich schnell wieder hin.

»Tu das nie wieder, Thomas«, flüsterte sie. »Ich schäme mich zu Tode.«

»Du hast es doch gewollt.«

»Das war ein Witz.«

Ich sah, dass Zwaan unserem Gespräch folgte.

»Sie hat einen Witz gemacht, Zwaan«, sagte ich.

»Woher weißt du das?«

»Sie hat es selbst gesagt.«

»Dann musst du lachen«, sagte Zwaan. »Und wenn es nur aus Höflichkeit ist.«

»Psst«, sagte Bet.

Ich zitterte vor Vergnügen, als die Vorhänge zur Seite schwebten und laute Musik erklang.

Die Wochenschau begann. Wir sahen weite Eisflächen, festgefrorene Schiffe, Leute mit Karren voller Kohlen – im Kino war es zum Glück angenehm warm, ein Mann mit hallender Stimme erzählte, dass es im ganzen Vaterland sehr kalt war, aber das konnte man ja mit eigenen Augen sehen, er hätte also die Klappe halten können.

Danach kam ein Vorfilm mit drei kleinen Männern mit dicken, breiten Gesichtern. Einer mit einer Ponyfrisur kniff ab und zu in eine Nase und drehte dann seine Hand nach rechts, zugleich hörte man ein schreckliches Knirschen. Oder er schlug mit einem Hammer auf einen Kopf, und dann erklang das metallische Geräusch, das Onkel Fred macht, wenn er auf den malaiischen Gong schlägt. Ich begriff, dass der Film nicht zum Weinen war, sondern zum Lachen, und lachte laut los.

Alle im Saal lachten.

Nur Zwaan und Bet lachten nicht.

Sie sahen aus, als würden sie in der Kirche sitzen.

Todernst betrachteten sie den blöden Film. Sie fanden es schlimm, dass den Spaßmachern auf den Kopf geschlagen oder ins Ohr gebissen wurde.

Als ich fast vom Stuhl fiel vor Lachen, merkte ich, dass Zwaan und Bet zu mir hersahen und nichts von meinem Vergnügen verstanden.

Das machte mich ganz nervös.

Ich hielt mir die Hände vor den Mund, hickste mit aufgeblasenen Wangen und mir wurde ganz übel – zum Glück dauerte der Film nicht zu lange.

Nach der Pause mit den Reklamebildern kam der Hauptfilm.

Alibaba und die vierzig Räuber war in Farbe. Ich bekam einen Mordsschreck, denn ich hatte gedacht, nur Zeichentrickfilme wären in Farbe. Aber dies war ein echter Film mit prachtvollen roten und blauen Farben und großen verschnörkelten Buchstaben aus Gold am Anfang.

»Es ist in Farbe!«, sagte ich aufgeregt zu Bet.

»Ja«, sagte sie, »das liegt daran, dass es ein Farbfilm ist.«

Der Film war ein orientalisches Märchen.

In einer dunkelblauen Nacht mit einem wunderschönen blassen Mond, an einem Teich, in dem gelbe Lichter glitzerten, schworen ein Junge und ein Mädchen, einander ewig treu zu sein. Sie schauten sich tief in die Augen, an der zarten Musik konnte man merken, wie schön sie sich von innen fühlten. Ich hörte auch, dass Bet etwas schneller atmete als sonst, nein, nein, ich hörte zum ersten Mal, dass sie atmete, ich dachte: Ich nehme ihre Hand, ich kann den Film nicht allein anschauen. Aber ich schlug es mir zum Glück aus dem Kopf.

Minutenlang hielt ich die Luft an.

Es gab Häuser aus weißen Steinen, es gab Palastsäle, in denen der Fußboden glänzte und die Neger Turbane trugen und Haremsmädchen Bauchtänze vorführten, es gab einen bösen Großwesir und dieser Schuft wollte unbedingt die Prinzessin heiraten.

Die Prinzessin wagte ich kaum anzuschauen, noch nie hatte ich so eine Frau in Echt gesehen, schöne dunkle Augen hatte sie, ihre Augenbrauen sahen aus wie elegante Bleistiftstriche, ihre Haut war blass und weich und samtig, sie achtete nicht auf die Männer, die sich tief vor ihr verneigten, sie war heimlich verliebt in Alibaba. Aber Alibaba streifte durch die Wüste, er rief »Sesam, öffne dich!«, und dann schob sich ein Felsen zur Seite und er konnte zwischen den vierzig Räubern herumlaufen – los, Ali, dachte ich, klau, was du klauen kannst, los, los, ich will zurück zur Prinzessin! Und als ich dann wieder bei der Prinzessin war, in einem herrlichen Saal voller hochnäsiger Pfauen mit aufgestellten Federn in voller Farbenpracht, schnappte ich nach Luft, kniff die Augen halb zu, sodass die Schleier der Prinzessin noch durchsichtiger aussahen.

Zwaan war genauso verrückt nach ihr wie ich.

Das fühlte ich, auch wenn Bet zwischen uns saß.

Und dann saß die Prinzessin in einer wahnsinnig großen Badewanne voller Schaum. Man konnte gerade noch ihren Kopf sehen. Sie lachte. Ihre weißen Zähne glitzerten. Langsam kam ein blasser Arm aus dem Wasser. Ich dachte: Oh, bitte, lass sie nicht aus dem schaumigen Wasser steigen, das will ich nicht, ich will mir gemütlich einen Film anschauen und nicht komplett verrückt werden. Als eine Dienerin mit einem langen, weißen Gewand auf dem Arm zur Badewanne trat, hielt ich den Atem an. Jetzt wird es passieren, dachte ich, ich bin verloren, jetzt muss ich sie gleich nackt sehen und das will ich nicht, ich sitze hier neben Bet, ich will nach Hause, ich will ein langweiliges Buch lesen, oh, bitte, sie hat bestimmt keinen Badeanzug an, das halte ich nicht aus. Die Prinzessin stieg aus dem Bad, aber das Gewand wurde so geschickt hochgehalten, dass man nur ihren schönen Kopf sehen konnte. Die Gefahr war vorbei. Erleichtert atmete ich auf.

»Bist du eingeschlafen, Tommi?«, flüsterte Bet.

Die Flüsterstimme erschreckte mich furchtbar.

»Nein, nein«, sagte ich.

Ich träumte halb, aber ich versäumte nichts von dem Film, ich wollte, er würde nie zu Ende gehen und ich dürfte tagelang hier sitzen.

Alibaba und die Prinzessin küssten sich und dann war der Film aus.

Ich saß wie festgenagelt an meinen Stuhl. Bet wartete ungeduldig.

»Oh Himmel«, sagte ich ziemlich schläfrig zu ihr, »hast du je so etwas Schönes gesehen?«

»Aufwachen, Tommi!«

Ich seufzte. Daraus sollte sie keine Gewohnheit machen, aus diesem »Tommi«.

Nach dem Film gingen Bet und ich nebeneinander über die glatte Eislaufbahn der Reguliersgracht.

Oben bei den Grachtenhäusern konnte man manchmal jemanden sehen, aber auf dem Eis war niemand, da und dort brannte hinter den Fenstern schon Licht.

Ich tat, als würde ich ausrutschen.

Bet packte mich am Arm. Sie wollte nicht, dass ich mich zu Tode stürze.

Und ich wollte nicht, dass sie mich losließ. Also sagte ich: »Wenn du willst, dass ich lebendig heimkomme, musst du mich gut festhalten.«

Zwaan lief hinter uns.

Ich warf ihm einen Blick über die Schulter zu. Er starrte auf das Eis. Weil er meinen Blick fühlte, hob er den Kopf. Er war ziemlich blass.

»Komm, Zwaan«, sagte ich. »Morgen schauen wir uns den Film noch einmal an.«

»Nein«, sagte er.

»Ärgerst du dich, Zwaan?«

»Ja.«

»Warum?«

»Geht dich nichts an.«

»Ich ärgere mich auch. Willst du wissen, warum?«

»Nein.«

»Ich würde es dir auch nicht sagen.«

Bet lief schneller als ich, deshalb sah es aus, als würde sie mich mitziehen.

»Ich bin nicht dein Hündchen«, sagte ich zu ihr.

Am Amstelveld blieben wir stehen. Wir betrachteten die hölzerne Amstelkirche. Von unten sah sie ein ganzes Stück größer aus als sonst. Zwaan und Bet kamen mir auf einmal sehr klein vor.

»Fandest du die Prinzessin nicht wahnsinnig schön?«, fragte ich.

»Sie heißt Maria Montez«, sagte Zwaan. »Sie ist die schönste Frau der Welt.«

»Gibt es keine schönere?«

»Bitte, hör auf zu nörgeln.«

Nun mischte Bet sich ein. »Über wen redet ihr?«

Gute, treue Bet. Eine liebe Mutter in Klein war sie.

»Ich fand den Film blöd«, sagte sie. »Dauernd diese Kämpfe.«

»Ich gehe nie mehr ins Kino«, sagte Zwaan.

»Warum nicht?«, sagte Bet spitz.

Ich sagte nichts – ich war begeistert von Zwaan, denn ich wusste, was er meinte. Von so einem prachtvollen Film wird man dermaßen ergriffen, dass es schon fast kein Vergnügen mehr ist – ja, es ist doch verrückt, dass man sich so unglücklich fühlt, wenn es vorbei ist.

»Wenn du das nicht verstehst …«, sagte Zwaan zu Bet und presste die Lippen zusammen.

»Los«, sagte Bet, »sag's schon, Piem!«

»… dann verstehst du gar nichts.«

»Wie kannst du es wagen, so etwas zu sagen.«

»Du hast es doch gewollt.«

»Kindisch«, sagte sie, »ihr seid einfach kindische Lümmel.«

Sie wandte sich kurz entschlossen von uns ab und ging mit festen Schritten unter der Brücke durch – ein starkes Mädchen, das sich von nichts und niemandem beeindrucken ließ.

Zwaan und ich trotteten hinter ihr her. Ich rutschte aus und fiel auf den Hintern. Zwaan half mir hoch.

»Jetzt ist sie böse«, sagte ich.

»Sie ist traurig«, sagte Zwaan.

»Warum?«

»Weil es so ein schöner Tag ist«, sagte Zwaan.

Das war typisch für ihn. Er fand den Tag schön, warum redete er dann darüber? Man sagte es nicht laut, wenn etwas schön war. Warum verstand er so verdammt wenig von allem?

Wir schauten unter der Brücke durch und sahen Bet kleiner und kleiner werden.

Tante Jos war in Haarlem.

Wir hatten noch einen langen Abend und eine Nacht zu dritt vor uns – ich erstickte fast vor Glück, auch wenn ich mich traurig fühlte wegen des Films.

»Was meinst du?«, fragte ich. »Wird es immer Winter bleiben?«

»Ich glaube nicht«, sagte Zwaan.

Schweigend liefen wir zur Brücke von der Reguliersgracht zur Lijnbaansgracht, unter der Brücke blieben wir stehen, ich schlug mich mit den Armen warm wie ein Markthändler. Zwaan machte es mir nach. Bei ihm sah es aus, als würde er sich selbst schlagen, weil er Strafe verdiente.

An der Lijnbaansgracht standen wir kurz darauf an der

Stelle, an der Zwaan vor einiger Zeit über Wintereis gesprochen hatte – das Eis, das vielleicht nie schmelzen würde. Damals hatten wir auch über meine Mutter gesprochen.

»Du hast immer hier gewohnt, nicht wahr?«, sagte Zwaan.

»Ja«, sagte ich und deutete auf mein Haus. »Früher, wenn ich draußen spielte, stand meine Mutter immer am Fenster. Ich durfte nicht zu nahe an die Gracht kommen. Das tat ich aber doch. Ich bekam dann einen Mordsschreck, wenn ich hörte, dass das Fenster aufgeschoben wurde. Weg da, brüllte sie dann, oder willst du, dass ich dir alle Knochen breche?«

»Liebst du Amsterdam?«

»Was weiß ich.«

»Ich werde Amsterdam nie vergessen – nie.«

»Warum sagst du das? Was für ein blödes Gerede. Warum solltest du Amsterdam vergessen, wenn du doch in Amsterdam wohnst?«

Ich traute ihm nicht. Das lag vor allem an seinem geheimnisvollen Gesicht.

»Was hast du, Zwaan?«, fragte ich.

»Denkst du manchmal daran, wie es sein wird, wenn du alt bist?«

»Nein, warum sollte ich?«

»Nie?«

»Ich denke manchmal, wäre ich doch vierzehn.«

»Warum?«

»Dann könnte ich in die Filme ab sechzehn.«

Zwaan grinste.

»In Filmen ab sechzehn«, sagte ich, »küssen sie sich wie

verrückt, ab und zu wird sogar schrecklich gekämpft, zwischen dem Küssen.«

»Wenn ich alt bin«, sagte Zwaan, »habe ich vielleicht eine ganze Menge erlebt – Sachen, bei denen man selbst dabei war, verstehst du?«

»Und dann wirst du ein Buch schreiben?«

»Warum?«

»Meinetwegen brauchst du es nicht zu tun.«

»Danke.«

»Du könntest auch mit den Füßen in einer Waschschüssel sitzen, wenn du ein alter Mann bist.«

»Hast du noch mehr Ideen?«

»Tabak kauen und furzen – wenn du dein Gebiss ordentlich in ein Glas mit Wasser tust.«

»Bist du böse?«

»Warum sollte ich?«

»Ich werde immer an euch denken, wenn ich alt bin – an Bet und Tante Jos und dich. Und an Amsterdam.«

»He, willst du einen Schlag auf deinen verrückten Kopf?«

»Nein.«

Ich fühlte, dass er etwas im Schild führte.

»Sag schon«, rief ich.

»Ich werde es dir erzählen, Thomas, komm mit …«

Er rutschte ein Stück über das Eis, drehte sich elegant um, ließ sich auf ein Knie fallen, stützte sich dann mit einer Hand aufs andere Knie und schaute mich verschmitzt an.

»Wir machen uns einen ganz tollen Abend, Thomas«, sagte er.

BLONDE MÄDCHEN, SCHWARZE MÄDCHEN

Wir saßen zu dritt im Salon auf dem Boden, vor dem brennenden Kamin. Es war nur eine Lampe an. Mir fiel auf, dass Bets Wangen leicht rosa geworden waren.

Ich betrachtete die geschlossenen Schiebetüren.

Tante Jos war nicht da, das Feuer im Kamin war erloschen, das hintere Zimmer war kalt und leer – als wir vorhin hineingeschaut hatten, hatte ich mir nicht vorstellen können, dass Tante Jos sonst Tag und Nacht dort war.

Wir waren allein.

Wir waren nur zu dritt.

Wir saßen am warmen Kamin und hatten dicke doppelte Butterbrote mit Marmelade aus der Hand gegessen.

Um uns herum lagen Krümel.

Bet sagte nichts darüber. Sie hatte übrigens genauso gierig gegessen wie ich. Nun starrte sie in die glühenden Kohlen und erzählte von ihrem Vater. Wir hatten die Arme um die Knie gelegt.

»Es war an einem kalten Wintertag«, sagte sie. »Wir spazierten zusammen durch den Vondelpark.«

»Wie alt warst du?«, fragte ich.

»Sieben. Holland war noch nicht von den Deutschen besetzt, das war erst im Mai.«

»Hast du ihm eine Hand gegeben?«

»Nein.«

»Warum nicht?«

»Papa hat nie gefroren«, sagte sie. »Er hatte keinen Schal um den Hals, er hatte den Mantel nicht zugeknöpft. Ich trug neue hohe Schuhe mit Pelzfutter, ich weiß nicht mehr, ob mir kalt war, so etwas vergisst man.«

Bet erschauerte.

»Blick dich mal um, sagte Papa, du siehst all die braven Menschen, ja? Heute haben sie frei, sie sitzen nicht im Büro oder an ihrem Arbeitsplatz. Ich verstand nicht, was er meinte, aber seltsamerweise habe ich es behalten. Papa sagte: Der eine tippt sich an die Schirmmütze, wenn er einen guten Kunden sieht, der andere zieht seinen feinen Hut vor einer Frau oder vor dem Neffen seines Chefs. Schirmmützen und feine Hüte, die passen nicht zusammen. Und höre, was ich dir sage: Die Schirmmützen sitzen am längeren Hebel. Frag mich, wenn du etwas wissen willst.«

Bet machte ein böses Gesicht.

»Warst du böse auf deinen Vater?«, fragte ich.

»Nein«, sagte Bet, »es ist mir nicht eingefallen, böse auf meinen Vater zu sein, wie kommst du nur auf diese Idee? Weißt du, was er sagte? Er sagte: Ich bin dein Vater, du kannst mich alles fragen, also fang an.«

»Was für eine lahme Geschichte, Bet«, sagte Zwaan und gähnte.

»Psst«, sagte ich.

»Ja«, sagte Bet, »ich weiß, dass es eine lahme Geschichte ist, aber es ist doch verrückt, dass ich mich an so einen dummen Spaziergang im Vondelpark noch erinnere. Ich kann ihn nun nichts mehr fragen. Wenn ich jetzt durch den Vondelpark gehe, bin ich allein, auch wenn ich mit einem Mädchen aus der Schule zusammen bin.«

Sie schaute mich an.

»Warum habe ich ihn nichts gefragt?«, sagte sie. »Warum habe ich mich so schrecklich geniert? Das hat er gesehen. Und er musste darüber lachen. Und er musste noch lauter lachen, als ich sagte: Lach jetzt nicht, bitte. Er sagte: Du brauchst dir nichts aus dem zu machen, was andere Leute von dir halten. Dann tanzte er um einen Baum herum, ich hätte mich am liebsten irgendwo versteckt.«

»Er ist bestimmt ganz schön aufgefallen«, sagte ich.

»Du bist strohdumm, Thomas.«

»Ist er denn nicht aufgefallen?«

Weil Zwaan grinste, warf Bet nun ihm einen bösen Blick zu.

»Papa rannte weg«, sagte sie, »sein Mantel flatterte und ich rannte ihm hinterher. Aber ich holte ihn nicht ein, nein, ich fiel immer weiter zurück, ich weinte und schrie: Tu nicht so verrückt, man kann dich sehen, ich schäme mich zu Tode! Er blieb stehen, wartete auf mich, und als er merkte, dass ich weinte, sah er … sah er …«

»… verwirrt aus«, sagte Zwaan.

Bet nickte.

»Du hast einen Krümel auf der Nase, Bet«, sagte ich.

Sie schaute mich lange und streng an. Dann erst wischte sie den Krümel weg.

»Papa setzte sich auf eine Bank«, sagte sie, »schlug die Beine übereinander und starrte zum Himmel. Ich trocknete meine Tränen, wollte mich an ihn drücken, aber das wagte ich nicht. Dann blickte er mich an und lachte, aber fröhlich war er nicht mehr – er tippte auf den leeren Platz neben sich, und wir saßen endlos lange auf der Bank, ohne etwas zu sagen, vielleicht fror ich so sehr, dass ich es nicht mehr fühlte. Er traute sich nicht, etwas zu sagen. Ich verstehe schon vieles, dachte ich, sag doch was. Aber er schwieg. Verrückt, nicht wahr, ich habe ihn so oft erlebt, trotzdem muss ich zuerst an das lange Sitzen und Schweigen im Park denken. Manchmal träume ich davon. Und in den Träumen sitzt er neben mir und will mir sagen, dass sie ihn ermorden werden. Aber er sagt nichts.«

»Das konnte er doch damals noch gar nicht wissen«, sagte Zwaan.

»Das weiß ich selbst«, sagte Bet, »aber was man träumt, träumt man eben, daran kann man nichts ändern.«

Zwaan sang sehr rein und sehr mädchenhaft ein Lied. Bet und ich steckten uns die Finger in die Ohren und schüttelten heftig den Kopf.

Zwaan hörte auf zu singen und lachte. Er sagte etwas.

Bet und ich nahmen die Finger aus den Ohren und fragten fast gleichzeitig: »Was hast du gesagt?«

»Ich habe gesagt«, sagte Zwaan, »warum haltet ihr das nicht aus?«

»Warte nur, bis du Stimmbruch bekommst«, sagte Bet hinterhältig.

Ich dachte nach. War ich neidisch, weil Zwaan so schön singen konnte, oder hielt ich es wirklich nicht aus?

»Woran denkst du, Thomas?«, fragte er.

»Ach«, sagte ich, »ich denke an Maria Montez. Wie war sie als Kind? Als sie ungefähr zehn war?«

»Dunkle Augen und kurze Beine«, sagte Zwaan träumerisch, »eine süße Schleife in ihren langen, schwarzen Haaren, ab und zu hat sie noch unabsichtlich den Daumen in den Mund gesteckt.«

»Erzählt mir doch mal von den Mädchen«, sagte Bet, »davon seid ihr doch ganz voll, los, ihr tapferen Jungs, ich werde auch nicht lachen.«

Ich war verblüfft. Was ging sie das an?

»Du zuerst«, sagte Zwaan zu mir.

»Das traut er sich nicht«, sagte Bet.

Sie stand auf und kam langsam auf mich zu. Ich musste schlucken, als sie sich mit untergeschlagenen Beinen vor mich setzte.

»Wann gefällt dir ein Mädchen, Thomas?«, fragte sie.

»Oh«, sagte ich, »wenn sie blond ist.«

»Blond, blond, was bringt dir das? Mach weiter.«

»Wenn sie schön lacht und fröhlich ist.«

»Sie muss singen und hopsen und tanzen, ja?«

»Nein, das braucht sie nicht die ganze Zeit.«

»Und wenn sie eine Brille trägt?«

»Oh nein«, sagte ich, »ein Mädchen mit Brille ist unmöglich.«

Bet betrachtete mich sorgfältig. Hinter den Brillengläsern waren ihre dunklen Augen klein und scharf wie immer.

»Du hast ein ziemlich großes Mundwerk, Bohnenstange«, sagte sie.

»Wieso denn?«, sagte ich. »Mädchen mit schwarzen Haaren sind nun mal nicht nett. Sie ärgern einen. Oder sie kneifen einen.«

Bet kniff mich zart in den Arm.

»So?«, fragte sie.

Ich fand es wunderbar, wenn Bet mich kniff.

»Au«, sagte ich laut.

»Und wenn sich nun ein Mädchen mit schwarzen Haaren in dich verliebt«, sagte sie, »und es sagt: Thomas, willst du mit mir gehen? Na, was sagst du dann?«

»Dann sage ich Nein«, sagte ich heiser.

»Ich rede nicht von mir selbst – das brauchst du nicht zu denken.«

»Ja, das weiß ich«, sagte ich.

Bet setzte ihre Brille ab. Das durfte sie nicht tun. Denn nun hatte sie diese schönen schlecht sehenden Augen, die mich verrückt machen – zum Glück trug sie den ganzen Tag eine Brille, sonst wäre ich wirklich krank geworden vor Verliebtheit.

Bet lachte. »Ich necke dich doch nur. Mach dir nichts draus.«

Sie stand auf und setzte sich etwas von uns entfernt wieder hin.

»Komm«, sagte sie, »erzähl von deinen spannenden Abenteuern mit Mädchen, ich will alles wissen.«

Wirkliche Geschichten über Mädchen hatte ich nicht zu bieten. Sollte ich mir etwas ausdenken?

Ich schaute Zwaan an. Er wartete seelenruhig darauf, dass ich eine Geschichte erzählte.

»Es geht euch nichts an«, sagte ich.

»Piem ist ein Draufgänger«, sagte Bet. »Er hat an meinem Geburtstag ein Mädchen geküsst.«

»Stimmt das, Zwaan?«, fragte ich erschrocken.

»Wir haben Fuselblasen gespielt«, sagte Zwaan.

»Was ist denn das Blödes?«

»Da darf man ein Mädchen küssen, wenn man einen Fusel zu ihr geblasen hat. Wir saßen einander gegenüber, die Jungen und die Mädchen, auf meiner Hand lag ein Fusel und den musste ich zu einem Mädchen hinblasen. Ich blies und blies. Der Fusel blieb am Pullover eines blonden Mädchens mit Locken hängen – da durfte ich sie küssen. Sie hatte eine kalte Wange, sie war gerade erst hereingekommen.«

»Du hast ihr drei Küsse gegeben, Piem«, sagte Bet streng.

»Na ja«, sagte Zwaan, »wenn ich schon mal dabei war.«

»Blond und auch noch Locken«, sagte ich neidisch.

»Ja, Tommi«, sagte Bet, »der eine hat alles, der andere nichts.«

Ich zog die Nase hoch.

Zwaan schaute träumerisch in meine Richtung.

»Sprecht ihr eigentlich viel über Mädchen?«, wollte Bet wissen.

»Das geht dich nichts an«, sagte Zwaan.

»Warum nicht?«

»Weil du ein Mädchen bist«, sagte ich.

Bet stand auf, schlug die Arme übereinander und sah mich an.

Ich kratzte mich am Kopf, bohrte in der Nase, blies eine Spuckeblase, aber es nützte nichts, sie sah mich immer weiter an.

»Raus mit deinen Geschichten, Tommi!«, sagte sie.

»Mädchen in Büchern«, sagte ich, »sind ganz anders als Mädchen in Wirklichkeit.«

»Das brauchst du mir nicht zu sagen«, sagte Zwaan. »In den Jahren in Deventer, als Krieg war und ich im Haus bleiben musste, sah ich nie ein Mädchen, ich las nur über sie, ich habe einen Mordsschreck gekriegt, als ich sie nach der Befreiung überall auf der Straße herumlaufen sah, ich hätte nie gedacht, dass es so viele Mädchen gibt, und sie sahen sich alle ähnlich, sie lachten und trugen orange Schleifen auf ihrem alten Pullover oder der alten Weste und sie gingen in Holzschuhen und sie tanzten und hopsten und schrien und drehten sich um mich herum, mir wurde ganz schwindlig davon. Dann sah ich eine – sie tanzte nicht mit, sie stand mit einem blassen Gesicht zwischen all den eifrigen Mädchen und sie hatte genau wie ich keine orange Schleife auf dem Pullover und sie hatte schwarze Haare, und sie trug keine Holzschuhe, sondern alte, hohe Schuhe und dicke, karierte Wollstrümpfe, ihre weißen Beine waren fast noch magerer als ihre Arme. Ich ging auf sie zu und fragte sie: Warst du untergetaucht? Und dann sah ich, wie sie erschrak, sie sagte: Das geht dich nichts an, und sie rannte weg und ich habe den ganzen Tag nach ihr gesucht und gesucht und ich habe sie nicht gefunden, und abends im Bett musste ich fürchterlich weinen …«

Zwaan starrte auf den Boden und sagte nichts mehr.

Ich hatte ihn noch nie weinen gesehen, das passte nicht zu ihm.

»Ich konnte die halbe Nacht lang nicht schlafen«, fuhr Zwaan fort, »und als ich endlich einschlief, träumte ich von ihr. Oh verdammt, wie still und lieb sie war, unglaublich, aber nach diesem Tag habe ich sie nie mehr gesehen.«

Bet und ich schwiegen.

Endlich unterbrach Bet die Stille, sie sagte: »Du fängst an, hässlich zu sprechen, Piem, von wem hast du das?«

Ich grinste zufrieden.

»Ich werde sie nie mehr sehen«, sagte Zwaan. »Trotzdem muss sie irgendwo sein. Das ist verrückt.«

»Warum ist das verrückt?«, fragte ich.

»Weil sie jetzt irgendwo ist und ungefähr mein Alter hat und wieder ein bisschen zugenommen hat und vielleicht bei einer Tante wohnt, die den Krieg überlebt hat, oder auch bei ihrem Vater und ihrer Mutter, man weiß es nicht.«

Zwaan lachte.

»So viele Menschen«, sagte er, »und man kennt nur so wenige. So viele Mädchen, in die man sich verknallen kann, die man aber nie trifft.«

»Das liebste Mädchen«, sagte ich, »ist vielleicht am anderen Ende der Welt und sagt vielleicht gerade zu ihrer Schwester: Der liebste Junge ist vielleicht am anderen Ende der Welt.«

»Der liebste Junge«, sagte Bet, »ist bestimmt ein Ekel.«

»Was weißt du schon über Jungen«, sagte ich.

»Ich weiß alles über euch«, sagte Bet. »Zum Beispiel, dass du in mich verknallt bist, Tommi.«

»Ich bin nicht in dich verknallt«, sagte ich. »Hat Zwaan dir das weisgemacht? Da würde ich mich ja noch eher in einen Affen verknallen.«

»Ich necke dich nur, Tommi«, sagte Bet. »Mach dir nichts draus.«

»Du kannst mich ruhig ärgern«, sagte ich böse, »aber mich nervt das, dieses Gequatsche über Mädchen dies und Mädchen das, ihr könnt zum Teufel gehen, ich habe keine Geschichten, ich erzähle euch nichts, ihr würdet ja doch bloß darüber lachen.«

»Ach, du Ärmster«, sagte Bet.

Weil ich mich selbst verdammt bedauernswert fand, stand ich auf, tat, als wollte ich Zwaan einen kräftigen Hieb versetzen, gab Bet einen zarten Schlag und lief aus dem Zimmer, ich flog die Treppe hinauf und betrat einfach Bets Zimmer, ich wusste bei Gott nicht, warum, vermutlich wollte ich irgendwo allein sitzen und flennen.

In Bets Zimmer war es dämmrig und nicht allzu kalt. Vom elektrischen Ofen glühte nur ein Stab, bei dem schwachen Licht konnte ich den Tisch mit den Fotos sehen.

Aus dem Heulen wurde nichts. Ich holte tief Luft und setzte mich mit gekreuzten Beinen auf den Boden.

Ich durfte nicht so dickköpfig tun. Das konnte ja nur schiefgehen.

Gleich würde Bet mich an den Haaren ziehen und beschimpfen.

Bet und Zwaan kamen ins Zimmer.

Bet ging zum Tisch, nahm ein Streichholz und zündete zwei Kerzen an.

Nicht weit von mir setzten sie sich auch auf den Boden.

Bet war mir nicht böse. Auch für sie war ich keiner von draußen mehr.

Beim Licht der Kerzen konnte ich die Fotos sehen – sie waren jetzt nicht so langweilig wie Fotos, die im vollen Tageslicht dastehen und alle gleich aussehen.

»Ach, Junge«, sagte Bet.

Zwaan schnitt mir eine witzige Grimasse.

Sie wollten mich aufheitern.

»Dein Vater kommt in ein paar Monaten nach Hause,

Tommi«, sagte Bet. »Dann kannst du ihm tolle Geschichten erzählen.«

Eine Weile starrte ich die Fotos an. Im unruhigen Kerzenlicht schien es, als würden all die Herren und Damen mich anschauen, als wären sie alles andere als tot.

Zwaan und Bet saßen mit dem Rücken zum Tisch – sie gehörten zu den Fotos.

Ich durfte hier nicht so dickköpfig auf dem Boden sitzen.

Überall wird man immer weggejagt, an den unmöglichsten Stellen, aber hier konnte mir das nicht passieren.

Ich gehörte zu Zwaan und Bet. Darum gehörte ich auch zu den Fotos. Das konnte ich ihnen nicht sagen. Das war etwas, was nur mir selbst gehörte. Es gibt so viel, was nur mir selbst gehört, das bringt mich manchmal ganz schön durcheinander.

»Da sitzen wir also«, sagte Bet.

»Ja, da sitzen wir also«, sagte Zwaan.

»Mein Zimmer«, sagte Bet und zeigte in die Runde.

Sie machte mich verlegen, ich starrte eine Weile auf die alte Lampe über meinem Kopf. Sie brannte nicht und der Glasschirm hatte lauter Sprünge – vermutlich war sie älter als wir drei zusammen.

»Nein, sagte die Decke«, sagte ich, *»ich bin keine Decke, ich bin ein Plafond.«*

Ich sah ihnen an, dass sie sich Mühe gaben, mich witzig zu finden. Solche Arschkriecher.

Ich pflückte einen Fusel vom Boden, legte ihn auf meine flache Hand und blies ihn zu Bet.

Sie musste lachen und sprang auf.

»Gleich darfst du mir einen Kuss geben«, sagte sie. »Wenn ich kalte Wangen habe. Komm mit, wir gehen hinaus!«

Mit einer roten Mütze auf dem Kopf hüpfte Bet die Treppe hinunter. Zwaan und ich zogen schnell unsere Mäntel an. Ich war ein bisschen eher an der Haustür als er, aber er stieß mich zur Seite und stand als Erster oben auf der Eingangstreppe, glitt aus und rutschte auf dem Hintern die Steinstufen hinunter.

»Das kommt davon«, sagte ich.

Ganz ruhig ging ich hinunter. Ich zog Zwaan hoch und wir atmeten tief die kalte Luft ein. Die lange Straße war leer und weiß, man sah kein einziges Auto, ganz in der Ferne hörte man das Quietschen einer Straßenbahn, aber das Geräusch war so vage, dass es genauso gut etwas anderes hätte sein können.

Bet ging über eine Straßenbahnschiene und tat, als würde sie seiltanzen. Sie hatte die Arme ausgebreitet, und ab und zu schaute sie hinunter auf den Asphalt, sodass man denken konnte, sie würde hoch in der Luft gefährlich auf einem Seil balancieren. Vorsichtig setzte sie einen Fuß vor den anderen, wie sie es wohl im Zirkus gesehen hatte.

Ich merkte, dass Zwaan ihr wie gebannt zuschaute.

Plötzlich fing Bet an, sich seltsam in den Hüften zu wiegen, sie warf die Arme wild nach oben, beugte sich vor und dann wieder zurück, es war ein sehr schöner Anblick.

»Gott«, sagte ich, »sie wird runterfallen.«

Gerade noch rechtzeitig gelang es Bet, ihr Gleichgewicht zu bewahren.

Zwaan stieg auf die Schiene, die scharf und schwarz durch den schmutzig grauen Asphalt schnitt. Wie ein halb betrunkener Seiltänzer fing er an, Bet zu folgen. Ich rannte ein Stück voraus und lief ihnen dann mit ausgebreiteten Armen und Fuß vor Fuß auf der Schiene entgegen. Als ich schon fast gegen Bet stieß, tauchte sie weg und ich knallte unabsichtlich gegen Zwaan.

»War das nötig?«, fragte er.

Ich achtete nicht auf Zwaan, ich achtete auf Bet. Sie tanzte auf dem Schnee, drehte verrückte Runden und winkte elegant mit den Armen.

Plötzlich stand sie still.

Sie musste schrecklich lachen, als sie uns sah, es machte mich ganz verlegen. Der rote Bommel auf ihrer Mütze wackelte, ihre langen Strümpfe und ihr dicker Mantel sahen gegen das schmuddelige Weiß des Schnees noch schwärzer aus als sonst – noch nie im Leben war ich so verknallt gewesen in ein Mädchen.

»Du siehst idiotisch aus!«, rief ich.

»Wie still es hier ist, nicht wahr?«, sagte sie.

Eine Straßenbahn fuhr mit drohendem Quietschen um eine scharfe Kurve, wir machten, dass wir wegkamen.

»Es ist erst Abend«, sagte Zwaan, »wir haben noch Stunden und Stunden vor uns.«

»Nicht jammern«, sagte Bet.

Sie legte ihren rechten Arm um meine Schulter und den linken um Zwaans Schulter, wir zockelten mit ihr mit, aber vielleicht dachte sie, dass sie mit uns mitzockelte, jedenfalls zockelten wir ganz ruhig zur Den Texstraat. Ich wollte etwas sagen, aber dann dachte ich noch rechtzeitig: Du musst jetzt die Klappe halten. Und während ich das dachte und nichts sagte und wahnsinnig stolz auf mich war, erreichten wir die Den Texstraat. Weil hier weniger Straßenlaternen brannten, sah es noch stiller aus als an der Weteringschans.

»Wohin bringst du uns, Piem?«, fragte Bet.

Zwaan sagte nichts.

Ich sagte nichts.

Wir liefen alle drei weiter – mitten auf der Straße, wir schauten nicht nach links und wir schauten nicht nach rechts. Die Leute in ihren hellen Zimmern konnten uns sehen, wenn sie hinausschauten, aber in einem hellen Zimmer ist eine halbdunkle Straße pechdunkel und die Passanten sind schattenhafte Figuren.

»Sollen wir in die Straßenbahn steigen«, sagte Bet, »und einfach irgendwo hinfahren?«

Zwaan blieb stehen. Weil er stehen blieb, blieben wir auch stehen.

»Ja, Piem«, sagte Bet, »hast du Lust dazu? Wir steigen aus, wir verirren uns, wir klingeln irgendwo und rufen nach oben: Wir sind drei arme Waisenkinder, die sich verlaufen haben.«

»Ich bin keine Waise«, sagte ich. »Ich bin eine halbe Waise, aber mein Vater sagt, dass es keine halben Waisen gibt.«

Sie achteten nicht auf mich.

Zwaan befreite sich von Bets Arm und ging zu einem Haus, das ich kannte – vor einiger Zeit hatten Bet und ich hier gestanden, nachdem wir die Einkäufe erledigt hatten.

Zwaan betrachtete das Haus aus der Nähe. Er achtete darauf, dass ihn die Bewohner nicht sehen konnten. Langsam drehte er sich zu uns um.

»Ja«, sagte er, »das hier war es, nicht wahr?«

Bet zog sich die Mütze vom Kopf, schüttelte ihre Haare und drückte die Hände gegen ihre Wangen, mit gespitzten Lippen sagte sie zu mir: »Ist dir auch so warm?«

Wir gingen zu Zwaan, der vor der Haustür stand. Er lachte.

»Woher willst du das wissen?«, fragte Bet. »Woher willst du wissen, dass dieses dein Haus war?«

»Ich habe es gefühlt«, sagte Zwaan. Er lachte immer noch.

»Warum lachst du so blöd?«, fragte Bet.

»Du hast mich eben ganz fest in die Schulter gekniffen – da habe ich es gewusst: Hier muss es sein.«

Ich ging zum Fenster und schaute hinein. Ein schwerer Mann saß mit dem Rücken zu mir in einem Lehnstuhl und las die Zeitung. Eine Frau vor einer Kommode staubte mit einem großen Tuch Fotorahmen ab.

Zwaan und Bet stellten sich neben mich.

Der Mann ließ die Zeitung sinken und starrte auf das Hinterteil der Frau. Es war, als merke sie es, denn sie stellte ein Foto weg und rieb sich dann mit einer blassen Hand über ihr Hinterteil.

Ich drückte meine Nase an die Scheibe.

»Ich erinnere mich nicht an dieses Zimmer«, sagte Zwaan leise.

Unerwartet drehte der Mann den Kopf zum Fenster. Er sagte etwas, was wir nicht verstehen konnten, die Frau drehte sich um und schüttelte den Kopf, als sie uns sah.

»Keine Grimassen schneiden«, sagte Bet, »schaut sie nur an, mehr nicht.«

»Was für ein Unsinn«, sagte Zwaan.

Ich war auf eine Idee gebracht worden und verzog das Gesicht.

»Sie essen von unseren Tellern«, sagte Bet, »sie essen mit unseren Messern und Löffeln.«

Ich sagte: »Es ist der Kerl von neulich, glaube ich.«

»Es ist der Herr von neulich«, sagte Bet. »Jetzt sei still.«

Der Mann wurde ziemlich böse über meine Grimasse. Man konnte deutlich sehen, dass er schimpfte, aber er war nicht zu verstehen. Er kam zum Fenster und wir wichen zurück, dann lief er plötzlich zur Tür und verschwand im Flur.

»Er kommt!«, kreischte ich. »Weg, Leute!«

»Ich denke nicht daran«, sagte Zwaan.

Die Frau wusste nicht, was sie tun sollte. Sie ließ das Staubtuch fallen, bückte sich und fiel fast nach vorn auf den Fußboden.

Die Haustür ging auf. Der Mann rannte auf die Straße.

»Haut ab!«, schrie er. »Was tut ihr hier? Soll ich die Polizei anrufen, ihr Gauner?«

Bet schlug die Arme übereinander. »Ich bin Bet Zwaan«, sagte sie ruhig.

»Du wirst dich erkälten, Willem«, hörten wir die Frau rufen. »Komm wieder rein.«

»Ich habe hier früher gewohnt«, sagte Zwaan. »Mit meinem Vater und meiner Mutter. Sie sind von den Deutschen abgeholt worden. Sie wurden in Polen ermordet.«

»Das sind Lügen!«, rief der Mann. »Schmutzige Lügen. Du kannst dich erkundigen – ich wohne schon seit Jahren hier.«

»In dieser Straße sind viele Familien abgeholt worden«, sagte Bet.

»Sie selbst sind es, der lügt«, sagte ich.

Bet und Zwaan schauten mich mit ihren dunklen Augen an. Oh Gott, dachte ich, ich werde nichts mehr sagen, wirklich nicht. Ich will doch zu euch gehören.

»Sag das noch mal!«, schrie der Mann.

Ich wollte sagen, dass ich nichts mehr sagen würde, aber da drückte mir Bet schon einen haarigen Handschuh auf den Mund.

Die Frau kam heraus, mit einem Mantel so groß wie eine Zudecke. »Willem«, sagte sie, »deine Lungen, gleich bist du wieder für ein Jahr krank.«

Der Mann achtete nicht auf sie. Er schaute Zwaan an und sagte: »Willst du eine Tracht Prügel? Sag, willst du eine Tracht Prügel?«

Gegen seinen Willen half die Frau dem Mann in seinen Mantel.

Bet tippte sich an die Stirn. Das fand ich blöd von ihr – denn der Mann wurde dadurch nicht gerade fröhlicher.

Zwaan rannte weg, ich lief ihm nach, schon bald hörte ich, dass Bet uns folgte.

»Feiglinge!«, schrie sie gellend. »Er tut uns doch nichts.«

Ich schaute über die Schulter und sah, dass der Mann mit jemandem sprach, der aus einem Fenster hing und einen Hut aufhatte.

Erst auf der Weteringschans holten wir Zwaan ein. Und es dauerte nicht lange, und Zwaan musste verdammt schnell rennen, um mit Bet und mir Schritt zu halten. Darüber musste ich so sehr lachen, dass Bet und Zwaan an mir vorbeizogen. Bet war schon beinahe am Haus, da fiel sie plötzlich der Länge nach auf den Bürgersteig, aber es war kein echtes Fallen, sie tat es mit Absicht. Zwaan ließ sich neben sie auf den Boden fallen, und als ich bei ihnen war, setzte ich mich auch gleich auf den Hintern.

Da saßen wir dann.

Wir schauten uns an, das heißt, ich sah Bet und Zwaan an, Zwaan sah Bet und mich an, Bet sah Zwaan und mich an. Wir hatten rote Gesichter vor Aufregung.

»Das tun wir morgen noch mal, ja?«, sagte ich.

»Das tun wir nie mehr«, sagte Bet.

Zwaan nickte. »Es ist ein Haus wie alle anderen Häuser. Das weiß ich jetzt.«

Wir schlugen die Arme um die Knie, mein Hintern wurde kalt wie Eis, aber ich fror nicht richtig. Man friert nur richtig, wenn man denkt: Wie kalt es mir doch ist. Aber das dachte ich nicht, ich dachte: Wie gemütlich sitzen wir hier zusammen – doch das sagte ich nicht, ich sagte: »Mir friert gleich der Arsch ab.«

»Behalte deine Sprüche für dich, Thomas«, sagte Bet nicht allzu streng.

»Ich hatte es mir immer ganz anders vorgestellt«, sagte Zwaan. »Ich habe gedacht, es ist ein weißes Haus, man kann es leicht finden, weil alle anderen Häuser dunkel sind ... Aber nichts ist je so, wie man denkt, dass es ist.« Er schaute mich verträumt an. »Man sagt ja auch nie, was man denkt. Man sagt immer etwas anderes.«

»Was denkst du jetzt?«, fragte ich.

»Wenn ich rede, denke ich nicht«, sagte Zwaan.

»Denkt ein Mädchen anders, Bet?«, fragte ich.

»Ich hoffe, dass niemand denkt, was ich denke«, sagte Bet.

»Warum nicht?«

»Von dem, was ich alles denke, wird man nicht fröhlicher.«

»Erzähle.«

»Nein«, sagte sie. »Zwaan hat recht – was man wirklich denkt, kann man niemandem sagen.«

Wir blieben noch eine ganze Weile dort sitzen.

Mein Vater hat mal erzählt, dass Dick und Doof in einem Film von kaltem Tee betrunken wurden, weil sie glaubten, es wäre Schnaps.

Später am Abend wurden Bet, Zwaan und ich auch betrunken.

Nicht von Schnaps oder kaltem Tee, sondern von einem leeren Haus. Und das Haus war nur leer, weil Tante Jos nicht hinter den geschlossenen Schiebetüren auf ihrem Sofa lag.

Die schönsten Lampen brannten.

Zwaan holte das Koffergrammofon aus seinem Zimmer. Bet zog ein schwarzes Jackett von Zwaan an, legte eine Platte auf, und es dauerte nicht lange, da erklang eine sehr schwere, aber auch sehr witzige Musik.

»Verdammt«, sagte ich, »das ist klassische Musik, was?«

»*Die Frühlingsweihe* von Strawinsky«, sagte Zwaan.

Bet fing an, einen Bleistift zu schwenken, sie reckte das Kinn hoch, schüttelte ab und zu den Kopf und dabei wurden ihre Haare mitgeschüttelt.

Ich verstand: Sie war der Dirigent.

Zwaan streckte den linken Arm aus, bog den rechten und bewegte ihn elegant über den linken: Er tat, als würde er Geige spielen.

Ich legte zwei Fäuste an den Mund, blies die Wangen auf, kniff die Augen halb zu, bewegte meine Fäuste auf und ab und von links nach rechts – ich war ein Trompeter.

Auf einmal knackte die Platte sehr laut und kurz darauf war die Musik weg.

Bet drehte die Platte um.

Zwaan geigte und ich blies mir die Lungen aus dem Leib. Bet dirigierte wieder. Ich schaute die ganze Zeit zu ihr hin. Ich fand sie so schön in diesem Jackett, dass meine Knie ganz weich wurden.

Die Musik peitschte uns auf. Es waren Klänge, zu denen Riesen in einem dunklen Wald tanzen könnten.

Zwaan und ich trampelten durch das Zimmer. Er geigte immer noch und ich blies weiter die Trompete.

Bet konnte nur mit Mühe das Lachen zurückhalten. Sie beugte sich zum Boden, stampfte wie ein Ochse, während sie mit dem Dirigieren weitermachte. Wir trampelten hinter ihr her. Ich glaubte, ich würde verrückt vor Seligkeit.

Als die Platte wieder abgelaufen war, fielen wir mit einem Seufzer vor dem Kamin nieder.

Wir keuchten und lachten.

»Musik«, sagte Bet. »Ich will mein ganzes Leben lang nur noch Musik hören.«

»Ich befürchte«, sagte Zwaan, »dass in den Nachbarhäusern alle Lampen kaputt sind.«

»Junge«, sagte Bet, »das kann dir doch egal sein.«

Zwaan stand auf und verließ das Zimmer, nun war ich allein mit Bet.

Ich tat, als würde ich meine Nase mit den Fingern schnäuzen.

Bet schaute mich an, schüttelte langsam den Kopf und dann musste sie schrecklich lachen, ich wusste, dass sie mich komisch fand, und ich fand es wunderbar, dass sie über mich lachen musste.

»Ich bin wirklich manchmal verknallt in jemanden«, sagte ich. »Nicht oft, nur ab und zu.«

»Du bist erst zwölf«, sagte Bet.

»Ja, na und?«

»Du bist ein Knirps von zwölf.«

»Du bist eine Göre von vierzehn.«

»Bist du wirklich ein bisschen verknallt in mich?«

»Nein«, sagte ich.

Bet sang leise ein Lied, ich konnte die Worte nicht verstehen.

»Was singst du?«, fragte ich.

Sie schaute mich an, doch ich hatte das Gefühl, sie würde mich nicht sehen.

»Es ist ein trauriges Lied«, sagte sie, als sie nicht mehr sang. »Ein Junge ist traurig, weil sein Mädchen mit einem anderen weggefahren ist, zu einer Insel im Stillen Ozean.«

»Oh«, sagte ich.

Zwaan kam mit einer Platte in einer Hülle herein. Er hielt die Platte hoch und fragte Bet: »Darf ich?«

Bet nickte.

Zwaan holte die Platte aus der Hülle und legte sie auf die Drehscheibe, eine halbe Minute später erklang *Sonny Boy*.

Wir starrten auf den Boden und lauschten.

Zwaan machte die Platte ein zweites Mal an, dann ein drittes Mal. Bets Wangen waren noch immer leicht rosa.

Als *Sonny Boy* zum vierten Mal spielte, stand Zwaan auf, stellte sich neben das Koffergrammofon, breitete die Arme aus und bewegte die Lippen, sodass es aussah, als würde er selbst *Sonny Boy* singen. Leider hatte er nichts von einem richtigen Neger.

»Ich weiß was«, sagte ich.

In der Küche fanden wir einen Korken und eine Schachtel Streichhölzer. Ich versengte den Korken mit einem brennenden Streichholz und mit dem schwarz verrußten Kopf des Korkens schwärzte ich Zwaans Gesicht – am Schluss war er ein Bilderbuchneger, jetzt konnte er *Sonny Boy* genau so singen, wie es sein musste.

Bet schaute Zwaan an, als ob sie in ihn verliebt wäre.

Ihre Augen glänzten.

Ich fand es nicht angenehm, dass Bet Zwaan verliebt anschaute, aber ich fand es auch schön, dass ich nun wusste, wie eine verliebte Bet aussah.

Bet holte einen alten, schwarzen Hut aus einem Schrank und drückte ihn Zwaan auf den Kopf.

Zwaan machte die Platte an.

Und zum x-ten Mal erklang Al Jolsons Jammern im Zimmer. Zwaan lief wie ein Tänzer von links nach rechts und von rechts nach links, während es aussah, als würde er singen.

Bet bekam sich nicht ein vor Lachen.

Ich heulte fast vor Vergnügen.

Zufällig schaute ich von der Seite zu Bet. Sie trug ihre

Brille nicht. Das fiel mir erst jetzt auf. Weil sie so schrecklich lachen musste, erkannte ich sie kaum, ich wurde auf einen Schlag still, wodurch ihr Lachen noch lauter in meinen Ohren klang.

Ich war nicht mehr betrunken.

Ich dachte, dass die lachende Bet dem Mädchen nicht mehr ähnlich sah, in das ich so verknallt war. Sie war eine dumme Gans, wie es so viele gab.

Es war nicht fair von mir – das wusste ich.

Bet schien fast zu ersticken an ihrem Lachanfall.

»Lass nur, Bet«, sagte ich leise, aber sie hörte mich nicht.

Zwaan tippte mit dem Zeigefinger an seinen Hut, sodass die Krempe nun seine Augen verbarg, er ließ sich auf die Knie fallen, breitete die Arme aus und sah sehr komisch und sehr traurig zur Decke, die eigentlich keine Decke war, sondern ein Plafond.

»Wunderbar, Piem«, sagte Bet, »ein kleiner Jude als Neger. Al Jolson wäre stolz auf dich.«

Nun ja, ich war nicht mehr betrunken, und ich sah, dass Zwaan nicht mehr fröhlich war. Im Gegenteil, er weinte.

Die Schiebetüren zum hinteren Zimmer öffneten sich geisterhaft. Ich erschrak fast zu Tode.

Kurz darauf starrten wir alle drei Tante Jos an.

Sie stand blass und stumm in der Türöffnung.

DIE DREI AUF DEM ZAUN

Tante Jos sagte nichts.

Wir sagten nichts.

Nur Al Jolson sang mit tiefen Tränen in der Stimme von seinem kleinen Sohn im Himmel.

Erst jetzt merkte ich, wie schrill die Platte knarrte, wie rau die Musik klang, wie heiser die Stimme war. Dann hörte die Musik auf und es war totenstill um uns.

»Was tust du hier?«, sagte Bet nach einer Weile zu ihrer Mutter. »Du wolltest doch erst morgen Nachmittag kommen.«

Zwaan wischte sich über das rußige Gesicht, es blieb schwarz und schmutzig.

»Ich …«, sagte Tante Jos.

Mehr sagte sie nicht.

»Ich werde gleich alles aufräumen«, sagte Bet nervös. »Das ist einfach passiert. Der Ofen in deinem Zimmer ist aus, warum kommst du aber auch so plötzlich nach Hause?«

»Ich habe es dort nicht ausgehalten«, sagte Tante Jos.

Sie lachte nervös, man konnte es kaum hören.

»Ich habe heute Nacht kein Auge zugemacht«, sagte sie. »Ich dachte an euch – ich dachte die ganze Nacht an euch, zuletzt hatte ich eure Gesichter vergessen, ich hatte Angst, ich würde euch nie mehr sehen.«

Zwaan starrte auf den Boden.

»Wie furchtbar«, sagte Tante Jos. »Das Lied ist so schrecklich, ich will es nie mehr hören, versteht ihr das nicht?«

»Ich verstehe viel zu viel«, sagte Bet.

»Nein«, sagte Tante Jos, »ihr versteht nichts. Ihr tut nur so. Kinder wissen von nichts, was ist mit deinem Gesicht, Piem?«

»Das habe ich gemacht«, sagte ich.

Tante Jos schaute mich an, als wüsste sie nicht, wer ich war. Dann wanderte ihr Blick zu Bet und ihre Lippen zitterten. »Du warst es«, sagte sie, »du hast sie aufgestachelt. Ich kann wirklich nichts dafür, Schatz ... ich gebe mir solche Mühe, du weißt doch alles, ich will es nicht wissen, aber glaube mir – ich weiß alles, ihr dürft nicht böse auf mich sein ... Ach, wie schrecklich es ist, Piem, ach Gott, du hattest so einen lieben Vater ... Nein, Bet, wenn ihr so etwas tut, geht es mir nicht besser.«

»Es ist nichts passiert, Mama«, sagte Bet. »Wir haben ein bisschen getobt, mehr nicht.«

»Warum tobt ihr nicht, wenn ich zu Hause bin?«

Ich lachte.

»Nicht lachen, Thomas«, sagte Bet.

Bet war wieder Bet und ich war wieder in sie verknallt.

»Ich kann mich nicht wegzaubern«, sagte Tante Jos.

»Das ist auch nicht nötig«, sagte Zwaan. »Ich werde den Ofen für dich anmachen.«

»Nein, sagte der Ofen«, sagte ich, *»ich bin kein Ofen, ich bin ein Kamin.«*

Ein Vers aus *Pig Pag Pengeltje* konnte nie schaden, dachte ich, aber es hatte niemand zugehört.

Zwaan schlurfte zum hinteren Zimmer und schloss die

Schiebetüren, es dauerte nicht lange und wir hörten ihn herumhantieren. Er feuerte den Kamin an.

Alles war wieder beim Alten, Bet zog Zwaans Jackett aus und strich sich den Rock glatt.

»Ich werde verrückt, Mama«, sagte sie ruhig, »warum gibst du mich nicht weg? Ich werde dich unglücklich machen, Mama, ob ich es will oder nicht, ich kann dir nicht helfen. Ich vermisse sie genau wie du, aber ich vermisse dich ebenso, ich vermisse dich den ganzen Tag, auch wenn du den ganzen Tag zu Hause bist.«

»Du musst mich nicht so angreifen, Schatz«, sagte Tante Jos.

»Ich greife dich nicht an«, sagte Bet nun recht laut, »warum glaubst du das immer – was ich auch sage, du verstehst es nicht, was ich auch fühle, du weißt nichts davon, das geht doch nicht, wir sollten nicht zusammen in einem Haus wohnen, Mama.«

Bet verschwand im Flur, von dort rief sie: »Ich stelle Tee auf.«

Tante Jos hatte Bet seelenruhig zugehört.

Ich nicht. Ich dachte die ganze Zeit: Bet treibt es zu weit, das sagt man nicht zur eigenen Mutter.

Ich war nun allein mit Tante Jos.

Langsam zog sie ihren Mantel aus, reichte ihn mir.

Ich sprang hoch, nahm den Mantel, rannte zum Flur und hängte ihn ordentlich auf.

Tante Jos stand nicht weit vom Koffergrammofon.

»Ach, mein Junge«, sagte sie, »wie unangenehm ist das, aber ich bin krank, ich kann nichts daran ändern.«

»Soll ich Bet bitten, eine Wärmflasche für Sie zu machen?«

»Du sprichst auf einmal so gewählt, das ist unangenehm. Davon haben wir doch nichts.«

»War es nicht schön in Haarlem?«, fragte ich.

»Liebe Menschen«, sagte Tante Jos. »Sie denken, dass der Krieg vorbei ist, sie haben Lust auf alles, was man noch nicht bekommen kann, und sie sind stolz auf ihre neuen Schuhe und sie mögen die Musik aus dem Radio. Ich lebe nicht in ihrer Zeit, das ist schade, verstehst du mich?«

Ich schüttelte den Kopf.

»Du bist so mager.«

»Ich bin genauso mager wie Sie.«

»Du hast ja keine Ahnung«, sagte Tante Jos. »Jetzt habe ich noch Kleider an, aber ich bin so mager, dass ich kaum noch existiere.«

Sie lachte. Ein bisschen zu lang.

»Wir sind in der Den Texstraat gewesen«, sagte ich.

»Nein, Junge, erzähl mir jetzt nichts davon. Ich bin froh, dass ich zu Hause bin. Bing das Koffergrammofon weg, wir vergessen diesen ganzen Tag – ja, wollen wir das abmachen?«

»Morgen ist Sonntag«, sagte ich.

Sie schaute mich lange an und zitterte, wie nur sie zittern kann.

Zwaan und ich saßen wieder zusammen im großen Bett, mit dem Rücken gegen die dicken Kissen. Zwaan hatte sein Gesicht nicht gründlich gewaschen, an manchen Stellen sah man noch ein bisschen Schwarz vom Korken.

»Das war ein Tag«, sagte ich. »Ich verstehe gar nichts. Und Bet ist allein in ihrem Zimmer.«

»Warum sagst du das?«

»Was weiß ich.«

»Daran ist sie gewöhnt«, sagte Zwaan. Er schwieg einen Moment, dann fügte er hinzu: »Ich will *Sonny Boy* nie mehr hören.«

Ich glaubte es ihm nicht. Zwar hätte ich es verstehen können, wenn er *Sonny Boy* nie mehr hören wollte, aber es war, als habe er etwas anderes gemeint. Ich fand, die Leute sollten lieber genau sagen, was sie meinten.

»Ich würde Al Jolson gern in Echt sehen und hören«, sagte ich.

»Dann musst du nach Amerika fahren«, sagte Zwaan.

»Wie kommt man da hin?«

»Mit einem Schiff von der Holland-Amerika-Linie.«

»Als Schiffsjunge, meinst du?«

»Tante Jos«, sagte Zwaan, »liebt uns zu sehr.«

Wieder traute ich ihm nicht.

»Sag klipp und klar, was du zu sagen hast, Zwaan«, sagte ich streng.

»Andere zu sehr zu lieben – das ist habgierig«, sagte Zwaan. »Sie kann nicht ohne uns leben. Weißt du – manchmal will sie nicht, dass Bet und ich auf die Straße gehen, sie hat Angst, dass wir unter die Straßenbahn kommen oder so. Und wenn ich mal zu spät nach Hause komme, ist sie krank vor Angst.«

»In so einem Fall habe ich von meiner Mutter eine Ohrfeige bekommen«, sagte ich.

»Ja«, sagte Zwaan, »so gehört es sich.«

»Ich finde Tante Jos gesellig.«

»Na ja, sie ist jedenfalls viel geselliger, seit du da bist.«

»Bets Vater ist tot – das ist schlimm für Tante Jos, nicht wahr?«

»Sogar verdammt schlimm«, sagte Zwaan.

Ich schaute Zwaan von der Seite an. Er konnte so viele ungehörige Wörter sagen, wie er wollte, aber mit so einem schwarzen Streifen an der Nase sollte er nicht so großspurig tun.

»Denkst du manchmal, dass du tot bist?«, fragte Zwaan.

»Nie«, sagte ich.

»Ich denke es manchmal«, sagte Zwaan. »Warum sollte meine ganze Familie tot sein und ich lebe noch? Manchmal stehe ich auf dem Amstelveld, mitten unter vielen Menschen, sie beachten mich nicht, sie sehen mich nicht. Dann weiß ich genau: Du bist tot, Junge, du träumst bloß, dass du noch lebst. Aber wenn man tot ist, kann man nicht träumen, dass man noch lebt. Wenn man lebt, kann man durchaus träumen, dass man tot ist. Hast du nicht auch das Gefühl, dass die Kälte langsam nachlässt?«

Ich traute Zwaan nicht die Bohne.

»Nein«, sagte ich. »Es friert und es wird weiterhin frieren.«

»Die Blumen auf der Fensterscheibe«, sagte Zwaan, »sind wässriger als sonst, ist dir das nicht aufgefallen?«

Ich stieg aus dem Bett und zog den Vorhang auf. Die Eisblumen am Fenster waren noch da. Trotzdem konnte man etwas besser hinausschauen. Ich schob den Vorhang wieder vor.

Zwaan hatte sich hingelegt, mit dem Rücken zu mir.

Ich legte mich neben ihn.

»Bet hat uns keine Wärmflasche gemacht«, sagte ich zitternd, dann legte ich mich auch auf die Seite und zog die Knie an den Bauch.

»Nichts bleibt, wie es ist«, sagte Zwaan. »Falls ich dich jemals verrate, Tommi, musst du mich verprügeln.« Er seufzte. »Oder mir einen bösen Brief schreiben, falls ich weit weg bin.«

»Das verspreche ich. Aber warum solltest du mich verraten?«

»Das ist doch möglich«, sagte Zwaan. »Oder etwa nicht?«

»Ich weiß nicht«, sagte ich. »Ich schlafe jetzt.«

Mitten in der Nacht schreckten Zwaan und ich von Bets schriller Stimme hoch.

»Was ist mit euch?«

Wir setzten uns erschrocken auf und stießen fast mit den Köpfen aneinander.

Bet stand in ihrem blauen Nachthemd am Fußende des Bettes und erleuchtete das Zimmer mit einer brennenden Kerze.

Zwaan starrte gespenstisch in die flackernde Flamme. Genau wie ich war er halb tot vor Schreck.

»Warum schlaft ihr nicht?«

»Von was redest du?«, fragte Zwaan verschlafen.

»Es tut mir leid«, sagte Bet.

»Was tut dir leid?«, sagte ich. »Du hast uns aufgeweckt. Du bist verrückt. Ich will weiterschlafen.«

Ich ließ meinen Kopf auf das Kissen fallen.

»Es tut mir leid, dass ich keine Wärmflaschen für euch gemacht habe«, sagte Bet. »Das ist wegen Mama, ich konnte nicht einschlafen.«

»Und deshalb hast du gedacht, dass wir auch nicht schlafen«, sagte Zwaan. »Was für ein Unsinn.«

Er ließ seinen Kopf auf das Kissen fallen.

»Mir ist kalt«, sagte Bet.

Es fehlte nicht viel und ich hätte vor Vergnügen geknurrt. Zwaan und ich lagen bequem im Bett, während Bet dastand und vor Kälte zitterte. Das war genauso gemütlich wie eine warme Wärmflasche.

Jemand kroch an meine Seite.

Ich schoss hoch, Zwaan schoss hoch.

Bet war weg. Der Ständer mit der brennenden Kerze stand auf dem niedrigen Tisch – zwischen meiner Hose und meinem Pullover.

Bets Kopf tauchte zwischen den Kissen auf.

Sie war zu uns ins Bett gekrochen.

Jetzt musste ich unbedingt wach werden, sonst verpasste ich alles!

Bet saß schon bald bequem zwischen uns. Wir zogen alle drei die Decken hoch.

»Was machst du hier, Bet?«, fragte Zwaan.

»Ich möchte bei euch schlafen«, sagte sie.

»Warum?«

»Allein ist allein. Und das Bett ist groß genug.«

»So können wir nicht schlafen, Bet.«

»Warum nicht?«

»Wir sind Jungs.«

»Ja, damit muss man sich abfinden. Übrigens – gibt's da ein Problem?«

»Nicht dass ich wüsste«, sagte ich.

»He, Jungs«, sagte Bet, »schaut mich nicht so an, das macht mich verlegen. Was ist das Schlimmste, was ihr je im Leben getan habt? Und keine Ausreden, nicht drum herumreden, rückt damit heraus – das Schlimmste, das Allerallerschlimmste.«

»Du darfst anfangen«, sagte Zwaan.

»Wer, ich?«, sagte Bet.

»Es war deine Idee«, sagte Zwaan.

»Also gut. Ich habe einmal zu Mama gesagt – ich habe gesagt: Papa hat mich viel lieber gehabt als dich.«

Bet schloss die Augen.

»Ich habe es nicht normal gesagt«, fuhr sie sehr ruhig fort. »Nein, ich hatte die Hände geballt und ich schrie – Mama ist beinahe umgefallen, so laut habe ich geschrien.«

»Und was war das Allerallerschlimmste, was du je getan hast?«, fragte Zwaan.

»Dass ich das gesagt habe – das war das Allerallerschlimmste. Mama hat heute Abend noch lange geweint, sie hat immer wieder gesagt: Ich vermisse ihn so. Und während sie weinte und zitterte, musste ich an das Allerallerschlimmste denken. Ich habe Mama dann ein Schlafpulver gegeben und bin ins Bett gegangen, aber in meinem Kopf ging es immer weiter – das Allerallerschlimmste kann man nie wiedergutmachen, deshalb konnte ich auch nicht einschlafen, und wenn man mitten in der Nacht nicht schläft, fühlt man sich sehr allein. Und jetzt seid ihr dran.«

»Ich bin erst zwölf«, sagte Zwaan.

»Los«, sagte Bet. »Ich will es wissen. Dann sag du es, Thomas.«

Ich wehrte mich und sagte: »Ich bin auch erst zwölf.«

»Das Allerallerschlimmste muss bei mir erst noch kommen«, sagte Zwaan.

Ich lachte.

»Was gibt es da zu lachen, Thomas?«, fragte Bet.

»Ich habe einmal Geld aus dem Portemonnaie meiner Mutter geklaut«, sagte ich.

»War das das Allerallerschlimmste?«, sagte Bet.

»Über einen Gulden«, sagte ich. »Und – ich habe einmal Scheißweib zu ihr gesagt.«

»Mit euch kann man nicht ernsthaft sprechen«, sagte Bet.

»Warum bist du dann in unser Bett gekommen?«, fragte Zwaan.

»Ihr versteht einfach nichts. Und du bist ein Geheimniskrämer, Piem! Warum sagst du, dass bei dir das Allerallerschlimmste noch kommen muss – was hast du vor? Sag schon.«

»Nichts«, sagte Zwaan.

»Du hast neulich einen Brief von Onkel Aaron bekommen, nicht wahr?«

»Das geht dich nichts an.«

»Was will er von dir?«

»Er wollte wissen, wie es dir und Tante Jos geht.«

»Was hast du vor, Piem?«

»Das spielt keine Rolle«, sagte Zwaan.

Bet sagte nichts mehr, ich sagte nichts mehr und Zwaan sagte nichts mehr.

Die Kerze war fast abgebrannt. Jemand musste sie ausblasen, sie fing an zu qualmen.

Ich dachte an die drei Knirpse auf dem Zaun.

Wir waren nun die drei Knirpse im Bett.

Knirpse? Nun ja, eine dumme Gans und zwei dumme Lauser.

Bet blies. Aber sie saß zu weit entfernt, die Kerze ging nicht aus.

Ich schaute ihr zu. Sie blies mit aufgeblasenen Wangen. Zum ersten Mal sah ich, dass sie Sommersprossen auf der Nase hatte. Die schönste und größte saß unter ihrem rechten Auge. Die hätte ich gerne geküsst, aber ich traute mich nicht.

Bet hörte mit dem dummen Geblase auf.

»Oh, Jungs«, sagte sie, »wenn man im Bett liegt und allein ist und böse auf sich selbst und unglücklich und genau weiß, dass man das ganze Leben nie mehr einschläft, dann will man sterben. Aber das will ich jetzt nicht mehr, hier ist es herrlich. Ich glaube, ich schlafe noch lange nicht. Und ihr?«

Wir brummten nur.

Es war egal, dachte ich, ob man nun zu dritt auf einem Zaun saß oder gemütlich zu dritt nebeneinander im Bett lag. Es war schön, aber es würde nicht ewig dauern.

Die drei auf dem Zaun waren auch wieder nach Hause gegangen, sonst hätten ihre Eltern sich Sorgen gemacht. Die drei hatten ihren Spaß und zankten miteinander, sie wurden älter und älter und saßen nie mehr auf einem Zaun, sie heirateten und bekamen Kinder, einer ging nach Amerika und die beiden anderen wurden in einem Zug in ein

Land im Osten gebracht, wo sie ermordet wurden, von dem Zaun wussten sie zuletzt nichts mehr.

Ich seufzte.

Ich wollte diese drei dort im Bett nie mehr vergessen.

Wir würden einschlafen, wir würden aufstehen und zur Schule gehen, wir würden uns streiten und älter werden, jede Minute wirst du älter, nein, jede Sekunde wirst du älter, und du kannst es nicht ändern. Und nie mehr wirst du neben Bet und Zwaan mitten in der Nacht in einem großen Bett liegen, beim Licht einer brennenden Kerze, während der Morgen noch herrlich weit weg ist.

Ich hatte Heimweh nach den dreien dort im Bett.

Unsinn. Wir lagen doch noch zu dritt im Bett. Es war nur schon vorbei, bevor es vorbei war. Und ich konnte nichts darüber sagen, keiner der beiden würde begreifen, dass ich Heimweh nach etwas hatte, das noch da war, ich verstand es ja selbst nicht.

»Was ist, Tommi?«, fragte Bet sehr leise. »Warum machst du ein Gesicht, als hättest du Zahnschmerzen?«

»Nichts«, sagte ich. »Es ist nichts.«

Zwaan stand auf und blies die Kerze aus. Da war es schon passiert.

DER ZUG NACH DEVENTER

Sonntag. Tante Jos hatte den ganzen Morgen starke Kopfschmerzen und sprach nicht mit uns. Nachdem Bet ihr ein Schlafpulver gegeben hatte, schlief sie ein.

Wir waren ganz leise. Und wenn ich jemandem etwas zurief, flüsterte Bet: »Wir müssen leise sein, Thomas.«

Zwaan und ich wollten lesen.

Bet gab mir *Der geheime Garten*.

Mit diesem Buch war ich stundenlang still. Ich saß am Tisch im Salon und fühlte mich pudelwohl.

Was für eine Geschichte.

Ein mürrisches Mädchen hat keinen Vater und keine Mutter mehr. Die sind an der Cholera gestorben. Ein lahmer Junge hat auch keine Mutter mehr. Die ist umgekommen, als ein Ast von einem Baum brach. Ein netter Gärtnerjunge wird der beste Freund der beiden. Sie spielen in einem prachtvollen Garten, in dem sie kein Mensch finden kann. Das mürrische Mädchen verwandelt sich in einen Engel, der lahme Junge lernt laufen wie ein Reh, Ende gut, alles gut.

Montag. Um zwölf wartete Onkel Fred draußen vor der Schule auf mich.

»Deine Tante stiefelt schon wieder durch die Zimmer«, sagte er zu mir.

Ich fragte mich: Ist er bis zur Schule gelaufen, um mir das zu sagen?

»Schön«, sagte ich.

Zwaan stand ein Stück von uns entfernt und wartete geduldig auf mich.

»Es gibt einen Brief von deinem Vater«, sagte Onkel Fred.

Ich streckte die Hand aus.

»Nein, nein«, sagte er, »so leicht geht das nicht, ich bin gekommen, um dich zu holen – dann kannst du den Brief deiner Tante vorlesen, das ist eine nette Abwechslung für sie, ja, sie wollte ihn schon aufmachen, aber dann habe ich mir gesagt: Das gehört sich nicht, der Brief ist für den Jungen.«

»Ist eine schöne Briefmarke drauf?«, fragte ich.

»Ich habe nicht darauf geachtet.«

»Ist er dick, oder ist es so ein Brief, den man leicht wegblasen kann?«

»Es ist ein dicker Brief.«

»Geh du nur nach Hause, Zwaan«, rief ich, »ich werde Tante Fie einen Brief vorlesen.«

»Endlich ein Brief«, sagte Tante Fie, »dein Vater ist ein Faulpelz. Mach ihn schnell auf, Junge, ich brenne vor Neugier.«

Sie saß in ihrem Lehnstuhl und trug Pantoffeln von Onkel Fred.

Ich riss den Brief auf. Drei Seiten. Er war also schön lang. Dann begann ich stumm zu lesen.

»Ich höre nichts«, sagte Tante Fie.

»Ich zensiere ihn zuerst«, sagte ich. »Vielleicht ist er nicht geeignet für dich.«

Tante Fie musste nicht darüber lachen, dabei fand ich den Witz großartig.

»Mein Vater arbeitet dort bei der Zensur«, sagte ich mit einem Grinsen.

»Du brauchst mir deinen Witz nicht zu erklären, Junge.«

Ich las den Brief zweimal. Hier ist er.

Lieber Thomas,

Du wirst wohl denken: Erst jetzt ein Brief. Aber es ist schon der zweite. Ich habe diesen hier selbst zum Postamt gebracht. Den ersten Brief hatte ich in einen Briefkasten geworfen. Und das darf man nie tun, merke Dir das. Wenn Du einen Brief in einen Kasten wirfst, wirft ihn jemand in einen anderen Kasten, und das geht immer so weiter, bis der Brief in einem Kasten liegt, auf dem steht: Streng geheim. Der Kasten mit den streng geheimen Briefen wird, wenn er voll ist, in einen noch größeren Kasten gesteckt und der wird fest verschlossen. Nur ein alter lahmer Mann mit mindestens dreißig Schlüsselbunden kann ihn noch öffnen. Doch das tut der alte Mann nie, denn er hat schon zwei Weltkriege mitgemacht und findet, dass alles Geheime besser geheim bleiben sollte.

Vermisst Du mich? Wenn ich auf der Straße einen mageren Jungen sehe, einen Jungen allein, einen Jungen, der pfeift und große Schritte macht, muss ich an Dich denken. Wenn man jemanden sieht und denkt dabei an einen anderen, dann vermisst man den anderen, so simpel ist das. Denkst Du manchmal an mich, wenn Du einen langweiligen Mann siehst, der durch die Straßen schlurft und vor sich hin murmelt, ja? Ich hoffe es. Ich bin ein langweiliger Vater, das weiß ich wohl. Aber langweilige Väter muss es auch geben. Wir haben nie eine Schneeballschlacht zusammen gemacht. Ich kann mich jedenfalls nicht erinnern, Du?

Morgens, wenn ich einen viel zu heißen Tee von einem Hausgenossen bekommen habe, schaue ich manchmal durch das Fenster hinaus auf die trostlose Straße und in der trostlosen Straße laufen trostlose Deutsche mit ihren fröhlichen Kindern. Einige Kinder schreien, rennen von einer Straßenseite zur anderen. Sie sind ziemlich ärmlich gekleidet und möchten, dass es ihnen warm wird. »Seid ruhig«, ruft ihr Vater. Die Kinder lachen über ihn, aber ich erschrecke, wenn ich einen Deutschen rufen höre – das wird sich nie mehr ändern.

Oft denke ich auch: Thomas läuft nun die Amstel entlang. Und dann sehne ich mich nicht nur nach der Amstel, sondern auch nach Dir. Kopf hoch, mein Junge, ich komme wieder nach Hause, ich muss nur erst noch hunderttausend Briefe lesen, es geht immer um das Gleiche: um Opa und Oma, die keine Wohnung mehr haben, um Gretchen, die schon ein Kind von einem toten russischen Soldaten hat und jetzt wieder schwanger ist von einem Tommy, um Kartoffeln, die alle sind, um den verdammten Krieg, in dem sie all ihre Schuhe verschlissen haben.

Bist Du lieb zu Tante Fie? Ach, Du weißt natürlich nicht genau, was das ist. Sehr einfach, lieb sein ist: nicht schreien, nicht fluchen und Deinen Kram aufräumen. Sie bekommt auch einen Brief von mir. Nein, nein, nicht weinen, Fie, wenn Du das liest, hebe Dir Deine Tränen für einen schönen Film auf.

Ich denke auch oft an Mama, Thomas, so oft sogar, dass ich sagen sollte: Ich denke ganz selten an etwas anderes. Ich erzähle es Dir noch, aber dazu musst Du erst Dein Schwimmabzeichen geschafft haben. Falls Du meine Witze blöd findest, brauchst Du bloß zu denken: Ein Witzbold macht Witze, weil er sonst den ganzen Tag weinen muss. Ein Clown mit Tränen auf den Wangen, ja, das ist ein Bild, das Dir gefällt, nicht wahr? Mir hat es früher auch gefallen, jetzt mag ich lieber Bilder von einem Mädchen am Fenster oder von einer Frau im Morgenrock oder von einer Landschaft im Regen, ohne dass man den Regen sieht.

Ich mag stille Zimmer.

Ich mag aber nicht immer unsere stillen Zimmer in der Lijnbaansgracht. Dann vermisse ich die Streitereien zwischen Mama und Dir, Du konntest noch wütender werden als sie, Du konntest, wenn Du in Form warst, auch viel lauter schreien. Manchmal denke ich, wenn ich zu Hause die Treppe hochgehe: Gleich sage ich etwas, was Thomas schrecklich wütend macht. Aber mir fällt nichts Schlimmes ein. Dann sage ich so was wie: »Hast du dir die Füße abgetreten?« Und Du schaust mich dann an, wie Mama mich anschaute, wenn ich zu ihr sagte, dass sie dem oder dem Filmstar ähnlich sehen würde. Sie wolle nur sich selbst ähnlich sehen, hat sie dann gefaucht. Ach ja, Thomas, wir werden in der letzten Zeit zu wenig angefaucht. Ich werde müde von dieser fremden Stadt. Ich möchte oft weg von Amsterdam, aber ich glaube, dass ich nur wegwill, weil ich es schön finde, nach Amsterdam zurückzukommen. Du siehst mich bald, das verspreche ich Dir.

Gibst Du in der Schule Dein Bestes?

Wenn Du frierst, hat Tante Fie bestimmt einen zusätzlichen Pullover für Dich. He, meine Zigaretten sind alle, und Du weißt ja: Ich kann nicht schreiben, wenn ich nicht rauche, das ist jetzt blöd. Sei nur froh. Wenn ich noch ein Päckchen Zigaretten hätte, würde es ein Brief von zwanzig Seiten, darauf wartet kein Mensch. Ich rauche meine Zigarettenration immer selbst auf, das ist vielleicht schade, denn die Deutschen geben für eine Schachtel Zigaretten alles, was sie haben, ja, sogar ihren Schäferhund. Nein danke – ich mag Hunde nicht, vor allem keine Deutschen Schäferhunde, Du musst wissen: Sie beißen.

Auf Wiedersehen, lieber Thomas,
ein Kuss von Deinem Vater

Ich faltete den Brief zusammen und sagte zu Tante Fie: »Papa geht es gut.«

»Lies ihn vor oder gib ihn mir, Tommi.«

Ich faltete den Brief wieder auf und sagte: »Ich kann aber nicht alles vorlesen, er schreibt die blödesten Sachen über dich.«

Tante Fie antwortete nicht. Das war eine tolle Leistung von ihr, fand ich. Mama wäre auch nicht darauf reingefallen.

Ich las den Brief vor, ganz ohne Getue, es war schließlich keine Leseprobe in der Schule.

Nach dem Vorlesen stand Tante Fie auf, nahm einen Stock und lief aufrecht zur Tür.

»Ich mach dir ein paar Butterbrote zurecht«, sagte sie.

»Tante Fie«, sagte ich, »wie schön, dass du wieder laufen kannst.«

Sie blieb stehen, drehte sich um und schaute mich stolz an.

»Oh, Junge«, sagte sie, »ich kann alles wieder, willst du gleich ein Tänzchen mit mir machen?«

Ich nickte, als würde ich es wollen, denn man darf nie heftig den Kopf schütteln, wenn man etwas auf keinen Fall will.

In der Küche sagte Tante Fie: »Ich könnte heulen über den Brief von deinem Vater. Dein Vater ist sehr traurig, das verstehst du noch nicht, dafür bist du noch zu jung – für uns Erwachsene ist das Leben kein Vergnügen.«

»Für uns Kinder auch nicht«, sagte ich.

»Pflaumenmus oder Butter und Zucker?«

»Pflaumenmus«, sagte ich.

Während sie die Brote schmierte, zog sie immer wieder die Nase hoch.

Du sollst heulen oder schmieren, dachte ich, eins von beidem.

Sie schaute mich mit nassen Augen an. »Dein Vater ist dort sehr allein«, sagte sie.

Ich sagte nichts. Wenn man einen Brief vorgelesen hat, gehört er einem nicht mehr. Ich dachte: Gleich werde ich ihn noch ein paarmal ganz allein lesen, dann gehört er wieder mir.

Mittags blieb die Bank hinten in der Klasse leer.

Oh Gott, dachte ich, gleich kriegt Zwaan wieder was ab, wenn er zu spät kommt.

Aber Zwaan kam nicht.

War er von einem Auto überfahren worden?

Während der Lehrer etwas über den Unterschied zwischen Subjekt und Objekt erzählte, wurde ich verrückt vor Sorge. Alle paar Minuten schaute ich über die Schulter zu der leeren Bank, aber das half nicht die Bohne. Endlos lange starrte ich zur Tür. Jetzt geht sie auf, dachte ich, jetzt kommt die lahme Ente herein. Aber die Tür ging nicht auf.

Ich hob den Finger.

»Herr Lehrer«, sagte ich, »ich habe Bauchweh, ich halte es nicht mehr aus.«

»Für dieses eine Mal, Vrij«, sagte er. »Weil du so schrecklich blass bist.«

Im Gang nahm ich schnell meinen Mantel vom Haken, zog ihn im Rennen an, ließ mich fast die Treppe hinunterfallen. Ich rannte unter dem Tor durch, über die Hoge Sluis, rannte über den Frederiksplein. Ich fiel nicht hin. Ohne blutende Knie kam ich am Haus auf der Weteringschans an.

Bet war tief enttäuscht, als ich vor ihr stand.

»Du bist nicht der Doktor«, sagte sie mürrisch. »Wie unangenehm.«

Im Wohnzimmer hörte ich Frauenstimmen.

»Ist etwas mit Zwaan?«, fragte ich.

»Warum sollte was mit Zwaan sein?«

»Er war nicht in der Schule.«

Sie schaute mich an.

»He«, sagte sie, »machst du dir Sorgen? Zwaan ist bei Mama, Oma ist auch da und Tante Tine ist aus Haarlem gekommen – Mama ist verwirrt.«

»Warum?«

»Komm mit.«

Ich folgte Bet zum Wohnzimmer.

Tante Jos stand am Kamin und starrte in die glühenden Kohlen. Als sie mich sah, deutete sie auf die Kohlen, dann drückte sie einen Finger auf die Lippen, ich musste also still sein.

Eine alte Frau in dunklen Kleidern saß auf Tante Jos'

Sofa. Weil sie die Augen geschlossen hatte, dachte ich, sie würde schlafen.

Die alte Frau sagte: »Ich verstehe es nicht.«

Sie schlief also nicht.

Neben dem Sofa stand eine dicke Frau. Sie trug einen verrückten Hut, dessen breite Krempe herunterhing, und sie hatte ihren Mantel noch an. Es war, als würde sie mitten im Zimmer auf die Straßenbahn warten.

Bet ging mir voraus zum Sofa. »Gib meiner Oma die Hand«, sagte sie, »und Tante Tine auch.«

Ich gab Bets Oma und Tante Tine brav die Hand.

Tante Jos fand es schön, dass ich ihrer Mutter und ihrer Schwester die Hand gegeben hatte, denn sie lächelte mir zu.

Zwaan stand am Fenster.

»He«, rief ich ihm zu, »der Lehrer ist wütend, morgen bekommst du was auf den Deckel. Ich auch, weil ich weggelaufen bin.«

Zwaan drückte den Finger auf die Lippen – das hatte er sich von Tante Jos abgeguckt.

Bets Oma schaute zu Tante Jos.

»Ich bin deine Mutter, Josephine«, sagte sie.

»Ach nein«, sagte Tante Jos, »warum denn das?«

Ich ging zu Tante Jos und fragte: »Warum sind Sie verwirrt?«

Tante Jos schaute mich an.

»Aber nein«, sagte sie, »wer bist du?«

Bets Oma fragte: »Bist du vielleicht ein Schulfreund von Piem?«

»Sie haben ins Schwarze getroffen«, sagte ich.

»Weißt du, wer dieser Kleine da ist, Josephine?«, fragte Bets Oma Tante Jos.

»Natürlich nicht«, sagte Tante Jos fröhlich.

»Warum nicht?«

»Er hat mir keine Hand gegeben«, sagte Tante Jos.

»Jos«, sagte Tante Tine, »wir sind vor einem Monat zusammen im Kaufhaus gewesen, weißt du das noch?«

»Oh nein«, sagte Tante Jos.

»Damals wolltest du dich in der Möbelabteilung in ein Bett legen«, sagte Tante Tine.

Tante Jos lachte.

»Ja«, sagte Tante Tine, »weißt du es wieder?«

»War es kalt?«, fragte Tante Jos.

»Es ist immer schön warm im Kaufhaus.«

»Sie weiß es nicht«, sagte Bets Oma, »sie hat alles vergessen. Wie schrecklich, dass uns so etwas passieren muss.«

Tante Tinte stellte sich vor Tante Jos und hob drei Finger hoch.

»Wie viele Finger sind das, Josje?«, fragte sie.

»Viel zu viele«, sagte Tante Jos.

Zwaan hatte mich aus dem Zimmer gezogen. Wir saßen auf der Treppe, er saß eine Stufe höher als ich, sodass er mir bequem ins Ohr flüstern konnte.

»Tante Jos hat alles vergessen«, flüsterte er, »sie weiß nicht mehr, dass sie an der Weteringschans wohnt. Bet ist heute Morgen zu Tode erschrocken. Tante Jos hatte ihren Mantel angezogen und sagte: Ich muss jetzt gehen. Du bist zu Hause, sagte Bet. Kannst du mir sagen, wo ich wohne?, fragte Tante Jos ganz freundlich. Damit hat alles angefangen.«

»Ich bin eigentlich auf dem Klo«, sagte ich. »Wenigstens glaubt das der Lehrer – er denkt bestimmt: Der bleibt aber lange weg.«

»Sie weiß nicht mehr, dass ich Piem bin.«

»Piem ist Zwaan ist Sonny.«

»Sie weiß nicht mehr, dass Bet ihre Tochter ist.«

Ich tippte mir an die Stirn. »Ist es das?«, fragte ich.

Er schüttelte den Kopf.

»Was ist es dann?«

»Sie ist witzig«, sagte Zwaan.

»Witzig?«

»Findest du zum Beispiel Bets Oma und ihre Tante witzig?«, fragte er.

»Nein, ich finde sie nicht witzig.«

Zwaan lachte. »Siehst du, ich auch nicht. Was sie sagen – das kann jeder sagen.«

»Warum lachst du?«

»Tante Jos hat gesagt: Was tut ihr hier alle? Ich habe keinen Geburtstag, zum Glück nicht. Wer will schon Geburtstag haben? Doch nur Kinder oder Leute mit langweiligen Berufen.«

»Ja«, sagte ich, »das ist witzig. Aber sie ist auch verwirrt, findest du nicht?«

»Ja, so nennen sie das.«

»Sie? Welche sie?«

»Alle Leute, die nicht verwirrt sind.«

»Zwaantje«, sagte ich, »du bist verwirrt, weil deine Tante Jos verwirrt ist. Gleich bin ich verwirrt, weil du verwirrt bist – in ein paar Tagen ist die ganze Welt verwirrt und das hat dann alles bei Tante Jos angefangen.«

»Ja«, sagte Zwaan, »das wäre schön.«

Der Doktor kam und der Doktor ging. Tante Jos zog ihren Mantel an, sie wollte draußen nach ihrem Haus suchen, ruhig ging sie die Treppe hinunter. Tante Tine und Bet holten sie zurück.

Abends saßen wir alle im Wohnzimmer.

»Du gehst nach Laren«, sagte Bets Oma zu Tante Jos. »Du gehst ins Haus Irene. Dort wirst du zur Ruhe kommen. Du hast vorübergehend alles vergessen, das passiert öfter, sagt der Doktor, meistens ist das nicht weiter schlimm. Wir haben Piet Rodenburg in Deventer angerufen. Er kommt morgen und holt die Kinder, in Deventer werden sie hervorragend versorgt werden, sie gehen dort in die Schule, wie findest du das?«

Zwaan schaute auf seine Schuhe.

Bet schälte einen Apfel.

Sie beachteten mich nicht. Das war mir scheißegal. Sie gingen nach Deventer. Das war mir nicht egal.

»Das hört sich alles gut an«, sagte Tante Jos. »Leider kann ich nicht länger bleiben, ich muss allmählich nach Hause gehen.«

Bet stand auf und lief zu ihrer Mutter.

»Es tut mir leid, Mama«, sagte sie. »Ich gehe wieder in die Schule, wirklich. Ich werde nie mehr böse auf dich werden. Bist du nicht froh, dass ich nie mehr böse auf dich werde? Los, sag schon was.«

Tante Jos strich mit einem Zeigefinger über Bets Nase.

»Was für eine schöne Nase du hast«, sagte sie. »Und was für prachtvolle schwarze Haare.«

»Sie sieht uns doch«, sagte Bet zu den anderen. »Und sie kann sprechen. Sie weiß noch, wie sie ihren Mantel anziehen muss. Warum weiß sie nichts mehr von uns?«

»Tante Jos«, rief ich, »erinnern Sie sich noch an Sonny Boy?«

Tante Jos schaute mich erstaunt an und sagte: »Sonny wer?«

»Sonny Boy.«

»Unser Sonny Boy?«, sagte sie ängstlich. »Das meinst du doch nicht, oder?«

Ihre Lippen begannen zu zittern. Doch bald lachte sie und schaute aus dem Fenster.

Alle wurden böse auf mich.

Meiner Meinung nach hatte es beinahe geholfen. Aber beinahe bringt nichts, das weiß ich auch.

Tante Tine hatte ihren Mantel ausgezogen. Man traf sie in jedem Zimmer, denn sie räumte alles auf, was es aufzuräumen gab, sie kochte Tee, während sie das Geschirr spülte, sie kochte und putzte gleichzeitig die Fenster.

Bet hatte nichts mehr zu tun, sie saß still auf einem Stuhl.

Das war ein trauriger Anblick, denn Bet tat niemals nichts, und nun, da sie nichts tat, war Bet nicht mehr Bet, so wie Tante Jos nicht mehr Tante Jos war.

Es wurde Abend und Tante Jos musste schlafen gehen. Aber sie wollte ihr Schlafpulver nicht schlucken. Sie blies und Tante Tine war voller Pulver.

»Oh nein«, sagte Tante Jos, »das nehme ich nicht. Wenn man damit anfängt – das wisst ihr doch auch –, ist alles verloren.«

Sie versicherten ihr, dass sie in ihrem eigenen Zimmer und in ihrem eigenen Bett schlafen würde, umgeben von ihren eigenen Leuten und ihren eigenen Sachen. Das viele »eigen« machte mich ganz verrückt.

»Aber nur für eine Nacht«, sagte sie, »denn ich will nicht unartig sein. Aber morgen gehe ich nach Hause. Ihr braucht mich nicht zu begleiten, ich schaffe es allein.«

Tante Tine ging mit ihr hinauf in das große Schlafzimmer. Gestern Abend hatte das Zimmer noch Zwaan und mir gehört, jetzt gehörte es auf einmal wieder Tante Jos. Tante Jos' Mutter blieb zum Schlafen im hinteren Zimmer. Zwaan durfte auf einer Matratze in Bets Zimmer schlafen und ich in Zwaans Zimmer im Klappbett.

Ich war böse auf alle und jeden.

Das ließ ich mir nicht anmerken.

Zwaans Nebenzimmer war ohne Zwaan so ein Scheißzimmer, wie man es in jedem Haus finden konnte. In seinem Bett langweilte ich mich, weil ich nicht einschlief. Ich dachte mir alle möglichen Geschichten aus – dumme Geschichten, in denen kaum etwas passierte, langweilig wie die Pest waren sie.

Ich war plötzlich in einem fremden Haus. Aber auch in einem fremden Haus schläft man irgendwann ein.

Mitten in der Nacht wachte ich auf. Es würde noch Stunden dauern, bis es draußen hell wurde. Alles ging langsamer denn je.

Dienstag. Wir saßen morgens alle zusammen im Wohnzimmer. Tante Jos war sehr beschäftigt. Das fiel besonders auf, weil die anderen im Zimmer ganz ruhig waren.

»Nein«, sagte Tante Jos, »ihr versteht mich nicht. Ich kann nicht länger bleiben. Ich muss doch nach Hause, oder?«

»Wo ist denn dein Zuhause?«, fragte ihre Mutter griesgrämig.

Tante Jos schüttelte langsam den Kopf, ging zum Fenster, drückte das Gesicht ans Glas.

»Ich kann es euch nicht erklären«, sagte sie. »Ich kann es nicht erklären, wie schlimm. Was ist mit mir? Wenn etwas mit mir ist, müsst ihr es sagen – ich weiß nicht, was los ist, ist etwas los? Ja oder nein, dann sagt es doch.«

»Das ist einfach zu viel für mich«, sagte ihre Mutter. »Nein, das kann ich diesen Winter nicht auch noch aushalten.«

Endlich wurde geklingelt.

Ich durfte den großen Koffer nach unten tragen. Vor der Tür standen zwei ernste Männer, sie wollten Tante Jos stützen, aber das wollte sie nicht.

»Geht weg, Blödiane«, sagte sie.

Da ließen sie die Arme sinken.

»Sie werden jetzt mit dem Auto nach Laren fahren«, sagte ich zu ihr.

Und Zwaan sagte: »Weißt du noch, dass du mal in Haarlem warst, Tante Jos?«

»Ja, und du bist ein kleiner Doktor«, sagte Tante Jos zu ihm. »Ein kleiner, schlauer Doktor, der alles weiß und nichts begreift, ja, das bist du.«

Mir tat Zwaan leid. Er stand da wie ein alter Mann.

Bet sagte: »Ich darf nicht mit, Mama. Ich möchte mit. Aber ich darf nicht mit. Ich gehe nach Deventer. Ich komme bald mal nach Laren. Aber jetzt darf ich nicht mit. Soll ich doch mitfahren? Aber wir wollen keinen Streit, nicht wahr? Nein, wir streiten uns nie mehr.«

Gute Bet. Sie sagte so viel hintereinander, weil sie nicht weinen wollte, schnell sprechen ist dann sehr schlau, das weiß ich aus Erfahrung.

Bet und Zwaan halfen Tante Jos ins Auto. Das war ihr recht. Sie lachte sogar, als würde sie gekitzelt.

Noch ein paar Stunden lang waren Zwaan, Bet und ich allein im Haus.

Zwaan und ich hantierten in dem kalten Schlafzimmer mit dem großen Bett. Das Tageslicht fiel grau herein. Langsam legte Zwaan Bücher in einen großen Koffer.

Das Bett war nicht mehr unser Bett.

Die Laken und Decken lagen auf eine andere Art durcheinander, als ich es gewöhnt war.

Die Verzauberung war weg.

Zwaans und mein Zimmer war im grauen Tageslicht viel zu wirklich, und wenn ein Zimmer wirklich ist, sieht es aus wie alle wirklichen Scheißzimmer in der ganzen Welt.

Zwaan selbst war auch zu wirklich.

Wirkliche Jungen kann ich nicht brauchen. Sie können mich auch nicht brauchen.

Ich ging zum Fenster.

Die Eisblumen auf der Scheibe waren so durchsichtig geworden, dass ich die Lijnbaansgracht sehen konnte. An der anderen Seite der Gracht schimmerten unser Haus und die Bäume vor unserem Haus – wenn ich nach rechts schaute, sah ich dunkle Kohlenkähne.

Die Eisblumen waren am Verblühen.

»Was tust du?«, fragte ich Zwaan.

Er hob den Kopf.

»Ich muss die Koffer packen«, sagte er.

»Kommst du wieder zurück?«

Er sagte nichts.

»Warum sagst du nichts? Stell dich nicht so an, Zwaan.«

»Wenn du Bücher haben willst«, sagte er, »such dir welche aus, du kannst sie notfalls alle haben.«

»Ich will deine Scheißbücher nicht.«

»Dann lass es bleiben.«

»Was soll Bet in Deventer?«

»Ausruhen und schlafen – das kann sie bei Onkel Piet und Tante Sonja und das kann sie nicht bei ihrer Oma.«

»Wirst du auch ausruhen und schlafen?«

»Nein«, sagte Zwaan.

»Was wirst du tun?«

»Das werde ich dir schon noch sagen, Thomas.«

»Verdammt, Zwaan, was soll ich nun allein in Amsterdam anfangen?«

»Wenn Tante Jos gesund ist«, sagte Zwaan und schaute auf den Fußboden, »komme ich zurück.«

»Warum sagst du das so seltsam?«

»Sage ich das seltsam?«

»Ich finde jemand seltsam, wenn ich ihm nicht glaube.«

»Möchtest du das Koffergrammofon haben?«

»Nein«, schrie ich, und dann fing ich an, schnell zu sprechen, weil ich nicht losheulen wollte, ich sagte: »Ich fahre zu meinem Vater nach Peine, ich habe gestern einen Brief von ihm bekommen, einen wahnsinnig schönen Brief, so einen schönen Brief wirst du nie kriegen, das geht nicht, denn du hast keinen Vater mehr, es ist der schönste Brief der Welt, glaubst du mir nicht?«

Wieder schaute Zwaan mich an.

»Es tut mir leid, Thomas«, sagte er.

Dienstagnachmittag. Wieder war ich am Hauptbahnhof und wieder hatte ich nur eine Bahnsteigkarte in der Tasche. Diesmal trug ich einen verdammt schweren Koffer und die Tasche mit meinen eigenen Sachen. Bet trug eine nicht allzu schwere Tasche voller Kleider, Zwaan trug zwei schwere Koffer, aber er durfte ja gleich in den Zug. Und Onkel Piet trug den Koffer mit den Büchern, der schwerste von allen, ich konnte ihn kaum hochheben.

Auf dem Bahnsteig stellten wir die Koffer ab.

Wir standen im Kreis. Keiner sagte ein Wort.

Onkel Piet war der nervöseste Mann, den ich je gesehen habe. Im Taxi war ihm seine Brille zerbrochen. Mit kurzsichtigen Augen sah er freundlich von einem zum anderen. Bet war wieder eine Lehrerin in Klein, sie trug nun ein Barett und einen Mantel mit Matrosenknöpfen.

»Ich habe in Laren angerufen«, sagte Onkel Piet plötzlich, »es geht deiner Mutter viel besser. Sie hat schon zwei Stunden geschlafen. Sie hat lange am Fenster gesessen und hinausgeschaut. Heute Abend rufe ich wieder an. Ihr braucht euch keine Sorgen zu machen. Sie wird dort gut versorgt. Du bist groß geworden, Piet.«

Wer um Himmels willen war Piet?

Zwaan kratzte sich verlegen in den Haaren.

Natürlich, Zwaan war Piet. Er war nach diesem nervösen Kerl mit Filzhut genannt.

»Ihr bekommt jeder ein eigenes Zimmer«, sagte Onkel Piet zu Zwaan und Bet.

Ich wurde so gottverdammt wütend wegen der eigenen Zimmer, dass ich am liebsten weglaufen wollte. Aber Onkel Piet konnte nichts dafür. Er gab sich Mühe und wollte nett sein. Das sah man an seinen kurzsichtigen Augen.

Ich hob die Hand.

»Also dann, tschüs«, sagte ich.

Ich nahm meine Tasche, drehte mich um und schlenderte davon.

Zwaan holte mich ein. Ich musste stehen bleiben, denn er legte mir die Hand auf die Schulter.

»Ich schreibe dir«, sagte Zwaan. »Schreibst du mir auch? Machen wir das ab?«

»Wir machen einen Dreck ab«, sagte ich. »Du schreibst mir bestimmt nicht. Das traust du dich nicht, du hast viel zu große Angst, dass du Fehler machst. Oder ich kriege so einen blöden Brief, in dem steht: Wie geht es Dir, mir geht es gut.«

»Ich werde dich vermissen«, sagte Zwaan.

»Ich weiß nicht, was vermissen ist«, sagte ich.

Zwaan lachte. Und ich wusste, warum er lachte. Er lachte, weil er dachte: Das hätte von mir sein können.

Zwaan sah, dass Onkel Piet nicht nur den schweren Koffer mit den Büchern hochhob, sondern auch den Koffer, den ich getragen hatte.

»Nun, Zwaantje«, sagte ich, »diesmal fährst du gemütlich mit dem Zug nach Deventer.«

Zwaan grinste.

»Ja«, sagte er, »das ist was anderes.«

»Bist du noch verknallt in Liesje?«

Er schaute mich fragend an. »In wen?«

»Du weißt es nicht mehr? Wenn der Zug aus Amsterdam raus ist, hast du mich auch vergessen, wetten?«

»Nie«, sagte er.

»Kommst du, Piet?«, rief Onkel Piet.

»Los, Piet«, sagte ich, »beeil dich. Und Grüße an Bet.«

Zwaan versetzte mir einen sanften Stoß, zwinkerte, drehte sich um und rannte zu seinen Koffern. Er hob sie hoch. Ich dachte, als ich ihn die Koffer schleppen sah: Zwaan ist ein echter Reisender – bestimmt wird er noch sehr viel reisen in seinem Leben.

Bet rannte auf mich zu.

Auch das noch, dachte ich.

»Auf Wiedersehen, Tommi«, sagte sie, als sie vor mir stand. »Ich will nicht groß Abschied nehmen, ich sehe dich ja bald wieder.«

»Was heißt bald?«, sagte ich.

»Wie man halt so sagt«, sagte sie.

»Wie man halt so sagt«, äffte ich sie nach. »Mach mir doch nichts vor. Deine Mutter ist krank.«

»Sie wird gesund«, sagte Bet.

»Woher weißt du das?«

»Das weiß ich eben.«

»Wieso?«

»Es hilft schon, wenn sie mich nicht so oft sieht.«

»Wird deine eigene Mutter von dir krank?«

»Ja, verrückt, nicht wahr?«

»Wie man halt so sagt«, murmelte ich. »Du meinst: Wir sehen uns in ungefähr zehn Jahren – alles andere ist eine Lüge.«

Ich schaffte, was ich wollte – es fehlte nicht viel und Bet hätte angefangen zu weinen. Sie gab mir einen nassen Kuss auf die Nase, drehte sich um und rannte zum Zug.

Ich ging weg. An der Treppe nach unten blieb ich stehen. Ich winkte dem davonfahrenden Zug nicht nach. Erst als der Zug in der Ferne verschwunden war, ging ich die Treppe hinunter.

Auf dem Weg zu Tante Fie hatte ich alle möglichen dummen Gedanken. Ich versuchte, nicht an den Bahnhof zu denken, nicht an den Zug und die Koffer, nicht an Zwaan und Bet.

Wenn ich an Bet dachte, wollte ich in die Gracht springen. Ich sprang nicht. Es hatte auch keinen Sinn, denn überall war Eis. Noch nie war ich so wahnsinnig verliebt in sie gewesen.

Zwaan hatte mir nicht mehr gewinkt.

Das würde ich ihm heimzahlen.

In Zwaan war ich nicht verliebt. Aber wenn ich an ihn dachte, wollte ich ebenfalls in die Gracht springen.

Ich wäre gern in eine Kirche gegangen, um dort zu beten und den lieben Gott zu bitten, dass Zwaan und Bet bald wieder zurückkommen. Aber ich wusste nicht, wie es zuging in einer Kirche, und ich konnte doch kaum den erstbesten Kerl in Schwarz fragen: »Wie geht das genau mit dem Beten, können Sie mir das kurz erklären?«

Das hatte man davon, wenn man ein Nichtser war.

Und ich bin ein Nichtser, wirklich.

Und was für ein Nichtser ich bin! Daran ändert auch nichts, dass ich Bilder von Jesus mit einem Lamm oder von dem kleinen Jesus in einer Krippe verdammt schön finde, ich finde vieles schön.

Immer wieder tauchten sie in meinem Kopf auf – Zwaan, Bet und Tante Jos am Auto, Zwaan und Bet auf dem Bahnsteig – und manchmal stieß ich dann auf der Straße mit jemandem zusammen und sagte »Pardon« oder »pass doch auf«.

Es war eine Schicht Wasser auf dem Schnee, eine dünne Schicht, die man nicht sehen konnte, nein, man sah nur das Glitzern, und das fand ich erstaunlich: dass etwas glitzern konnte, auch wenn man es selbst nicht sah.

Ab und zu hörte ich Mama in meinem Kopf.

»Reg dich nicht auf, mein Äffchen«, sagte sie zum Beispiel, »es wird alles wieder gut, ich bin froh, dass du aus dem großen Haus fort bist, was hattest du bei dieser verrückten Frau verloren? Sie ist nicht mal deine richtige Tante, sie ist eine reiche Zicke, die sich aus anderen Leuten nichts macht, geh du schön zu Tante Fie, das ist eine brave Frau, auch wenn ich früher oft was von ihr einstecken musste, immer musste ich ihre Kleider auftragen – weißt du, dass ich schon zwei Jahre kein neues Kleid gekauft habe?«

Verdammt, dachte ich, ich bin jetzt zu groß, um Äffchen genannt zu werden.

Für meine Mutter, das wusste ich, würde ich immer ein kleiner Junge bleiben. Auch wenn ich schon ein alter Mann wäre und im Park von einer Bank zur anderen schlurfte, würde sie noch immer zu mir sagen: »Reg dich nicht auf, mein Äffchen.«

Ich dachte auch: Morgen gehe ich einfach zur Schule, und wenn einer mich mit seinen blöden Pfoten anfasst, dann kann er was erleben.

Wo war ich?

He, ich war schon fast beim Münzturm. Noch eine gute Viertelstunde und ich war in der Tellegenstraat. Zu Tante Fie würde ich sagen: »Ich will lesen, hast du ein schönes Buch für mich?«

ES TAUT

Zwei Nächte und einen Tag lang lag ich im Bett.

Tante Fie sagte: »Du hast Fieber.«

Meiner Meinung nach hatte ich es verdammt heiß und kalt gleichzeitig.

Tante Fie hatte keine Wärmflasche für mich, aber ein paar zusätzliche Decken, sodass ich praktisch nicht atmen konnte, ab und zu döste ich ein, dann spukte es in meinem Kopf.

Zuletzt dachte ich: Du hast dir alles ausgedacht, Thomas, mein Junge – es stimmt überhaupt nicht, dass du eine Weile in einem schönen Haus an der Weteringschans gewohnt hast, was bildest du dir bloß ein?

Nachts schreckte ich mit einem Schrei hoch. Es dauerte nicht lange und Tante Fie saß an meinem Bett.

»Kind«, sagte sie, »was hast du denn?«

Ach, dachte ich, das hat nichts zu bedeuten, ich wache so oft mit einem Schrei auf.

Donnerstag, Mitte März. Ich ging wieder zur Schule. Von Tante Fie aus musste ich das nicht, ihrer Meinung nach sollte ich mich erholen, aber erholen tut man sich am besten auf der Straße – da hat man es nicht warm und kalt gleichzeitig und denkt auch nicht dauernd die verrücktesten Sachen.

Mit großen Schritten lief ich durch die Van Woustraat.

Erst als ich schon auf dem Frederiksplein war, dachte ich: He, es scheint weniger kalt zu sein.

Ich betrachtete den Schnee. Er glitzerte nicht mehr, sondern war einfach nass.

In der Klasse zitterte ich ab und zu. In meinem Kopf spukte es nicht länger. Die Klasse war kein Traum, die Zöpfe der Mädchen waren so echt, wie etwas sein kann, die Papierbällchen trafen meinen Kopf und ich konnte sie aufheben und zurückwerfen.

Als ich mich umschaute und die leere Bank sah, fing es in meinem Kopf wieder an zu summen, schnell schaute ich zur Tafel. Die Scheißbank kann mir doch egal sein, dachte ich.

Der Lehrer sagte: »Kinder, es hat angefangen zu tauen. Es wird einen Haufen Dreck in der Stadt geben. Morgen könnt ihr das Zeug vom Bürgersteig schaufeln. Und du, Daan, schreibst wie der Blitz die Vergangenheitsformen von ›gefrieren‹ an die Tafel.«

Es hatte angefangen zu tauen. Der Winter war vorbei. Das war's.

Liesje Overwater spähte über die Schulter zu mir her.

Taute sie auch auf?

»Ich bin krank gewesen«, sagte ich lautlos. Sie sah, dass ich etwas sagte, hörte es natürlich nicht und schob eines ihrer blassen Ohren nach vorn.

He, dachte ich, sie ist neugierig auf das, was ich gesagt habe. Schade, dass Zwaan nicht mehr da ist, Mann, wäre der eifersüchtig.

Nach der Schule traute ich mich nicht mehr, über das Eis der Amstel zu laufen. Bei Tauwetter konnte man nie wissen.

Auf der Hoge Sluis schaute ich Jungen zu, die sich immer noch trauten, über das Eis zu laufen. In der Spielstunde hatte Olli wieder an einen Baum gepinkelt. Der Winter war vorbei.

Jemand tippte mir auf die Schulter, ich bekam einen Mordsschreck.

Als ich mich umdrehte, schaute ich mitten in die blauen Augen von Liesje Overwater.

Sie hielt den Kopf schräg, wartete auf das, was ich sagen würde.

Ich sagte nichts.

»Dein Freund«, sagte sie leise, »warum kommt er nicht mehr in die Schule?«

»Wer?«, fragte ich.

»Der mit den schwarzen Haaren. Piet Zwaan heißt er.«

Sie sprach zum ersten Mal zu mir. Aber was sie sagte, gefiel mir nur mäßig.

»Ja«, sagte ich, »dieses Ekelpaket werden wir nicht mehr sehen.«

»Ist er krank?«

»Nein«, sagte ich, »er ist verdammt gesund. Aber ich bin zwei Tage krank gewesen.«

»Oh«, sagte sie.

Liesje Overwater lief weg. So leicht wurde sie mich aber nicht los. Ich holte sie ein und ging eine Weile neben ihr her, es war meine Idee, das wusste ich, trotzdem sagte ich: »Warum läufst du eigentlich neben mir?«

»Es ist was mit ihm, nicht wahr?«, sagte sie.

»Mit wem?«

»Mit Piet Zwaan.«

»Er hat neulich etwas in einem Laden gestohlen«, sagte ich. »Die Polizei war bei ihm zu Hause. Er sollte mitkommen aufs Revier, aber seine Tante sagte: Das können Sie nicht machen, Sie dürfen ihn nicht einsperren! Dann gab seine Tante den Polizisten eine Tasse Tee, und sie sagten: Wir belassen es dabei, aber Sie verstehen, dass er ins schwarze Buch eingetragen wird.«

»Wohnt er bei seiner Tante?«

»Ja, seine ganze Familie ist tot.«

Liesje Overwater ging ruhig weiter.

Nie habe ich jemanden so wenig leiden können wie Liesje Overwater in der Utrechtsestraat an jenem Tag, als es anfing zu tauen.

Mir war übel von dem, was ich alles gesagt hatte. Und dieser dummen Gans machte es überhaupt nichts aus, verdammt, sie hätte mich beschimpfen müssen, sie hätte sagen müssen, dass ich ein Verräter war und dass es schlimm mit einem enden würde, wenn man solche Sachen über einen Freund sagte.

Sie ging einfach weiter, mit ihrem Kopf voller blonder Haare und diesen dummen blauen Augen, stapf, stapf, stapf, ihre Nase wurde dünner und dünner und ihr Mund kleiner und kleiner. Es war ihr egal, dass ich verdammt krank neben ihr herging und praktisch tot war und eigentlich nur eines wollte: mich umdrehen und nach Deventer rennen.

»Adieu«, schrie ich und rannte weg, knallte gegen eine kleine Frau, die mir sofort einen Stoß versetzte, sich dann aber wunderte, als ich auf der Stelle anfing zu heulen.

Ich schaute mich nicht mehr um. Ich rannte zuerst zur Lijnbaansgracht, aber da war niemand, ich rannte zur Weteringschans, aber da war natürlich auch niemand, und dann setzte ich mich auf den Bürgersteig und versuchte, an nichts mehr zu denken, was aber schwer möglich ist, wenn man gerade heult.

Ich war ein Verräter.

Ich musste eigentlich sterben, dachte ich. Ich starb aber noch lange nicht, das wusste ich selbst.

Montag. Amsterdam war ein Matschhaufen geworden. In den Grachten knarrten die Eisschollen, während der Pausen spielten die Mädchen auf den paar Quadratmetern Bürgersteig, die sie freigeschaufelt hatten, Seilhüpfen.

Ich schlurfte durch einen grauen Brei zur Tellegenstraat.

»Oh Junge«, rief Tante Fie oben herunter, »komm schnell und erschrick nicht.«

Wenn jemand sagt, ich soll nicht erschrecken, bekomme ich erst recht einen Mordsschreck.

Ich nahm zwei Stufen auf einmal.

Im Wohnzimmer saß mein Vater in dem Sessel mit den stechenden Sprungfedern.

»Guten Tag«, sagte ich ruhig, denn ich erschrecke nie zweimal hintereinander.

»Guten Tag«, sagte mein Vater.

Tante Fie lachte nervös.

»Bist du krank?«, fragte ich.

»Aber nein«, sagte mein Vater. »Wie frisch du aussiehst, Thomas, woher kommt das?«

»Ich bin krank gewesen.«

Mein Vater erschrak. »Stimmt das, Fie?«

»Oh«, sagte Tante Fie, »der Junge hatte bestimmt vierzig Grad Fieber.«

»Nein, Thomas«, sagte mein Vater. »Ich lasse dich nie mehr im Stich, wie findest du das?«

Ich sagte nichts und betrachtete ihn.

Auf seiner Wange klebte ein Pflaster, seine Haare waren komisch kurz geschnitten. Er sah aus wie ein Gauner in einem Witzfilm.

Er bemerkte meinen Blick und strich sich verlegen über die Stoppelhaare.

»Ich war im Traumland«, sagte er verschämt. »Und da hat mich der Haarschneider in zwei Minuten fast kahl geschnitten.«

»Nimmst du den Jungen gleich mit, Johannes?«, fragte Tante Fie.

Mein Vater nickte.

»Ich wollte deinem Vater gerade erzählen, wo du geschlafen hast …«

»Nein«, sagte ich, »das erzähle ich ihm selbst.«

»Ja, gut«, sagte mein Vater.

»Ich habe bei einem Freund gewohnt«, sagte ich.

Er hatte mir nicht zugehört – das sah ich.

Auf dem Heimweg sagten wir nicht viel. Ich trug einen Topf mit Erbsensuppe, mein Vater maulte über den Matsch und zog eine echte Zigarette aus einer Schachtel.

Als es ihm in unserer Wohnung endlich gelungen war, mit alten Zeitungen den Ofen anzumachen, bot er mir achtlos eine Zigarette an – die Zigarette ragte halb aus der Packung.

»Ich rauche nicht«, sagte ich.

Er erschrak, schaute von der Zigarette zu mir. »Was tue ich da?«, sagte er. »Mensch, Junge, wie schön es ist, dich wiederzusehen.«

Ich ging zum Fenster und schaute hinüber zu den Häusern an der Weteringschans. In dem Gestrüpp hinter Tante Jos' Haus belauerte eine schwarze Katze ein paar Möwen, die auf den Eisschollen vorbeitrieben.

Die Vorhänge des Salons waren geschlossen.

Mein Vater stellte sich neben mich.

Ich dachte: Jetzt werde ich ihm alles erzählen, er weiß nichts von Zwaan und Bet und Tante Jos.

Ich erzählte ihm nichts.

»Ist was, Thomas?«, fragte mein Vater.

»Nein«, sagte ich, »nichts.«

Mein Vater seufzte. Er wusste so gut wie ich, dass nie nichts ist.

Montagabend. Mein Vater saß noch am Tisch. Aus Tante Fies Topf hatte er geräuschvoll die letzten Reste Erbsensuppe gekratzt – es gefiel mir, dass er wie ein echter Mensch Hunger haben konnte. Er drückte die Faust an den Mund und wartete auf ein Aufstoßen, das nicht kommen wollte.

Mosterd saß mit aufgeschlagenem Mantel in einem Sessel und schaute meinen Vater besorgt an.

Endlich – mein Vater rülpste, danach drehte er sich erleichtert eine Zigarette.

»Wann bekomme ich ein Fahrrad?«, fragte ich.

Mein Vater steckte seine Zigarette an, nahm einen tiefen Zug, blies die erste Wolke aus und schaute ihr nachdenklich hinterher – an Amsterdam hatte er sich wieder gewöhnt, an mich noch nicht.

»Wie soll ich dir das Radfahren beibringen«, sagte er. »Ich kann's doch selber nicht.«

»Ich will mit dem Rad nach Deventer fahren«, sagte ich.

Die beiden Männer waren nicht erstaunt und stellten keine Fragen.

»Ich bin gestern auf dem Ostfriedhof gewesen«, sagte Mosterd. »Aber ich konnte das Grab von Marie nicht finden. Ich bin durch die langen Reihen geirrt und dachte an sie. Ich habe euch lieb, sagte ich zu den Toten in ihren Gräbern, wir sehen uns bald. Dann habe ich zufällig den Ausgang gefunden, so geht das.«

Mosterd räusperte sich.

»Es freut mich, dass du wieder sicher in Amsterdam bist«, sagte er zu meinem Vater. »Das mit der Zensur war sowieso nichts für dich.«

»Ein englischer Major – ein dicker Mann in Uniform – hat mich entlassen. Er hat gesagt, ich wäre ein faules Schwein. Und noch schlimmer: ein dummer Holländer. Als er mich beschimpfte, fand ich ihn bezaubernd.«

Er grinste wie früher.

»Ich konnte meine Koffer packen«, sagte er fröhlich.

»Bist du froh, dass der Winter vorbei ist?«, fragte Mosterd mich feierlich.

Ich schüttelte böse den Kopf.

»Bald zwitschern wieder die Vögel, die Lämmer laufen auf der Weide herum und Mädchen mit Schleifen in den Haaren tanzen durch den Park«, sagte Mosterd.

»Das interessiert mich einen Dreck«, sagte ich.

»Thomas«, sagte mein Vater streng, »benimm dich!«

»Aber nein«, sagte Mosterd, »er muss sich nicht benehmen, das kommt schon noch. Bist du traurig, mein Junge?«

»Das geht dich nichts an.«

Ich sah Mosterds trauriges Gesicht. Diesmal konnte ich nicht darüber lachen.

»Wenn man jung ist«, sagte Mosterd, »ist Traurigkeit ein Vogel, der vorbeifliegt. Wenn man alt ist, ist sie eine Natter, die sich an deinem Herzen festbeißt und nicht mehr loslässt.«

»Steck dir deine Weisheit an den Hut«, sagte ich.

Mosterd musste lachen, mein Vater lachte auch.

Langsam erhob sich Mosterd aus dem niedrigen Sessel.

»Ich gehe in mein kahles Zimmer«, sagte er. »Für einen Mann von Adel ist kein Palast groß genug, aber für einen armseligen Träumer wie mich ist ein Zimmer von drei mal vier Metern ein Saal voller Erinnerungen. Ich spreche mit Menschen, die schon längst nicht mehr leben, sie können mich nicht mehr unterbrechen – das ist bequem.«

Ich zog die Nase hoch. Ehrlich gesagt: Der alte Spinner hatte mich auf seine Art getröstet.

Sehr langsam zog Mosterd seinen Mantel an, noch langsamer knöpfte er ihn zu. Weil er ein Jude ist, hatte er im Krieg einen gelben Stern auf dem Mantel. War der links oder rechts? Ich wusste es nicht mehr. Und wo war er gewesen, als die anderen in den Osten geschickt worden waren?

Ich kroch zum ersten Mal seit Monaten wieder in mein eigenes Bett im Hinterzimmer. Mein Vater wusste immer noch nichts. Mit herunterhängenden Hosenträgern hob er meine Kleider vom Boden auf.

»Mosterd hat im Krieg einen gelben Stern getragen, nicht wahr?«

Mein Vater stand gebückt, als ich diese Frage stellte. Er richtete sich auf und verzog sich dabei den Rücken. Mit einer Grimasse im Gesicht drückte er eine Hand in die Seite.

»Was fragst du da auf einmal?«, sagte er.

»Weißt du noch, im Krieg, wir sind ihm begegnet, er hatte zum ersten Mal einen gelben Stern auf seinem Mantel, du hast nichts darüber gesagt, er hat nichts darüber gesagt. Auf dem Heimweg musstest du schrecklich fluchen, ich dachte: Noch nie hat jemand auf der ganzen Welt so geflucht wie mein Vater.«

»Fluchen ist ungezogen«, sagte mein Vater.

»Warum ist er nicht von den Moffen abgeholt worden?«

»Abgeholt, abgeholt«, sagte mein Vater. »Was ist das für eine Sprache?«

»Es war doch ein Abholen.«

»Du hast recht – warum sollten wir es anders nennen, als es war.«

»War seine Frau keine Jüdin?«

Er schaute mich an und kniff dabei die Augen zusammen.

»Woher hast du diese Weisheit?«, fragte er. »Was hast du alles ausgeheckt, als ich in Deutschland war?«

»Ich habe Piet Zwaan und Bet Zwaan sehr oft gesehen.«

»Habt ihr draußen zusammen gespielt?«

»So ungefähr, ja.«

Mein Vater setzte sich an meinen Bettrand.

»Es gibt eine Kuhle in meiner Matratze«, sagte ich. »Das hatte ich vergessen. Mama hat immer gesagt: Da passt dein Po genau rein.«

»Es stimmt«, sagte mein Vater, »Marie, seine Frau, war nicht jüdisch. Trotzdem musste er einen gelben Stern tragen. Das Brandmal der Moffen. Marie starb im Hungerwinter – vielleicht am Hunger, Mosterd fühlt sich noch immer schuldig. In den letzten Monaten hatte er eine Heidenangst – Angst, dass er plötzlich wieder ein einsamer Jude wäre, auf den es die Moffen abgesehen haben. Angst ist alles, Angst ist fast der ganze Krieg, Angst und Tod, der Rest ist Bürokratie, Listen mit Namen, Rechnungen für Kanonen und Panzer, Personalausweise, hohe Auszeichnungen, solche Art Blödsinn.«

»Bets Vater ist abgeholt worden«, sagte ich. »Tante Jos ist nicht jüdisch, aber er war ein … wie heißt das – ein politischer Gefangener, er war Kommunist oder so, und weil er auch Jude war, hat Bet nun keinen Vater mehr, ihr Vater war ein Bruder von Zwaans Vater, Zwaans Vater …«

»Ich weiß es«, sagte mein Vater, »und du weißt es jetzt auch, wie ich sehe.«

»Drei kleine Knirpse«, sagte ich, »die saßen auf einem Zaun …«

»Wovon redest du nun?«

»… an einem schönen Tag im September.«

»Wer, wer?«

»Aaron, David und Jacob.«

»Du lieber Gott.«

»Du hast mir nie viel erzählt. Du erzählst eigentlich selten was. Warum hast du mir nie etwas von den dreien gesagt?«

»Von welchen dreien?«

»Den dreien auf dem Zaun.«

Mein Vater seufzte. »Du musst schlafen, Tommi, mein Junge.«

»Ich heiße Thomas.«

»Das weiß ich doch.«

»Zwaan ist der Sohn von David. Bet ist die Tochter von Jacob. Aaron lebt noch, er wohnt in Amerika. Ich weiß nicht, ob er Kinder hat. Das habe ich Zwaan nie gefragt.«

»Ja«, sagte mein Vater, »wer weiß, vielleicht hat er Kinder.«

»Das wären dann die Vettern von Bet und Zwaan.«

»Warum beschäftigt dich das so?«

»Ich traue Onkel Aaron nicht.«

»Warum nicht?«, fragte mein Vater.

»Wenn Tante Jos wieder gesund ist, kommt Zwaan zurück nach Amsterdam. Aber ich glaube, dass Zwaan dann weggeht.«

»Weggeht?«

»Irgendwohin. Wie viele Jahre hat der Krieg gedauert?«

»Fünf Jahre.«

»War das lang?«

»Das war verdammt lang.«

»Damals war Mama nie krank, oder?«

»Nein«, sagte mein Vater.

»Du schon, oder?«

»Was meinst du?«

»Du hast im Bett gelegen. Mama sagte: Papa ist krank.«

»Trägheit ist keine Krankheit.«

»Hattest du Angst?«

»Ich glaube schon.«

»Weißt du das nicht mehr?«

»Ich weiß noch alles.«

»Ist das viel, dieses Alles?«

»Nein, es ist sehr wenig. Aber genug für einen einzelnen Menschen, das kannst du mir glauben.«

»Darf ich nicht danach fragen?«

»Morgen kannst du fragen. Und übermorgen.«

»Ich habe bei Bet und Zwaan und Tante Jos gewohnt«, sagte ich.

Er schaute mich träumerisch an. Wusste er es schon oder war es wieder nicht zu ihm durchgedrungen?

Er strich mir durch die Haare, dann küsste er mich auf die Stirn. Ich roch den Tabakgeruch seiner Kleider.

Kurz darauf machte er leise die Zwischentüren zu.

Ich schlief nicht sofort ein, ich dachte mit geschlossenen Augen an den Krieg.

Es war einer der Träume, die man sich selbst erzählt.

Ich laufe mit meinem Vater durch die Stadt, es ist kalt, er trägt einen alten Mantel, hat seine Hände tief in die Taschen gesteckt, ein Mof schnauzt ihn an, er solle die Hände aus den Taschen nehmen, mein Vater fängt an, nervös zu husten, und nimmt die blassen Hände aus den Taschen. Ich frage: Warum musst du das tun? Er sagt: Er hat Angst, dass ich eine Schießwaffe aus der Tasche hole und auf ihn schieße.

Ich schaue mich um. Der Soldat kratzt sich am Hintern und unterhält sich gemütlich mit einem Mädchen, das hinter einem Leiterwagen steht, auf dem alte Bretter liegen. Ich gebe meinem Vater die Hand. Seine Hand ist warm, ich sehe, dass er von meiner kalten Hand erschrickt.

Ich machte die Augen auf.

Eine Schießwaffe. Eines von diesen seltsamen Wörtern meines Vaters. Er redet auch nie von seinen Schuhen, sondern von seinen Laufstiefeln.

Mir fielen die Augen zu. Das Denken wurde zum Träumen. Jetzt hatte ich selbst nichts mehr vorzubringen.

Ich träumte, dass der Krieg aus ist. Ich bin auf einem großen Dachboden. Das weiß ich, denn über meinem Kopf sind lange, dunkle Balken, sehr weit weg von mir steht im Licht irgendeiner Lampe ein Bett, ich gehe zum Bett und sehe, dass Zwaans Kopf auf dem Kissen liegt. Zwaan schreckt hoch, setzt sich auf und schaut mich an.

APELDOORN

Nach ein paar Wochen zogen mein Vater und ich weg aus Amsterdam. Auch ich durfte nun endlich mal in einen Zug steigen. Es war nicht das Vergnügen, das ich mir davon erwartet hatte. Ich konnte niemandem gegenüber damit angeben, denn wir würden lange in Apeldoorn wohnen – dort hatte ich keinen einzigen Freund, und ich würde auch keinen Freund finden, aber das wusste ich im Zug noch nicht.

Mein Vater und ich saßen uns im Zug gegenüber. Ich durfte in Fahrtrichtung sitzen.

Der Zug wollte und wollte nicht abfahren. Mein Vater döste ein. Das passiert ihm immer, wenn er irgendwo sitzt und nichts tut. Als der Zug sich in Bewegung setzte, wachte er auf.

Ich sah alles Mögliche, als ich hinausschaute – kleine Leute auf kleinen Fahrrädern, kleine Autos, die langsamer fuhren als der Zug und die wir hinter uns ließen. Ich genoss das Geräusch der ratternden Räder und das pfeifende Zischen aus dem Schornstein der Lokomotive.

Mein Vater betrachtete mich zufrieden.

»Dir gefällt es, mit dem Zug zu fahren?«, fragte er.

Ich sagte nichts, starrte immer wieder durch das angeschmutzte Fenster nach draußen, nach einer Weile hatte ich mich dann schon daran gewöhnt – Weiden und noch mehr Weiden und alle Kühe sahen einander ähnlich.

»Warum suchst du dir keine Arbeit in Amsterdam?«, sagte ich.

»Es ist mir nicht gelungen«, sagte er. »Eine Nichte von Fred kennt den Direktor der Kartonagenfabrik in Apeldoorn, und als sie ihm erzählte, ich wäre ein Künstler auf der Suche nach einer Arbeit, sagte er: »Soll er nur kommen, wir müssen ab und zu einen Festabend organisieren.«

»Was wirst du dann in der Fabrik?«

»Personalbetreuer.«

»Was ist das?«

»Ich wäre froh, wenn ich es wüsste«, sagte er.

In Apeldoorn kannte ich niemanden. Ich lief durch fremde Straßen und verirrte mich, wenn ich einen kurzen Spaziergang machte.

Anfangs dachte ich manchmal an Bet und Zwaan, aber es war dort kein Ort, an dem wir zusammen gewesen waren, ich vergaß sie, ich vergaß eigentlich alles. Ich war in einer Klasse, in der ich die Namen der Kinder nicht kannte, ich ging zu einem Friseur, der mir die Haare verdammt kurz schnitt – als ich in den Spiegel sah, schaute mir ein Bauernlümmel entgegen, den ich auch nicht kannte.

Meine Erinnerungen verschwanden wie Schnee in der Sonne.

Zwaan und Bet waren weg. Ich selbst war auch weg.

In Apeldoorn war ich jemand von draußen, daran ließ sich nichts ändern.

Wenn ich durch Wälder streifte, die Zweige unter meinen Füßen knackten und ich mir an dem rauen Heidekraut Schrammen holte, fühlte ich mich nicht wie jemand von draußen und war wieder ich selbst – ein Junge mit Heimweh nach einem großen Haus an der Weteringschans.

Ansonsten tat ich alles, was man so tut: Ich schlief, aß, träumte und rannte an Häusern und Bäumen vorbei. Es nützte nichts, ich hatte mich verirrt – auch wenn ich sicher neben meinem Vater auf dem quietschenden Bett lag.

Eines Nachts wachte ich erschrocken auf.

Mein Vater schnarchte leise. Aber das war es nicht, was mich aufgeweckt hatte.

Ich wälzte mich nun nicht von einer Seite auf die andere, nein, ich ließ ihn ruhig weiterpennen und starrte an die Decke.

Die Vorhänge waren halb aufgezogen, Schatten von Ästen und Zweigen spielten über meinem Kopf.

Ich dachte: He, bestimmt ist Zwaan zurück in Amsterdam. Er liegt allein in dem großen Doppelbett und kann nicht schlafen. Zwaan hat den ganzen Tag in Amsterdam nach dir gesucht. Und du warst nicht da, weil du in dem verdammten Apeldoorn bist.

Ich kniff die Augen zu und träumte von Amsterdam. Es ist noch Winter dort. Ich sehe, dass Zwaan durch die Galerie läuft, über das leere Amstelveld. Ich sehe, dass er am Brückengeländer der Hoge Sluis steht und über das Eis der Amstel hinwegschaut. Auf dem Eis winkt Bet ihm zu. Ich kann Thomas nirgends finden, schreit Zwaan. Der Lauser kann dir doch egal sein, ruft Bet zurück. Zwaan zuckt mit den Schultern. Wenn Bet böse ist, darf man sie nicht ernst nehmen, das weiß er aus Erfahrung.

Ich öffnete die Augen und war sofort wieder in Apeldoorn. Eine warme Sommernacht. Ich lauschte auf das Schnarchen meines Vaters und war wieder jemand von draußen.

Nach vier Monaten kehrten wir nach Amsterdam zurück.

Im Zug dachte ich: Schneller, schneller!

Aber der Maschinist fand, dass der Zug schnell genug fuhr.

Ich sagte zu meinem Vater: »Ob Zwaan und Bet noch in Deventer sind?«

Er schaute mich erstaunt an. In Apeldoorn hatte ich ihre Namen nie genannt.

»He«, sagte mein Vater, »sie sind in Deventer? Apeldoorn ist ganz nahe bei Deventer. Hättest du was gesagt, wären wir mal für einen Tag hingefahren.«

Ich fluchte.

Warum hatte ich das nicht gewusst? Warum sagte einem nie jemand etwas, was einem nützte? Ich musste alles selbst herausbekommen, das kostet verdammt viel Zeit von deinem Leben. Der ganze Mist konnte mir gestohlen bleiben.

DER SOMMER OHNE WOLKEN UND REGEN

Amsterdam. Es ist Mittag, der erste Sonntag im August. Ich stehe am Fenster, während mein Vater auf seinem Bett eingeschlafen ist.

Die langen Monate in Apeldoorn scheinen länger zurückzuliegen als der Winter mit Zwaan. Ich sehe das schmutzige Wasser der Gracht, die gammeligen Hintergärten der Häuser an der Weteringschans, und es ist, als ob ich mich erst vor ein paar Stunden auf dem Bahnsteig von Bet und Zwaan verabschiedet hätte.

Was für ein Unsinn.

Damals hatte es gefroren. Jetzt schmelzen die Pflastersteine vor dem Haus.

In Apeldoorn stank nur ich nach Amsterdam, hier stinkt alles nach Amsterdam, ich falle nicht auf und bin nicht mehr einer von draußen.

Nun ja.

Als wir in der Vijzelstraat aus der Straßenbahn gestiegen waren, atmete ich erleichtert auf, am liebsten wäre ich wie der Blitz über die Lijnbaansgracht nach Hause gelaufen. Hinten auf der Straßenbahn hing ein Junge, er rief mir zu: Was glotzt du so blöd? Es klang wie: Willkommen zu Hause. Der Junge trug hohe, schwarze Winterschuhe – ich musste an Zwaan denken.

Ich gehe zum Tisch, nehme Zwaans Brief und lese ihn zum einundzwanzigsten Mal.

Lieber Thomas,

ich bin in Amerika. Ich finde das auch seltsam, nun, da ich es in meinem Brief lese. Du liest es jetzt und findest es bestimmt noch seltsamer als ich. Anfang Juni bin ich mit dem Schiff nach Amerika gefahren. Zusammen mit Onkel Aaron. Ich darf ihn nicht Onkel nennen. Ich muss Aaron zu ihm sagen. Er findet Onkel zu wenig und Papa zu viel. Natürlich bin ich seekrank gewesen. Ich dachte, ich würde sterben. Nachdem ich die Freiheitsstatue gesehen habe, aß ich zwei Zwiebacke mit Käse und mir wurde nicht schlecht.

Es war ein ziemliches Theater.

Onkel Aaron lief in den Niederlanden von einer Behörde zur anderen. Er sagte: »Ich werde todmüde von diesen holländischen Gänsen.« Die Gänse sagten zu ihm: »Warum bleibt Piet nicht einfach bei seiner Tante und seiner Kusine?« Onkel Aaron sagte: »Ich bin ein Bruder seines Vaters. Von seiner ganzen Familie hat er nur noch mich und natürlich seine Kusine Albertina, aber die ist vierzehn Jahre alt, meine Dame, die kann ihn nicht aufziehen. Warum mischen Sie sich eigentlich in unsere Familienangelegenheiten?«

Ja, so ist Onkel Aaron, Thomas, er sagt immer etwas, was man besser nicht sagen sollte. Den Leuten, die sich immer einmischen, darf man nie sagen, dass sie sich nicht einmischen sollen. Das halten sie nicht aus, und man bekommt, um mit deinen Worten zu sprechen, einen Haufen Scherereien.

Trotzdem schaffte es Onkel Aaron nach ein paar Wochen des Schimpfens und Bettelns. Eine Frau sagte immer nur, dass ich ihm nicht zugewiesen würde. Ja, Thomas, wir sind zwölf. Sie können uns zuweisen, ausleihen und uns zwingen, dass wir eine Mütze mit dem Namen ihrer Organisation tragen. Ich übertreibe, nimm es mir nicht übel. Weißt Du, was Onkel Aaron tat, als die Frau das sagte? Er begann zu weinen. Wenn ein Mann in einem schönen Mantel und mit einem Hut auf dem Kopf anfängt zu weinen, bekommt jeder, der sich immer nur einmischt, einen Mordsschreck. Die Frau von der Organisation fing auch an zu weinen. Onkel Aaron erreichte, was er wollte.

Wir waren ein paar Wochen in Amsterdam.

Ich hatte vergessen, wo Deine Tante Fie wohnt.

Ich wollte es Dir sagen. Ich habe überall nach Dir gesucht. Ich bin die ganze Amstel entlanggelaufen. Ich habe vor der Schule auf Dich gewartet. Für die Katz. Niemand wusste, wo Du bist. Ich bin über das Amstelfeld geirrt. Ich habe auf der Lijnbaansgracht gestanden und Deinen Namen gerufen. Ich fühlte mich wie ein Verräter. Tante Jos wusste von meinen Plänen. Bet und Du, ihr wusstet nichts davon. Aber ich habe mich nicht getraut, es euch zu sagen. Ich wollte euch nicht vermissen. Ich dachte: Vielleicht wollt ihr mich auch nicht vermissen. Du wirst sagen: »Warum bist du dann doch nach Amerika gegangen?«

Ich werde es Dir erklären. Ich bin mit Onkel Aaron mitgegangen, weil ich mitgegangen bin. Ich konnte nicht anders. Manchmal lag ich wach, als Du gemütlich gepennt hast. Dann dachte ich nie: Soll ich gehen oder soll ich nicht gehen? Nein, ich dachte: Ich gehe. Weißt Du, was verrückt ist? Man ist eigentlich immer allein. So fühle ich es. Und man fühlt sich besonders allein, wenn man neben Menschen ist, die einen lieb haben und die man lieb hat. Ich habe Onkel Piet und Tante Sonja lieb. Aber sie wohnen in Deventer. Ich fühlte mich schrecklich in Deventer, als ich ein paar Monate lang mit Bet dort gewohnt habe. Ich ging durch die ordentlichen Straßen von Deventer und ich rumorte wieder auf meinem alten Dachboden, und dabei dachte ich die ganze Zeit: Amerika ist weit weg, dort bin ich auch weit weg. Weit weg von den Menschen, die ich lieb habe, aber auch weit weg von den Menschen, die alle tot sind und die ich nie mehr etwas fragen kann.

Du hast oft gesagt: »Mein Vater riecht nach Tabak.«

Das habe ich behalten. Manchmal denke ich: Ich werde nie wissen, wie mein Vater roch. Vielleicht roch er nach Pfefferminz oder nach frischem Papier. Und wonach roch meine Mutter? Tante Jos riecht immer nach etwas, was aus einem Fläschchen kommt, vielleicht roch meine Mutter auch so. Aber wie roch sie morgens beim Frühstück? Ich habe es Onkel Aaron gefragt. Er musste lachen. »In unserer Familie«, sagte er, »rochen alle nach süßer Seife.«

Onkel Aaron ist zu alt, als dass man gemütlich mit ihm quatschen könnte. Er liebt mich sehr. Er liebt auch Frauen, die nach süßer Seife riechen. Jeden Monat hat er eine neue Freundin. Die eine ist ein bisschen geselliger als die andere, aber sie finden alle, dass Onkel Aaron wunderbar kochen kann. Onkel Aaron ist eine Heulsuse. Ich erschrecke nicht, wenn er weint. Weinen macht ihm Spaß. Manchmal macht mich das ganz fröhlich. »Warum bist du nach Amerika gegangen?«, habe ich ihn mal gefragt. Er sagte: »Um vor Heimweh heulen zu können.«

Kein Mensch in Brooklyn findet es verrückt, wenn man heult. Ich heule aber nie. Du fragst Dich vielleicht: Was sind diese Amerikaner für Menschen? Es sind ganz gemischte Menschen. Ich werde nicht schlau aus ihnen.

In meinem Zimmer im Haus von Onkel Aaron wird man verrückt, wenn man hinausschaut. Es ist, als säße man in einem Turmzimmer. Um die Ecke sitzt vor einem Laden mit Zeitschrif-

ten, Zeitungen und Süßigkeiten immer ein alter Indianer. Auf einem Stühlchen, das eigentlich zu klein für ihn ist. Glaub ja nicht, dass er ein Indianerkostüm anhat. Er trägt eine Hose, eine Jacke und einen Schlips. Seine Kleider sind alt und altmodisch. Immer sitzt er da, wenn ich an dem Laden vorbeilaufe. Onkel Aaron hat mir gesagt: »Er ist nicht taub, er kann sprechen und lesen und schreiben, und er hat Kinder, die im Hafen arbeiten, aber er liebt die Stille.«

»So still ist es dort an der Ecke doch nicht«, habe ich gesagt.

»Er liebt die Stille im Lärm«, sagte Onkel Aaron feierlich.

Ich betrachte diesen Indianer immer schrecklich lange.

Manchmal träume ich, dass ich am Amstelveld still auf einem Stuhl sitze. Dann kommst Du vorbei, Du bleibst stehen und fragst: »Was tust du hier, Zwaan?« Und dann sage ich: »Ich lausche auf die Stille im Lärm, Thomas.« Und dann sagst Du: »Die Stille im Lärm, was für ein Quatsch, das hast du irgendwo gelesen, Zwaan.« Und dann sage ich: »Ich habe es von Onkel Aaron, das ist seine Art zu reden, Thomas.« Dann stehe ich auf, lege meinen Arm um Deine Schulter und wir gehen in die Stadt. »Du hast recht«, sage ich. »Lärm ist Lärm und Stille ist Stille, du bist gar nicht so dumm, Tommi.« Und dann sagst Du: »Ich heiße Thomas.« Ein schöner Traum, findest Du nicht?

In Amerika bin ich weit weg.

Ich habe noch nie so einen idiotisch langen Brief geschrieben.

Es geht wie von selbst. Ich habe hier Federn, die man nicht immer eintauchen muss, das ist sehr bequem. Weißt Du, was los war, Thomas? Ich hatte keine Erinnerungen in den Niederlanden. Das Untertauchen hatte keine Erinnerung hinterlassen, verstehst Du? Ich kannte niemanden von früher. Ich wusste nichts von

Kindergarten und so, nichts vom Spielen auf der Straße. Jetzt, hier in Amerika, habe ich Erinnerungen. Ich erinnere mich an den Streifzug mit Dir und Bet durch die Stadt. Ich erinnere mich an diesen schönen Film. Wir waren verknallt in Maria Montez, weißt Du das noch? Es ist schön, wenn man nicht allein verknallt ist. Fandest Du das auch schön? Tante Jos sagte einmal zu mir, als Du nicht dabei warst: »Thomas und du, ihr seid euch ähnlich.«

Sind wir uns ähnlich, Thomas?

Das wäre schön, nicht wahr?

In Brooklyn gibt es seltsam breite Straßen, unordentliche Häuser, manche sehr hoch, andere so niedrig wie eine Villa. Auf der Straße machen Neger Musik. Überall bin ich zum ersten Mal, nichts erkenne ich. Das habe ich gebraucht. In Brooklyn weiß ich, warum ich weggegangen bin.

Nach der Befreiung wusste ich nichts mehr von Amsterdam. Tante Jos und Bet haben mich abgeholt. Ich fand es schlimm, dass ich von Onkel Piet und Tante Sonja Abschied nehmen musste. Als wir in Amsterdam aus dem Bahnhof traten, erkannte ich Amsterdam sofort. Wir standen zwischen Straßenbahnen und Autobussen und all den Menschen, die auf dem Weg zur Innenstadt oder zum Bahnhof waren. Ich hatte mit einem Schlag vergessen, dass ich jahrelang woanders gewesen war. Ich lief vor Tante Jos und Bet her. Sie wollten die Straßenbahn nehmen, aber ich sagte: »Gehen wir lieber zu Fuß.« Da sind wir zu Fuß gegangen. Von einer Brücke spuckte ich in die Gracht. Die Ringe im Wasser kannte ich von früher. Wir gingen nicht in die Den Texstraat. Wir gingen zur Weteringschans.

In dieser Stadt hatte ich gewohnt, aber wirkliche Erinnerungen hatte ich nicht. Von Bet wusste ich, dass auch mein Vater und meine Mutter, meine Onkel und meine Tanten, meine Vettern und Kusinen hier gewohnt hatten. Sie erzählte mir Geschichten über meine Onkel und Tanten, meine Vettern und Kusinen. Aber Geschichten von anderen sind keine Erinnerungen. Jetzt bin ich hier. In Amerika. In Brooklyn. Jetzt habe ich wirkliche Erinnerungen. Nun wohne ich in einer Stadt, in der ich früher nie gewesen bin. Hier leben keine Menschen, die ich gekannt habe oder die zu mir gehören. Nur Onkel Aaron natürlich. Manchmal wenn ich Onkel Aaron anschaue, denke ich: He, er sieht ihm ähnlich, aber wem? Das weiß ich nicht.

Erinnerst Du Dich noch, Thomas, was Du mir von den Nichtsern und den Etwassern erzählt hast? Nichtser gibt es hier nicht. Hier in Brooklyn gibt es nur Etwasser. Es gibt Italiener und Neger und was weiß ich noch alles. Sie glauben alle etwas. Ehrlich gesagt: Es gibt hier vor allem viele Juden. Wenn ich hier in Brooklyn auf der Straße gehe, bin ich hundertprozentig ein Jude. Wenn ich abends in meinem Bett liege, bin ich oft wieder der kleine Junge aus Deventer, der nichts von Juden weiß. Manchmal komme ich ganz durcheinander. Onkel Aaron nimmt mich überallhin mit. Mal zu einer Familie mit sehr frommen Juden, dann wieder zu einer Familie mit sehr geselligen Juden. Sie reden alle durcheinander und erzählen einen Witz nach dem anderen. Onkel Aaron hat seit Kurzem eine Freundin, die immer klagt, sie sei zu dick. Manchmal steht sie vor dem Spiegel und lacht wie verrückt. Sie sagt: »Entweder müssen wir einen größeren Spiegel kaufen oder ich muss da und dort ein Pfund abnehmen.« Lachen tut man hier in Brooklyn sehr oft.

Ich spreche auch schon ganz gut Englisch, ich merke es sogar nicht mehr, wenn ich Englisch spreche. Lesen tue ich laut, sonst verstehe ich es noch nicht.

Neulich war ich bei einer Familie, da waren zwei Frauen aus

Polen. Sie hatten das Lager überlebt und sie betrachteten mich sehr traurig. In ihren Augen war ich der kleine Jude aus Europa, der seine ganze Familie verloren hatte. Sie fragten, in welchem Lager mein Vater und meine Mutter gewesen waren. Ich konnte es ihnen nicht sagen. Sie fragten alles Mögliche und schauten mich mit großen, verständnisvollen Augen an. Sie erzählten mir von den Leichen und den Gaskammern in den Lagern mit den deutschen Namen. Da fing Onkel Aaron an zu weinen.

Ich aber nicht. Ich war froh, dass ich endlich etwas erfahren hatte.

Nachts konnte ich allerdings nicht schlafen. Dann dachte ich an Dich und an Bet und an Tante Jos. Und mir ging ein Licht auf: dass nämlich Bet und Tante Jos viel mehr wussten als ich. Dann dachte ich: Ich gehe morgen nach Hause, ich hole Tommi ab, und wir suchen einen kleinen, herrenlosen Hund, der schon seit Tagen nichts gefressen hat, und dieses Tier verwöhnen wir dann wie verrückt, es darf immer bei uns bleiben.

Weißt Du, in dem Zimmer mit den beiden Frauen waren auch Menschen, die den Krieg nicht mitgemacht hatten, ich habe den Krieg eigentlich auch nicht wirklich mitgemacht, aber die beiden Frauen hatten ihn mitgemacht, und wie. Doch zu wem gehörte ich? Ich wusste es nicht. Niemand hat mir wehgetan. Ich hatte nicht zugeschaut, wie anderen wehgetan wurde. Trotzdem war ich anders als die Leute, die im Krieg in Amerika waren, in Sicherheit. Ich war neidisch auf die beiden Frauen. Ich glaube, dass sie das verstanden. »Frag ruhig«, sagten sie, »wir werden dir alles erzählen. Nichts zu wissen ist das Schlimmste.«

Ich habe oft Heimweh.

Ich genieße es, Heimweh zu haben. Vor allem Heimweh nach Menschen und Häusern, die ich kenne.

Ich will alles wissen, aber nicht alles auf einmal.

Mache ich Dich müde? Ich bin weit weg. Das ist es nun gerade: Ich bin nicht hier, ich bin weit weg, das weiß ich. Ich fand es schrecklich schade, dass Du nicht in Amsterdam warst, als ich mit Onkel Aaron dort war. Nun weißt Du nicht, wie er aussieht, wie er spricht, er kann Sonny Boy *ganz großartig singen. Es war nicht schön von mir, dass ich Dir nichts von meinen Plänen erzählt habe. Vielleicht bist Du nicht mehr böse auf mich, aber ich bin immer noch böse auf mich selbst. Oh ja, Tante Jos geht es wieder gut, sie weiß wieder, dass sie an der Weteringschans wohnt, und sie schreibt mir sehr liebe Briefe. Bet hat mir noch nicht geschrieben. Bet ist böse auf mich, schreibt Tante Jos. Daraus soll ich mir nichts machen, böse kann man nur auf jemanden sein, den man liebt. Ich habe ihr nur sehr kurze Briefe geschrieben. Ich traue mich nicht zu quatschen, wenn ich an sie schreibe.*

Der hässliche Verräter in Amerika, Thomas, hat Dir nun den längsten Brief seines Lebens geschrieben. Du wirst denken: Zwaantje ist aber sentimental. Recht hast Du, aber es ist mir egal. Kein Mensch kann einen langen Brief schreiben, ohne sentimental zu sein.

Wir sehen uns bestimmt eines Tages wieder.

Glaubst Du es nicht? Aber es ist schön, das zu glauben. Man weiß doch nie, was alles passieren wird. Ich vermisse Dich.

Auf Wiedersehen, Thomas, auf Wiedersehen,
Dein Freund Piet Zwaan

Montag. Ich hänge aus dem Fenster.

Mein Vater singt ein französisches Lied, als er leise die Treppe hinuntergeht.

Ich schaue ihm nach. Er geht zur Reguliersgracht, auf der Brücke bleibt er stehen.

An seinem Rücken sehe ich, dass er denkt: He, habe ich dem Jungen Auf Wiedersehen gesagt?

Er dreht sich um und winkt mir endlos lange zu.

Das macht mich nervös.

Er macht jetzt allein einen kleinen Spaziergang, aber durch das dumme Gewinke sieht es aus, als hätte er vor, nie zurückzukommen.

August. Ferienmonat.

Alle sind weggefahren, ans Meer oder aufs Land.

Ein alter Mann und eine alte Frau gehen Arm in Arm die Gracht entlang. Sie tragen pechschwarze Kleider, der Mann hat einen Hut auf, die Frau ein Hütchen. Für die beiden ist es nicht Sommer, für die zwei ist es Schmerzen in den Knochen und geschwollene Füße vor Hitze. Jemand sollte ihnen endlich mal sagen, dass der lange Winter längst vorbei ist.

Jemand sollte es auch mir erzählen, aber wer?

Ich halte die Luft an, als ich jemanden hinter dem Salonfenster von Tante Jos sehe. Durch die Scheißschatten kann ich nicht erkennen, ob es ein Mann oder eine Frau ist, ein Mädchen oder ein Junge.

Auf jeden Fall: An der Weteringschans ist jemand zu Hause.

Ich schlendere die Lijnbaansgracht entlang. Als ich an der krummen Gasse vorbeikomme, halte ich inne. Sogar an diesem wahnsinnig sonnigen Tag sieht es aus, als wäre es düster und kalt in der krummen Gasse.

Wo ist Olli Wildeman?

Olli hockt natürlich am Strand von Zandvoort und schwitzt. Olli schwitzt schon, wenn er über eine Rechenaufgabe nachdenken muss. Ich schwitze vor allem nachts, wenn mir übel wird von der Wärme, die man nur fühlt und nicht sehen kann, die Sonne ist weg und hat die Hitze nicht mitgenommen.

Ich denke an Zwaan, der durch Amsterdam lief und sich krank suchte nach mir.

Ich denke an die Nacht in Apeldoorn, als ich wach wurde und sicher war, dass Zwaan mich tagsüber überall in Amsterdam gesucht hatte.

War das ein Zufall oder nicht?

Manchmal beten die Menschen um Regen, hat mein Vater mal gesagt, und dann fängt es in dieser Minute an zu regnen – das ist Zufall.

Mein Vater kann mich mal.

Ich gehe durch die Den Texstraat.

Wenn ich an Zwaans Brief denke, fange ich an zu summen. Um mich abzulenken. Denn wenn ich ihn bald noch einmal lesen werde, soll er wieder neu für mich sein.

Es lenkt mich auch ab, meine Umgebung zu beobachten.

Eine dicke Frau sitzt auf einem Hocker. Sie schält Kartoffeln. Ab und zu hält sie inne und wischt sich mit der Hand, die das Messer festhält, den Schweiß von der Stirn.

Ich bleibe stehen und schaue ihr zu.

Sonst sind keine Leute in der Den Texstraat.

Die Frau beugt sich vor und lässt die Kartoffel in einen Eimer mit Wasser platschen. Ihr Gesicht wird nass von den hochspringenden Tropfen, sie genießt das. Sie genießt es nicht mehr, als sie sieht, dass ich sie beobachte. Sie schüttelt den Kopf.

Die Straße der Kopfschüttler. Nichts verändert sich, egal wie lange du von zu Hause weg bist.

An der Weteringschans klingle ich. Das Herz klopft mir in der Kehle.

Hier bimmelt keine Glocke mit einem Klöppel, hier klingelt eine elektrische Glocke. Selbst bei diesem Geräusch, das weiß ich, kann Tante Jos furchtbar erschrecken.

Die Tür geht auf.

Mit schweren Beinen laufe ich die Treppe hinauf. Vielleicht wohnt Tante Jos schon lange nicht mehr hier.

Ein Mann mit einer Brille und einem dünnen Schnurrbart steht oben an der Treppe und gähnt – er beachtet mich kaum.

»Ist Frau Zwaan zu Hause?«, frage ich höflich.

»Sie ist zu Hause«, sagt der Mann, »stell die Lieferung ruhig ab.«

»Ich habe keine Lieferung«, sage ich.

Erst jetzt schaut mich der Mann an. »Was willst du denn dann, um Himmels willen?«

»Ist Bet vielleicht zu Hause?«

»Ein Schulfreund?«, fragt er.

»Nein«, sage ich, »ich bin nicht im Gymnasium.«

»Johan«, höre ich Tante Jos rufen, »gib dem Jungen einen Viertelgulden.«

»Es ist nicht der Junge mit den Einkäufen«, ruft der Mann.

»Wer ist es dann?«

»Wer bist du?«, fragt er leise.

»Tho... Thomas«, sage ich.

»Ein Thomas«, ruft er.

Tante Jos antwortet nicht.

»Dann gehe ich wieder«, sage ich.

Der Mann sucht in seinen Taschen, sein linkes Auge kneift er zu. Nach einigem Wühlen findet er eine Münze und will sie mir geben.

»Das ist nicht nötig«, sage ich. »Sind Sie ein Doktor?«

Die Tür des Hinterzimmers wird geöffnet.

Und da steht Tante Jos.

Es scheint, als sei sie kleiner geworden. Das ist natürlich Unsinn. Noch immer ist sie dünn wie eine Latte. Diesmal ist sie sehr schön angezogen. Ihre schwarze Bluse aus Glitzerstoff hat einen weißen Spitzenkragen, sie trägt lange Ohrringe, ihre Lippen sind dunkelrot angemalt. Sie raucht sogar eine Zigarette.

»Ach, Thomas«, sagt sie nach einer Weile. »Aber wie blass du bist, Junge, gehst du denn nicht genug in die Sonne?«

»Die Sonne kann mich mal«, sage ich. »Ich gehe wieder. Bet ist nicht da, oder?«

»Ein Freund von Piem«, sagt sie zu dem Mann. »Ein Freund von der Lijnbaansgracht.«

»Geht es Ihnen wieder besser?«, frage ich.

Beide schauen mich verblüfft an.

»Darüber sprechen wir hier im Haus nicht mehr«, sagt sie.

»Wo ist Bet?«

»Bet wohnt für eine Weile bei ihrer Oma. Das ist für uns beide das Beste.«

»Und wer spült das Geschirr?«

Tante Jos lacht nervös. »Er ist ein bisschen frech«, sagt sie zu dem Mann.

»Wo wohnt ihre Oma?«

»In der Saxen Weimarlaan.«

»Welche Nummer?«

»Hör mal, junger Freund«, sagt der Mann, »du fragst ziemlich viel, findest du nicht?«

»Nein, Thomas«, sagt Tante Jos, »du solltest sie lieber nicht besuchen, das würde sie bloß nervös machen.«

»Zwaan ist nach Amerika gegangen.«

Tante Jos schaut mich an, als hätte ich ihr erzählt, Zwaan sei aus dem Fenster gesprungen.

»Ich weiß, warum er nach Amerika gegangen ist«, sage ich. »Wissen Sie es auch?«

»Ganz schön unerzogen«, sagt der Mann. »Du solltest ein bisschen anders zu einer Dame sprechen, die deine Mutter sein könnte.«

»Nein«, sagt Tante Jos, »so etwas darfst du nicht zu ihm sagen.«

»Was geht es Sie an?«, sage ich zu dem Mann.

Tante Jos zieht an der Zigarette – sie brennt schon längst nicht mehr.

»Wo ist die Saxen Weimarlaan?«

»Weit weg, sehr weit weg«, sagt der Mann.

»Warum«, schreie ich, »sollte Bet nervös werden, wenn sie mich sieht, sagen Sie es mir! Ich will sie sehen. Ich will von Zwaan hören. Verstehen Sie das nicht?«

»Ich habe vor zwei Tagen einen Brief von Aaron bekommen«, sagt Tante Jos leise. »Piem geht es ausgezeichnet, er isst viel und schläft die ganze Nacht und …«

»Ich habe einen Brief von ihm bekommen.«

»Von Piem?«

»Von Zwaan.«

»Von Piem selbst?«, fragt sie.

»Jede einzelne Seite ist von ihm und es ist ein wahnsinnig schöner Brief.«

Tante Jos streckt die Hand aus, als ob ihr schwindlig würde. Der Mann nimmt ihre Hand.

»Ich darf mich nicht aufregen, Thomas«, sagt sie. »Achte nicht darauf.«

»Zwaan hat in Amsterdam nach mir gesucht. Aber ich war weg. Warum haben Sie ihm nicht gesagt: Du darfst nicht nach Amerika gehen!«

»Das kann ich dir nicht zwischen Tür und Angel erklären, Thomas.«

»Wo denn?«

»Eines Tages wirst du es verstehen«, sagte der Mann. »Jetzt solltest du besser gehen.«

Ich denke: Sie sind Verräter, alle, ich werde nicht heulen. Ich will nach Amerika, das geht nicht, aber diese verdammte Saxen Weimarlaan werde ich finden, bestimmt.

»Sie sind ein Scheißkerl!«, sage ich zu dem Mann.

»Aber, aber«, sagt Tante Jos, »was ist das für ein Ton?«

Ich drehe mich um, donnere die Treppe hinunter und sage leise, sodass man es nicht versteht: »Dreckige Verräter!«

Man kann Leute anhalten und nach einer Straße fragen. Aber der Mann und die Frau, die ich frage, kommen aus Groningen und wollen selber wissen, in welcher Straße sie gerade sind.

Auf dem Leidseplein bleibt eine alte Dame stehen, als ich ihr den Weg versperre.

»Du darfst dich nicht so ungezogen benehmen«, sagt sie, nachdem ich laut »Saxen Weimarlaan« in ihr Ohr gerufen habe. »Ich bin nicht taub. Wenn du jetzt höflich fragst, helfe ich dir vielleicht.«

»Können Sie mir bitte sagen, wo die Saxen Weimarlaan ist?«, frage ich. »Können Sie mir das sagen?«

»Bravo«, sagt sie. »Und jetzt noch die Nase putzen.«

Ich ziehe ein altes Taschentuch meines Vaters aus der Tasche und putze mir die Nase.

»Ich habe Bets Taschentuch in Apeldoorn liegen lassen«, sage ich nach dem Schnäuzen.

»Was willst du in der Saxen Weimarlaan?«, fragt sie.

»Ich habe mit Bet ein Hühnchen zu rupfen.«

Sie lacht.

»Warum lachst du?«

»So ein Rüpel bist du gar nicht. Du tust nur so.«

»Bitte, sagen Sie mir, wo das ist.«

»Die Saxen Weimarlaan, hast du gesagt?«

Sie stellt ihre Tasche ab und deutet mit einem alten, sehr sauberen Zeigefinger in die Ferne.

»Du bist ein Wirrkopf«, sagt sie. »Darum erkläre ich dir den einfachsten Weg. Gehe die ganze Overtoom entlang, und am Ende fragst du höflich jemanden, wo genau die Saxen Weimarlaan ist.«

»Die Overtoom entlang«, sage ich, »das werde ich tun, vielen Dank. Soll ich Ihre Tasche ein Stück tragen?«

»Ja, ja«, sagt sie, »und am Ende kostet mich das einen Viertelgulden, nicht wahr?«

»Fünf Cent«, sage ich.

Sie nimmt ihre Tasche selbst.

»Sei nett zu dem Mädchen«, sagt sie. »Wenn sie nicht so schön ist, dann sag zu ihr: Was für schöne Augen du hast. Und wenn sie zufällig ein gescheites Gesicht hat, sagst du: Wie hübsch deine Augen sind. Gescheite Mädchen haben immer Angst, sie hätten nichts Schönes an sich.«

»Sie ist hässlich wie die Nacht«, sage ich.

»Davon verstehst du noch nichts«, sagt sie.

Die Overtoom ist die längste Straße der Welt, sie hört einfach nie auf. Mir ist heiß, ich bin müde und verschwitzt, als ich endlich durch die stille Saxen Weimarlaan laufe. Ich weiß die Nummer nicht und habe keineswegs vor, überall zu klingeln. Ich kann nur eines tun, mich auf den Bürgersteig setzen. Wer weiß, vielleicht kommt Bet gleich aus einem der Häuser heraus. Aber vielleicht auch nicht.

Die Saxen Weimarlaan ist genauso langweilig und sonntäglich wie die Den Texstraat. Ich sehe keinen Menschen auf der Straße, auch keinen hinter einem Fenster, ich bin allein mit der Sonne und der Hitze und mit meinen verschwitzten Klamotten und meinem glühenden Kopf.

Gleich gehe ich nach Hause. Aber wann ist gleich? Gleich ist nicht nie, mehr kann man nicht darüber sagen.

Ich will Bet nicht mal sehen.

Der Grind an meinen Knien juckt von der Hitze.

Es ist, als wäre ich nicht hier, auch wenn ich auf dem Bürgersteig sitze und die leere Straße sehe und das blöde Zwitschern der Vögel höre.

Ich denke an Zwaan.

Ich denke an die Geschichte, wie er noch ein Knirps war und sich am Treppengeländer hinaufgezogen hat, niemand ging hinter ihm, niemand stand oben an der Treppe und wartete, er war allein.

Die Geschichte hat er mir in dem langen, kalten Winter erzählt.

Ich schlafe nicht, aber als ich sehe, dass Bet aus einem Haus herauskommt, wache ich doch auf.

Bet geht entschlossen den Bürgersteig entlang. Vor meinen Augen beginnt es zu zittern.

Als ich wieder sehen kann, schaue ich mitten hinein in Bets erstauntes Gesicht.

»He«, sagt sie, »du bist hier, du warst doch weg.«

»Hast du eine andere Brille?«, frage ich.

»Nein.«

»Es sieht aus, als hättest du eine andere Brille.«

»Ich bin beim Friseur gewesen.«

Ich sehe jetzt erst, dass ihre Haare idiotisch kurz sind.

»Das sieht nach nichts aus«, sage ich.

»Was tust du hier?«

»Oh, ich sitze oft auf einem Bürgersteig. Heute hatte ich Lust, mich hier auf einen Bürgersteig zu setzen. Morgen gehe ich in eine andere Straße und setze mich auf den Bürgersteig. Es sind Ferien, nicht wahr?«

»Hat Mama dir gesagt, dass ich zu Oma gezogen bin?«

»Ja, hat sie. Aber sie wollte mir die Hausnummer nicht sagen. Ich bin den ganzen Overtoom entlanggelaufen.«

»Ach«, sagt Bet, »wolltest du mich so gern sehen?«

»Gehst du einkaufen? Du hast keine Tasche dabei.«

»Es ist viel passiert, Thomas.«

»Gestern, heute?«, frage ich verschlafen.

»Bist du wach, Thomas?«

»Klar. Bist du auf dem Barlaeus versetzt worden?«

»Nein, ich bin sitzen geblieben. Ich schaffe es schon.«

»Ich weiß nicht, ob ich versetzt worden bin. Ich war einige Monate in Apeldoorn. Das ist das Erste, was ich frage, wenn ich wieder in der Schule bin. Erinnerst du dich noch an Alibaba?«

»Ich denke nicht an gestern.«

»Gestern? Was für ein Quatsch, es so zu nennen.«

»Piem und du, ihr habt viel Getöse gemacht. Bei Oma ist es ruhig.«

»Gefällt dir das?«

»Das geht dich nichts an.«

Ich betrachte sie. Mit diesen kurzen Haaren sieht sie aus wie ein Mädchen, über das man lachen muss. Ich lache nicht. Ich werde mich hüten. Bei ihrer Oma gefällt es ihr nicht. Da bin ich sicher.

»Schau nicht so eingebildet«, sagt sie.

»Du hast schöne Augen«, sage ich.

»Hast du einen Sonnenstich bekommen, Thomas?«

»Was ist das?«

»Ein Stich ins Gehirn – für eine Weile ist man dann ein bisschen verrückt. Man muss sich sofort ins Bett legen.«

»Das wäre mir zu warm«, sage ich.

»Ich gehe spazieren.«

Langsam stehe ich auf.

Es ist kein schönes Wiedersehen. Ein schönes Wiedersehen passt auch nicht zu Bet. Sie enttäuscht mich also nicht.

»Ich habe einen wahnsinnig langen Brief von Zwaan gekriegt«, sage ich. »Er ist in Amerika. Das ist weit weg. Zwaan will an uns denken, er will uns aber nicht um sich haben.«

Bet wendet sich ab und läuft weg.

Sie möchte, dass ich ihr nachlaufe. Das fühle ich.

Wir schlendern am hohen Zaun des Vondelparks entlang.

»Ich habe nichts davon gewusst«, sagt Bet.

»Wirklich?«, frage ich.

»Nein, das stimmt nicht, ich wusste alles, ich wollte es nicht wissen.«

»Du bist also nicht erschrocken?«

»Ich bin schrecklich erschrocken. Gerade weil ich es wusste.«

»Auch ich habe es erst begriffen, nachdem ich Zwaans Brief zwanzigmal gelesen hatte.«

Ich sehe Bet an, dass sie mir nicht zugehört hat.

»Der Schuft«, sagt sie, »er hat mir nie von seinen Plänen erzählt. Eines Abends rückte er damit heraus. Ich habe ihn an den Haaren gezogen, ich habe geschrien.«

»Du hast Zwaan schrecklich gern«, sage ich.

»Du nicht?«

»Ich auch«, sage ich und finde es idiotisch von mir, dass ich so was sage, es wird wohl am Sonnenstich liegen.

»Amerika«, sagt Bet spitz, »als ob sie dort so viele Juden brauchen können.«

»Zwaan sagt, es ist rappelvoll mit Juden.«

»Ja, wo er wohnt – in Brooklyn. Ich habe zu ihm gesagt: Wir müssen nach Palästina gehen, ich gehe zuerst und er soll später nachkommen.«

Sie wendet sich von mir ab, umklammert die Zaunstäbe, drückt den Kopf an die Stäbe. Zwei kleine Jungen im Park starren sie an, als wäre sie ein Affe im Käfig.

Ich stelle mich neben sie.

»Piem will nicht nach Palästina«, sagt sie, ohne mich anzuschauen. »Ich will in ein Land, sagte er, wo Juden zwischen Nichtjuden leben, Papa und Mama haben auch in so einem Land gelebt. Ein Dummkopf, ein Esel.«

»Fand Tante Jos es schlimm, dass Piem nach Amerika gegangen ist?«

»Weißt du, was die Damen im Haus Irene dazu gesagt haben?«

»Nein.«

»Sie sagten: Der Schock hat deiner Mutter geholfen. Findest du das verrückt?«

»Ja«, sage ich, »ungeheuer verrückt.«

»Sie hatte schon lange Angst, dass Piem weggehen würde. Aber als er in Laren plötzlich vor ihr stand und sagte: Ich gehe zu Onkel Aaron nach Amerika, fiel eine schwere Last von ihr ab, sie brauchte sich nicht mehr davor zu fürchten.«

»War Onkel Aaron nicht mit in Laren?«, frage ich.

»Der kam später – einen ganzen Nachmittag und einen Abend ist er bei Mama gewesen. Sonst weiß ich nichts. Mama wollte nichts darüber sagen, Onkel Aaron wollte nichts darüber sagen – sie wollen nie viel sagen, wenn tatsächlich was zu sagen ist, Tommi.«

»Wer?«

»Die Leute, die älter sind als wir.«

»Erwachsene?«

»Ja, so kann man sie auch nennen. Ich weiß wenig von ihnen, sie wissen wenig von uns, na ja, sie sind auch jung gewesen, diesen Vorteil haben sie. Mama und Onkel Aaron – vielleicht haben sie geheult, vielleicht haben sie gelacht.«

»Vielleicht beides«, sage ich.

»Bei den alten Leuten weiß man das nie.«

»Zwaan ist weg«, sage ich.

»Futsch, verschwunden.«

»Er ist sehr seekrank gewesen.«

»Geschieht ihm recht.«

»War es ein schönes Schiff?«

»Ich habe ihn nicht zum Schiff gebracht, ich bin zu Mama gefahren, nach Laren.«

»Das war gemein«, sage ich.

»... Wir haben Tee getrunken und Kekse gegessen und nicht über Piem gesprochen, sie wollte es mir ersparen und ich ersparte es ihr. Onkel Aaron und Piem sind mit dem Zug nach Rotterdam gefahren. Dort im Hafen lag dieses ... dieses Scheißschiff. Ich sollte mit dem Zug nach Rotterdam mitfahren. Wir hatten uns am Hauptbahnhof verabredet. Ich war nicht da. Sie haben bestimmt dumme Gesichter gemacht, Onkel Aaron und Piem, glaubst du nicht auch?«

»Bestimmt haben sie dumme Gesichter gemacht«, sage ich, »da bin ich ganz sicher.«

»Findest du das hinterhältig von mir?«

»Das finde ich ganz schön hinterhältig von dir«, sage ich. »Nun konnte Zwaan dir von diesem Scheißschiff aus nicht zuwinken.«

Sie starrt vor sich hin. Sie ist böse auf Piem. Wenn man etwas nicht mehr gutmachen kann, bleibt man einfach böse auf jemanden. Ich möchte sie trösten, aber ich weiß nicht, wie das geht.

»Zwaan kommt nicht mehr zurück, Tommi«, sagt sie.

Zum ersten Mal nennt sie Piem auch Zwaan.

»Und wir gehen nicht nach Amerika, oder?«, sage ich.

Wie lange sie mich auch anschaut, ich bleibe Tommi, ich werde einfach kein Zwaan.

Wir gehen durch den Vondelpark.

Bet ist meiner Meinung nach ein bisschen gewachsen. Als sie merkt, dass ich sie anschaue, beugt sie den Rücken. Vielleicht hat sie früher auch manchmal den Rücken gebeugt, und ich habe es nicht bemerkt, weil sie damals so schöne lange, schwarze Haare hatte.

Im Vondelpark sind sehr wenige Leute.

Angenehm ist: Hier ist es ein bisschen weniger heiß als mitten in der Stadt. Das liegt an den langen Alleen und dem Geräusch der Zweige in den Bäumen.

»Hast du dich gut unterhalten mit Mama?«, fragt Bet.

»Nein. Da war ein Mann.«

»Wann warst du dort?«

»Vor ein paar Stunden.«

»Und da war er schon da? Es wird immer verrückter.«

»Tante Jos hat seine Hand gehalten.«

»Bitte, Thomas, so genau möchte ich das gar nicht wissen.«

»Ein großer Mann«, sage ich.

»Willst du mich ärgern?«

»Deine Mutter hatte schöne Kleider an.«

»Hatte sie Rot auf den Lippen?«

»Sie hatte wahnsinnig viel Rot auf den Lippen.«

»Nach was hat sie gerochen?«

»Weiß ich nicht.«

Bet lacht.

»Warum lachst du?«

»Sie ist verliebt in den Kerl«, sagt Bet. »Und weißt du, warum?«

»Keine Ahnung«, sage ich.

»Weil er verliebt ist in sie. Er war schon in der höheren Schule in sie verliebt. Ich sagte zu Mama: Ich will diesen Kerl nicht mehr sehen, ich hasse ihn, er isst zu anständig, er redet zu anständig und seine Schuhe sind immer schrecklich glänzend geputzt. Da wurde Mama böse, sie sagte: Liebchen, das ist nicht deine Angelegenheit. Bald wird sie ihn heiraten. Und dann muss ich Papa sagen oder Vater oder was weiß ich, da sterbe ich lieber.«

Wir sitzen auf einer Bank im Vondelpark, ein Stück voneinander entfernt.

»Man könnte bequem zu dritt auf dieser Bank sitzen«, sage ich nach einer langen Stille.

Bet nickt.

Ich grinse. Bet braucht man nichts zu erklären. Bet begreift alles.

»Morgen sitzen hier wieder andere Leute«, sage ich.

»Gestern«, sagt Bet, »haben hier auch andere Leute gesessen.«

»Gestern ist verrückt«, sage ich. »Morgen ist auch verrückt. Aber heute ist das Verrückteste.«

»Heute ist das Allerverrückteste, das es gibt«, sagt Bet.

»Du hast hier mit deinem Vater gesessen, was? Als du klein warst, was?«

»Nicht hier, irgendwo anders, es spielt keine Rolle – damals war es kalt.«

»Der Krieg musste noch kommen.«

»Ja, der Krieg musste noch kommen.«

»Ihr habt nicht gesprochen, was?«

»Kein einziges Wort.«

»Trotzdem weißt du es noch.«

»Ich weiß es noch genau.«

»Ich darf dich nicht nervös machen, hat Tante Jos gesagt.«

»Das darfst du doch.«

»Wie macht man das?«

»Frag weiter.«

»Denkst du oft an deinen Vater?«

Sie sagt nichts.

»Denkst du oft an Zwaan?«

Sie ballt die Hände zu Fäusten, drückt sie auf ihre Knie, beugt sich vor und starrt wütend hinunter auf den Kies.

»Ich halte es nicht aus«, sagt sie, »ich vermisse Zwaan nicht. Nun, da er weg ist, bin ich einfach nichts, ich habe nur noch Mamas Familie. Und kein einziges Mal habe ich geheult, das kann ich nicht.«

»Oh, ich kann flennen, wann ich will.«

Sie schaut mich an. Ihre Augen hinter den Brillengläsern sind klein und scharf.

»Erleichtert das?«, fragt sie.

»Oh ja«, sage ich.

»Warum kann ich es nicht?«

»Du hast doch hier im Park geheult – als dein Vater um einen Baum tanzte und du dich geschämt hast.«

»Ich war sieben.«

»Onkel Aaron heult oft. Und er ist noch viel älter als du.«

»Du weißt, dass er heult?«, sagt sie böse. »Ich weiß das nicht mal.«

»Es hat in Zwaans wahnsinnig langem Brief gestanden.«

Sie schaut mich gemein an.

»Erzähl von dem Brief«, sagt sie.

»Ich werde ihn heute Abend wieder lesen.«

»Was steht drin?«

»Es ist ein schrecklich schöner Brief. Morgen lese ich ihn dann wieder ein paarmal.«

»Schreibt er auch über mich?«

»Natürlich.«

»Tommi, ich bin nicht gerade das, was man ein nettes Mädchen nennt. Nie.«

»Ich hatte auch immer Streit mit meiner Mutter.«

»Warum?«

»Sie war streitsüchtig.«

»Tut dir das leid?«

»Wem würde das nicht leidtun?«

»Hast du sie gesehen, als sie tot war?«

»Ganz kurz. Ich habe heimlich die Augen zugemacht, mein Vater merkte es aber, er zog mich schnell aus dem Zimmer im Krankenhaus.«

»Denkt dein Vater an deine Mutter?«

»Ich kann nicht Gedanken lesen.«

Wieder lacht Bet. Sie steht auf und bleibt vor mir stehen.

»Vielleicht traut sich Zwaan nicht, dir einen langen Brief zu schreiben«, sage ich.

Sie setzt die Brille ab, nickt.

»Du hast schöne Augen«, sage ich.

Sie setzt die Brille wieder auf.

»Wenn ich nach Amerika gehe, nehme ich dich mit«, sagt sie.

Ich grinse. Ein Versprechen in einem sonnigen Park kann man sich an den Hut stecken.

»Morgen verreise ich«, sagt sie. »Ich fahre mit einer Freundin in ein Sommerlager. Mama sagt: Du musst deinen Spaß haben mit anderen, Schätzchen, du darfst dich nicht in dich selbst verkriechen. Also werde ich meinen Spaß haben mit anderen Mädchen, Thomas. Ich werde tanzen und springen und lachen.«

»Ach, eine Freundin«, sage ich. »Ist sie vielleicht blond?«

»Trottel«, sagt sie.

»Darf ich mit?«

»Nein.«

»Das habe ich befürchtet.«

»Hasst du mich, Tommi?«

»Ja, und wie.«

»Der Sommer ist blöd, findest du nicht auch?«

»Zum Kotzen.«

»Wir sehen uns bestimmt noch.«

»Das kümmert mich einen Dreck.«

»Tommi, Tommi, wer soll dir jetzt beibringen, wie man ordentlich spricht?«

»Ich werde Zwaan schreiben«, sage ich.

»Wirst du dann alle unanständigen Wörter rausstreichen, ja?«

Bet gibt mir die Hand. Meine Hand ist nass von Schweiß, ihre Hand ist trocken und kalt. Sie dreht sich entschlossen um und läuft weg.

Ich schaue ihr nach. Am Zaun bleibt sie stehen. Sie dreht sich um und winkt.

Ich winke nicht sofort zurück.

Ich denke an Zwaan.

Als er auf dem Deck von diesem Scheißschiff stand, winkte ihm Bet nicht nach, da saß sie mit Tante Jos in einem Garten in Laren.

Ich winke zurück.

Denkt auch Bet jetzt, beim Winken, an Zwaan?

Meine Augen sind feucht, mehr nicht. Ich kann heulen wie ein Weltmeister, aber manchmal habe ich einfach keine Lust dazu.

Lacht Bet oder lacht sie nicht?

Ich kann es nicht sehen.

Natürlich lacht sie nicht, das passt nicht zu Bet.

Ich gehe durch einen langen, stillen Weg im Vondelpark und bin müde. Es gelingt mir kaum, einen Fuß vor den anderen zu setzen. Ich kann anfangen zu rennen oder mich auf das grüne Gras fallen lassen, das überall wächst.

Ich schaue hinauf zur Sonne.

Vielleicht schaut Zwaan in diesem Moment in Brooklyn auch hinauf zur Sonne und denkt: Vielleicht schaut Thomas in diesem Moment auch hinauf zur Sonne.

Als ich wieder vor mich schaue, sehe ich nicht viel, meine Augen sind geblendet.

Nein, ich lasse mich nicht auf das grüne Gras fallen.

Lieber renne ich wie verrückt.

Ich bin allein. Niemand rennt hinter mir her. Ich renne hinter niemandem her. Ich strecke die Arme hoch und schreie zum Himmel.

NACHWORT
VON MIRJAM PRESSLER

Der Roman *Wintereis* spielt im Winter 1947, einem besonders kalten Winter, in dem die Amsterdamer Grachten lange zugefroren waren. Das Ende des Zweiten Weltkriegs lag gerade mal zweieinhalb Jahre zurück, die ersehnte Normalität und vor allem der wirtschaftliche Aufschwung waren für die Niederländer – ebenso wie damals für die Deutschen – noch Jahre entfernt.

Und auf die Rückkehr der meisten niederländischen Juden wartete man vergeblich. Auch Zwaan und Bet waren im Jahr davor immer wieder zum Bahnhof gegangen und hatten auf Züge aus dem Osten gewartet, wenn das Rote Kreuz angekündigt hatte, dass verschleppte Menschen zurückkämen. Aber es waren nur etwa 6000, die aus den Lagern zurückkehrten, und Zwaans Eltern und Bets Vater waren nicht unter ihnen.

Vor Beginn der Deportationen lebten etwa 160 000 jüdische Bürger in den Niederlanden, darunter etwa 24 000 Juden, die in der Zeit zwischen 1933 und 1939 vor allem aus Nazideutschland und Österreich in die Niederlande geflohen waren. Proportional zur Gesamtbevölkerung nahmen die Niederlande unter allen Staaten die meisten jüdischen Flüchtlinge auf. Die Niederlande galten als sicher und neutral.

Doch eines Tages war es damit schlagartig vorbei. 1939 besetzten die Deutschen Polen und es begann der Zweite

Weltkrieg. Am 10. Mai 1940 überfielen dann deutsche Truppen die Niederlande und besetzten das Land. Der Traum von der Neutralität war beendet. Die Niederlande kapitulierten, die königliche Familie floh. Als »germanischer Bruderstaat« wurden die Niederlande nicht einer Militärverwaltung unterstellt, sondern erhielten eine deutsche Verwaltungsspitze unter dem Reichskommissar Seyß-Inquart.

Schon bald lief die Verfolgung der Juden an. Wie in Deutschland und in anderen besetzten Gebieten wurden die Juden unter Sonderrecht gestellt und aus dem öffentlichen Dienst entlassen. Dann folgte eine Verordnung der anderen. So mussten alle niederländischen Juden ihre Radioapparate abliefern, ebenso ihre Fahrräder. Sie durften keine öffentlichen Bibliotheken besuchen, keine Theater und keine Schwimmbäder. Jüdische Kinder mussten jüdische Schulen besuchen, sie durften nicht mehr mit den öffentlichen Verkehrsmitteln fahren. Alle Juden über sechs Jahren mussten deutlich sichtbar den sogenannten Judenstern auf der Kleidung tragen. Sie durften in der Öffentlichkeit keinen Sport mehr treiben, durften auch nicht mehr zu einem nichtjüdischen Arzt oder einem nichtjüdischen Friseur gehen. Eigentlich durften sie gar nichts mehr.

Schon in den ersten Monaten nach Beginn der Besatzung entstanden unter der niederländischen Bevölkerung Widerstandsgruppen, doch ein organisierter Widerstand entwickelte sich erst 1942. Wenn man liest, wie viele Niederländer Juden geholfen haben, könnte man glauben, es hätte keine Antisemiten gegeben, aber das war nicht so. Auch in den Niederlanden gab es faschistische Tendenzen.

Schon 1931 wurde nach dem Vorbild der NSDAP die *Nationaal-Socialistische Beweging* (National-sozialistische Bewegung) gegründet, abgekürzt *NSB*, doch daraus entwickelte sich nie eine Massenpartei.

Ab Januar 1942 wurde damit begonnen, die Juden in Sammellager zu deportieren, von denen Westerbork das größte war. Von Westerbork aus gingen regelmäßig Züge zu den Konzentrationslagern im Osten. Zum Beispiel wurden auch Anne Frank und ihre Schwester Margot von Westerbork aus nach Auschwitz deportiert.

Nach der Verordnung, dass alle Juden einen Stern tragen mussten, versuchten viele Juden, sich zu verstecken, also »unterzutauchen«, wie man es nannte. Gut 25 000 sollen es gewesen sein, von denen ungefähr 8000 bis 9000 dennoch den Deutschen in die Hände fielen. Andere Quellen nennen 28 000 Untergetauchte und 18 000 Gerettete. Egal, welche Zahl stimmt, es ist erstaunlich, dass so viele Niederländer bereit waren, Juden zu helfen, denn die Deutschen hatten allen, die Juden versteckten oder ihnen zur Flucht verhalfen, mit der Deportation gedroht.

Zu den geretteten Untergetauchten gehörte auch Zwaan, zu den 107 000 aus den Niederlanden Deportierten gehörten seine Eltern und Bets Vater. Nach Kriegsende stellte sich heraus, dass über 100 000 Menschen ermordet worden waren. Das waren mehr als zwei Drittel der jüdischen Vorkriegsbevölkerung. In Westeuropa hatte kein anderes Land so hohe Verluste erlitten.

Vor dem Hintergrund der Nachkriegszeit, der »Zwischenzeit« zwischen Kriegsende und Wiederaufbau, beschreibt van Gestel die wachsende Freundschaft der drei Kinder Thomas, Zwaan und Bet. Die Geschichte spielt in Amsterdam, zwischen der Weteringschans, der Amstel und der Lijnbaangracht. Die Lebensumstände und die lokalen Verhältnisse werden so genau beschrieben, dass ich beim Lesen und Übersetzen das Gefühl hatte, es handle sich um einen autobiografischen Text. Auf die Frage, ob dem so ist, hat Peter van Gestel sinngemäß Folgendes geantwortet: »*Wintereis* ist nicht ganz autobiografisch. Ich war ungefähr so alt wie Thomas, aber meine Mutter war nicht gestorben. Man könnte sagen: Meine Kindheit war die Quelle der Inspiration, nicht mehr, nicht weniger. Tante Jos und ihre Tochter Bet hat es in Wirklichkeit nicht gegeben, so wie viele andere der Figuren in *Wintereis*. Trotzdem: Auf eine bestimmte Art und Weise sind Thomas und ich Zwillingsbrüder.«

Thomas, der Ich-Erzähler, ist ein heranwachsender Junge, nicht mehr ganz Kind und noch kein Jugendlicher, er lebt auch persönlich in einer »Zwischenzeit«. Er ist eine typische Van-Gestel-Figur, geistreich, schlagfertig, nachdenklich, anrührend und mit einer großen Ausdrucksfähigkeit, auch wenn er sich nicht immer sehr vornehm ausdrückt. Überdies lebt er nicht gerade in günstigen Verhältnissen. Seine Mutter ist bald nach der Befreiung an Typhus gestorben, und Thomas lebt mit seinem etwas konfusen, unpraktischen Vater zusammen, der schriftstellerische Ambitionen hat und Umgang pflegt mit leicht verkrachten Künstlern. Die Beziehung zwischen Vater und Sohn ist geprägt von einer verhaltenen, nicht ausgesprochenen Liebe.

In seiner Einsamkeit findet Thomas Anschluss bei Zwaan und Bet. Die drei nähern sich einander sehr behutsam an.

Thomas war während der Nazibesatzung zu klein gewesen, um von nazistischer Ideologie und antisemitischen Vorurteilen geprägt zu werden, ihm ist es egal, dass Zwaan Jude ist, er findet ihn einfach nur interessanter als die anderen in seiner Klasse. Diese Haltung wiederum erleichtert es Zwaan, Thomas' Zuneigung und Freundschaft anzunehmen. Etwas anderes als Freundschaft ist Thomas' Schwärmerei für die faszinierend unberechenbare Bet, die alles tut, um ihre psychisch labile Mutter zu schonen und nicht mit der eigenen Traurigkeit zu belasten. Van Gestel beschreibt wunderbar subtil, wie die drei Jugendlichen miteinander umgehen. Aus eigener Kraft und manchmal gemeinsam versuchen sie, für sich einen Weg zwischen den bedrohlichen Rätseln und Geheimnissen der Welt zu finden, die ihnen die Erwachsenen aufladen, weil sie nach den Traumatisierungen des Krieges vor allem mit sich selbst beschäftigt sind.

Thomas erlebt durch seine Freundschaft mit Zwaan und durch seine nur zögernd eingestandene Liebe zu Bet Geborgenheit und Zuneigung. Van Gestel gelingt es, durch sparsame und beiläufige Informationen vom Schicksal der niederländischen Juden zu erzählen. Wie kaum ein anderer Schriftsteller, den ich kenne, beherrscht er die Kunst, Dinge zu verschweigen, die nicht ausgesprochen werden können oder sollen, doch ein aufmerksamer Leser wird dieses Schweigen als äußerst beredt erleben. Und nach und nach gelingt es den drei Protagonisten, über das Unbegreifliche und Unaussprechliche zu reden. Auf die Kernfrage, warum den Juden das alles geschehen ist, erklärt zum Beispiel der frühreife Zwaan: »Sie sind ermordet worden, weil sie mehr als zwei jüdische Großeltern hatten.« Und seine

Erklärung für den Hass eines unangenehmen Jungen aus ihrer Klasse ist: »Er hat, glaube ich, mehr als zwei Großeltern, die Juden hassen.«

In den Dialogen liegt van Gestels ganzes Können als Erzähler. Sie sind lebendig und genau formuliert, manchmal heiter, aber oft auch widerborstig und etwas schräg, wie eben schwierige Gespräche sein können, und zuweilen von philosophischer Tiefe und von großer Aussagekraft. Diese Kinder haben gelernt zu schweigen, und sie brauchen ihren ganzen Mut und ihre Liebe, um das Schweigen zu brechen, wenn es nötig ist. So spürt man beim Lesen dieses Buches, wie das Eis jenes längst vergangenen harten Winters eines Tages zu schmelzen begann.

Mirjam Pressler
Malka Mai
Roman
Geb. mit Schutzumschlag, 328 Seiten (80879),
Gulliver (78594)

Deutscher Bücherpreis 2002
Jahres-Luchs 2001 von ZEIT/Radio Bremen
Carl-Zuckmayer-Medaille für das Gesamtwerk von Mirjam Pressler

September 1943: Polen war von den Deutschen besetzt. Malka war sieben, als ihre Mutter sie auf der Flucht über die Karparten allein zurücklassen musste. Nur selten fanden solche Geschichten ein gutes Ende. Einmal zum Glück war es so.

»Was für ein Buch! Eine erschütternde Geschichte in einer wunderschönen poetisch nüchternen Sprache, die keine Sentimentalität aufkommen lässt. Bilder, die sich einprägen. Mit anderen Worten: Ein Meisterwerk, das einen zentralen Platz im Schaffen dieser wunderbaren Schriftstellerin einnehmen wird.« *Badische Zeitung*

»Ein ergreifendes Buch über eine jüdische Kindheit, das man so schnell nicht vergisst.« *FAZ*

»Diese Geschichte eines kleinen Mädchens und seiner Mutter geht an Herz und Nieren ... Genau im Einzelnen und exemplarisch zugleich, öffnet dieses Buch Jugendlichen den Zugang zu unglaublichen Zuständen und haut noch einmal in die Kerbe des Vergessens. Großartig.« *Buchmarkt*

Beltz & Gelberg
Beltz Verlag, Postfach 100154, 69441 Weinheim, www.beltz.de